北岳中国文学年选 《名作欣赏》杂志鼎力推荐
权威遴选 深度点评 中国最好年选

2017年
小小说选粹

卢翎　主编

山西出版传媒集团　北岳文艺出版社

·太原·

图书在版编目(CIP)数据

2017年小小说选粹 / 卢翎主编. —太原:北岳文艺出版社,2018.1
ISBN 978-7-5378-5573-0

Ⅰ.①2… Ⅱ.①卢… Ⅲ.①小小说—小说集—中国—当代 Ⅳ.①I247.82

中国版本图书馆CIP数据核字(2018)第003986号

书名:	主编:卢 翎	责任编辑:贾江涛
2017年小小说选粹	策划:续小强 王朝军	书籍设计:张永文

出版发行　山西出版传媒集团·北岳文艺出版社
地　　址　山西省太原市并州南路57号
邮　　编　030012
电　　话　0351-5628696(发行部)
　　　　　0351-5628688(总编室)
　　　　　0351-5628691(产品开发部)
传　　真　0351-5628680
网　　址　http://www.bywy.com
E－mail　bywycbs@163.com
经 销 商　新华书店
印刷装订　山西人民印刷有限责任公司

开　　本　787mm×1092mm　1/16
字　　数　315千字
印　　张　20
版　　次　2018年1月第1版
印　　次　2018年1月山西第1次印刷
书　　号　ISBN 978-7-5378-5573-0
定　　价　49.80元

本书版权为本社独家所有,未经本社同意不得转载、摘编或复制

序

/ 卢翎

  一个显而易见的事实是，长期以来，作家创作的小小说作品，虽整体上数量少但却艺术水准高。小小说事业家杨晓敏先生曾说，名家的小小说写作，为小小说发展"起到了非凡的倡导示范作用"。也有作家由短篇或中长篇小说创作转向了小小说写作，像聂鑫森、赵新。2017年两位老作家一如既往地保持着他们的艺术水准，沿袭着风雅人物、乡村生活的写作路线，创作了《聂耽》《归隐录》《一个不是问题的问题》等作品。而阿成、乔叶、鲁敏、周洁茹、大解、次仁罗布、吴克敬、孙春平、南往耶等作家的出场，令2017年的小小说收获颇多。

  阿成的《看江》，是一个有些老套的故事。长大成人的儿子，以回忆的方式讲述故事，这使得叙述节制内敛又饱含深切的同情。在他的讲述中，如同江水般静静流淌的日子里翻卷着惊涛骇浪，父亲、母亲、叔叔之间爱情与欲望、感情与理智、责任与担当纷乱地交织在一起，因悬置了道德判断，而使人性复杂的面貌得以呈现，锥心的疼痛弥漫于我们的心头。

  大解的《小镇逸事》、南往耶的《独南寨的大鸟》、次仁罗布的《滴血残卷》等呈现了一个神秘的超现实的世界，无论是七妹重生的绰约风姿、吹笛人永生的灵魂，还是宫殿里血腥的杀戮，抑或是困于牢笼之中的飞翔翅膀，现实生活的客观逻辑被颠覆，作品打开了通向人类生活和人类精神深处的通道。不同于这些故事的离奇诡异，周洁茹的《我们都爱短故事》，轻逸灵巧，往往于不经意间直击真相，在猝不及防间令读者沉浸于震撼的惊喜带来的深深回味之中。

在小小说领域，有一个专事小小说写作的群体，他们被称为"小小说专业户"，一个通行的看法是，参加过1990年汤泉池笔会的"小小说专业户"是第一代小小说作家，像王奎山、孙方友、谢志强、刘国芳、凌鼎年、沈祖连、尹全生、修祥明、司玉笙等，他们中既有已远离小小说的，也有多年笔耕不辍，成为小小说代表性作家的。谢志强属于后者，几十年来笔耕不辍，并勤于探索。他是新疆农垦军人的后代，青少年时代是在茫茫戈壁中度过的。虽返回浙江故乡，但是那段生活经历深深烙印在他的生命里，成为他小小说创作的重要资源之一。2017年，谢志强致力于经营他的农垦生活系列小小说，像《老兵十二段》《军垦小小说六题》《1960年的鸟蛋》《这边那边》等。1950年代初期，二十万大军开进戈壁荒漠，垦荒戍边。这是一段艰苦创业的历史，也是"激情燃烧的岁月"。谢志强有意规避了经验性的历史叙事，从细微之处入手，让人物摆脱理性秩序的束缚，展现了单调的戈壁荒漠生活中鲜活而丰富的生命样貌。

1990年代以来，陈毓、刘建超、于德北等小小说作家为小小说创作注入新的活力，他们成为新的"领军人物"。2017年，他们皆有不凡的表现。如刘建超，他曾以刻画一系列具有英雄气质的人物形象而著称。在《老实疙瘩米好》中，塑造了米好——憨厚实在的"好人"形象。米好是另一种意义上的"英雄"，他有自己坚守的原则与底线，他的固执与坚守、他的厚道与良善在我们这个有太多不完美的世界里，显得弥足珍贵。还有陈毓，一如既往地关注着人性，细腻温婉之中有一种凛冽与锋利，《太阳坡》中那在"夕照中鼓涌，涌向暗夜"的羊群，呈现出对精神苦难的深度体察。

新世纪以来崭露头角的小小说作家艺术起点高、视野也更为宽广，如安石榴、非鱼、非花非雾、冷清秋、长白山、季明、宋以柱、崔立、高沧海、陈振林、赵淑萍等等，均在2017年的创作中呈现出良好的态势。《天池小小说》杂志主编在一篇《安石榴印象》中写道：每天吃上饺子，是安石榴九十多岁高龄母亲的理想，为此，安石榴在五年多的时间里，自己包了一万多个饺子，直至老人离世。"对于细小事物的知觉、亲近、怜惜与爱护，是可见得女子性情的"。这性情是安石榴小小说的底色，从这样的心底流淌出的文字会有一种动人的力量。《家属》就是一篇动人的作品。秀曼是一位普通林业工人的家属，和许多嫁给林业工人的家属一样，是被"连哄带骗"带到林区的，虽内心充满愤怒、悲哀，却也只能无奈地接受现实。安石榴选择了人物的一句口头禅："俺的娘哟"，它在作品中反复出现，构成了情绪变化的线索：愤怒、怨恨、委屈、无奈……最终，秀曼想到了父子可能还没有饭吃，她心中最为柔软的部位被触动了，她选择了留下来。在这苦寒之地的林区，正是秀曼和家属们的朴实、宽厚、无私让炊烟在黄昏时升起，让灯盏摇曳于暗夜，让欢笑浮现于孩子的脸庞。她们像大地一样宽广的胸怀温暖着冰冷的房子与被世界遗忘了的孤寂的心灵。她们让我想到了我们辛苦操劳的母亲，感受到了深厚博大的母爱与大地的恩情，让我走进了动人、深邃的诗意中。

还有更为年轻的写作者们，像何君华。从精巧灵秀的江南来到广袤浩瀚的草原，我不知道他曾经历过什么，但是，何君华2017年发表于《草原》《骏马》《百花园》《厦门文学》和《啄木鸟》等文学期刊上的"草原"系列小小说，让我看到了何君华尝试着走进草原的努力。莫尔根、哈斯巴根、敖日格乐，还有那些故事，从神秘的草原、从历史的幽深之处走了出来，或许何君华在尝试着建造属于自己的写作"故乡"。福克纳以他的"约克纳帕塔法"影响了马尔克斯，影响了莫言，启迪了无数作家的创作，我期待着文学大师的精神之光照亮何君华的文学之路。

在我做年选工作十年的时间里，之于我，小小说作家们由一个个陌生的纸上的名字，变为老朋友般熟悉亲切，甚至于每年的暑假，在天津图书馆期刊阅览室阅读文学期刊时，心底总是涌动起一种期待，期待着与他们在纸上重逢，期待着他们给我带来一个又一个的惊喜。从筚路蓝缕的艰苦到执着追求的坚韧到不断超越的探索，他们时时感动着我，令我由衷敬佩，同时，这也是支持我虽步履蹒跚却能坚持不懈的精神动力。

小小说评论家顾建新先生在论及当下小小说创作时，不无忧虑地指出：小小说"作者群在不断壮大，但是让人读之震撼并久久回味的作品却越来越少。这是需要深思的"。他特别援引了日本小小说作家星新一的作品，称它们因"想象之丰富""创造之神奇""令人叹为观止"，鼓励年轻的写作者像星新一样创作。（《微型小说选刊》2017年8期）星新一是日本科幻小说作家，同时也是"卓越的小小说作家"（奥野健男）。早在1980年代初，他的小小说被译介到中国后，便成为众多文学青年和初学写作者争相模仿的对象，可以说，许多小小说作者是在星新一的引领下开始了文学创作。他的"三要素"说（即立意新颖奇特、情节相对完整、结尾出人意料）成为我们认识小小说文体特质最初的参照。

然而，顾建新先生的思考，使我不得不重新考量：星新一对于今天的小小说创作意味着什么？在我看来，星新一的意义不仅仅在于他的小小说理念，在于他千余篇短小精悍充满奇思妙想的作品的示范性，还在于他对科学文明破坏性的思考，对于"人的深层次理解"，在于作品中呈现的惊人的想象力。固然，想象力是创作科幻文学作品不可或缺的能力，但是，从更为广泛的意义上说，任何艺术创作都离不开想象，"没有想象，便没有艺术"。就文学创作本质而言，它是想象力支持下面向存在的言说。文学评论家洪治纲先生指出：想象力"是文学给人以诗性的力量并使人们超越庸常现实的保障，是体现一个作家精神深度及其艺术品位的核心素养"，在一个实用主义、功利主义日益浸漫于我们生活与精神的时代，在臣服于现实逻辑、止于道德判断、思想平庸苍白的作品不断问世的当下，这就显得尤其重要。略萨在《给青年小说家的信》中告诫立志成为小说家的年轻人："实际上，任何小说都是伪装成真理的谎言，都是一种创造，它的说服力仅仅取决于小说家有效使用造成艺术错觉的技巧和类似马戏团或者剧场里魔法师的戏法"。小说是小说家建造的一个世界，用现实生活世界中的一砖一瓦建造的，但是这个世界却是完整而独立的，有着自己的秩序、逻辑与伦理。由个体体验出发，唯有自由的、不受任何羁绊的心灵才产生强劲的想象力，才能建造起指向彼岸、通达人类精神深处的"世界"。

（书中"评鉴与感悟"的写作者为天津师范大学文学院本科生）

2017年12月

目 录

第一辑

003　看江　　　　　　　　阿　成
006　抓阄　　　　　　　　谢志强
011　尘缘　　　　　　　　吴克敬
015　握手　　　　　　　　周长风
018　失恃　　　　　　　　刘正权
022　美丽的伤口　　　　　歪　竹
025　家属　　　　　　　　安石榴
029　魔术师　　　　　　　高沧海
033　水仙花开　　　　　　吴　苹
037　小镇无故事　　　　　陆冠京
040　明年还种棉花　　　　王生文
044　褶皱　　　　　　　　陈振林

第二辑

049	小镇逸事	大　解
055	独南苗寨的大鸟	南往耶
059	莫尔根的敖包	何君华
062	光头小记	黎　晗
066	滥觞	李金海
070	间歇性哑症	华闲莺
073	耳疾	赵海华
076	耳朵跑了	刘月潮

第三辑

083	聂耽	聂鑫森
088	凤凰	乔　叶
092	老圣人	赵长春
095	纪念一个人	谢大立
098	老实疙瘩米好	刘建超
102	乡下文人	欧阳明
106	老团	李永生
109	老闷	班琳丽
113	老秦	赵明宇

第四辑

119	一个不是问题的问题	赵　新
122	选劳模	孙春平
126	漏洞	赵淑萍
129	绕口令	朱红娜
132	二堡	岑燮钧

136	好印象	陈耀宗
140	夜色微醺	柏　舟
143	失语的秋天	符浩勇
147	寻找英雄	陈振林
151	一只莲花碗	张　弘

第五辑

157	沉默	阿　成
160	我们都爱短故事	周洁茹
164	太阳坡	陈　毓
168	橄榄	于德北
171	身边寓言(节选)	满　震
176	注脚	胡　炎
180	抬头看看天	崔　立
184	世界末日的前夕	王　溱
187	袅晴丝吹来闲庭晚	吴卫华
191	磨木头的女人	唐丽妮
194	奶汤蒲菜	宋以柱

第六辑

199	衣裳在寻找	徐慧芬
202	海布楞	张　港
206	一支箭	何君华
209	一枚翡翠戒指	安　谅
213	藏青色西服	季　明
217	假面	非花非雾
220	刀	凤　凰
224	钧瓷梅瓶	王昊军
228	红花小碗	王东梅

232 灵香草女人　　　　　唐丽妮
236 事故·故事　　　　　李晓平

第七辑

243 姐姐　　　　　　　　陈力娇
247 空磨　　　　　　　　谢志强
251 麦黄杏　　　　　　　赵长春
255 放蜂人　　　　　　　王　往
259 华山派往事　　　　　冷清秋
262 晨读　　　　　　　　长白山
266 鱼鹰　　　　　　　　陈子赤
269 一棵椿树的存在方式　非　鱼
273 孤山上的老狼　　　　张红静

第八辑

279 地衣之小国儿　　　　李　瑾
282 特睁的婚礼　　　　　黄彦朝
286 论王石头的重要性和非重要性
　　　　　　　　　　　非　鱼
290 寂寞地活着　　　　　晓　晓
293 老人的村庄　　　　　李忠元
296 精准到户　　　　　　戴　希
298 朋友　　　　　　　　臧　北
301 卖羊　　　　　　　　杨　箸
305 致命绝杀　　　　　　梁闲泉

第一辑

悲伤、哀愁和伤痛在流逝岁月中化作"美丽的伤口",它是生命的年轮,是人性之花的绽放。

看 江

/阿成

早年，父亲的家就在乌苏里江边。从窗子就可以看见乌苏里江。那江平宽宽地去了，小浪如织，载渔船，翔鱼鸥，沉红阳，浮银月——亲亲哟，等闲日月堂堂过呀。

父亲是个瘫子。夏日靠着窗望，冬日也靠着窗坐，还用嘴不断地往布满厚霜的窗上哈热气，再用糙指蹭，驱霜看江景。

滩涂上，距水不远，是"叔叔"的院子。叔叔家的院子很大。其实可以再大，滩涂无限制。这是野生野长的一家。这家里只有他一个人。

父亲看见叔叔进了自家的院子，就一准骂母亲。骂得虽简单，但很锋利："骚货！"母亲或出出进进做饭，或挑挑拣拣地缝补，或看看摇篮里的小崽儿，表情如常，充耳不闻。叔叔也常来父亲的家，修房子、通火炕，鼎力干活儿。他是个大个子，一蹲一站一哈腰，宽宽大大，凸显着一种男性的魅力。其实，平日里母亲同他并没有话，便是交代下的活儿，似乎都事先琢磨过，简单得很。比如"换房草"，并不说："秋尽了，冬眼瞅过来了，得换换苫房顶的草了，他叔。不换，冬天能住人吗？啧啧。家里有一个瘫子。厚着点苫着，结实些。头趟西北风野着哩，不拧实了可不行。他叔，你说，累不累死人哪？啧啧。"母亲并不这样说，就说："换房草。"

叔叔就换。蓝天白云，一个房上，一个房下，扔上一捆，接住。下边的母亲叉着腰喘口气。不时仰头眯着眼瞅。有时回头用眼睛搜寻一下江面，万一下来一根漂木，那可得截下来。住在江边，总不能眼瞅着财富无遮无拦地漂过去吧？

叔叔则站在房顶上，往地平线那儿看。无垠的草浪之上，叔叔的心思铺得好阔呀。

吃饭了。叔叔独个儿在院里吃，端着碗，直直地劈开两腿，边嚼边瞅江。母亲在屋里同父亲一桌吃。这是必须的。

谁也不知道叔叔吃完啥时候走的。院里的柴火垛上空着那只饭碗，上面落着一只纤细的蜻蜓。母亲拾起那只空碗进了屋，死死地盯父亲一阵儿，父亲敌不过，就转头看江。

叔叔是三十多岁的汉子。

母亲到叔叔那里去，得绕开父亲的视线。叔叔的院子有一半控制在父亲的视线之内。母亲趁父亲不注意时，无声地潜入水中，一口气，远远地绕开那一半的视网，潜到了叔叔的家的另一侧。那一侧有一条粗粗的铁链，拽着它，试好劲儿，一下子从窗户跃入叔叔的屋里。进了屋，母亲永远是那句话："快点吧。"

父亲的日子就是看江。那江，有时走得好稳，迂迂回回，满江的犹豫不决。

父亲散着眼看江。

小时候，父亲和叔叔一同放鹅。鹅的食量大如猪。那时候叔叔就不大言语。父亲告诉他干什么，他就干什么。他们并非同父母的兄弟。

快快地完了事，母亲再从后窗潜入水，在水里鱼样地走。

东北的秋天冰凉。下晚，滩涂边上自然要结一层薄冰。

母亲就这样死了。

……

母亲死后，叔叔就搬过来住了。哥儿俩仍不在一个饭桌上吃饭。

吃过了，叔叔过来，弯腰，拾碗，洗净，码好。带着小崽子，撑开一船，撒网，收网。一筐一筐地搬进院，或摇到集市上，换些什么。阴节多，叔叔要去江边化些纸钱。他从来是半夜去烧：沉沉一线，一堆旺火。你想不出，叔叔烧得有多仔细。他和母亲本是最初的恋人。

父亲怎样死的，在叔叔心里是件怪事。但不管怎么说，死了就死了吧。叔叔把他埋在母亲的坟穴里。坟穴里的母亲已经腐烂得很不成样子。叔叔一根一根,把骨头用江水洗净,原样放好,再放了父亲。

叔叔在这江边空房里守了几日,有时坐在父亲常年坐的那只木椅上。

木椅的扶手上,有用指甲划出的一些道道儿。叔叔开始并没在意,偶有一次他数了那些道道儿,他忽然一下子明白了——这正是母亲去他那里的次数啊!

之后,叔叔背着小崽儿离开了这里。

日子久了,房子就塌了。涨水,落水,房的木板随江漂去了。沿江下去,还有人家呃,木板漂下来,自然要截住,日头蒸干后,一定能派上用场。

回头再看江,还是那样流着。

《百花园》2017年第4期

评鉴与感悟

小说叙述老道、内敛、深沉。篇幅的短小、情节的曲折与人性的丰饶之间形成的审美张力令小说意蕴深长。

父亲"看江"似乎是因为是个瘫子只能看江,然而他看的是江,心里面想的却是母亲。没人知道他"看江"的过程里有多少痛苦和无奈,这份无奈持续到母亲死去。父亲对待母亲的情感是复杂的,看似每一次尖酸谩骂的背后,是深深的无力。他所做的只能是用力在扶手上刻下道子,以此寄托无处安放的愤懑。母亲也是无力的,责任与情感的矛盾,让她在父亲和叔叔两个人之间来回"流窜",无论是哪个人也没有办法收获最好的结果。她需要面对生活里所有的艰难,也需要面对内心最真实的情感。叔叔也是一样,他所做的一切源于对母亲的爱和关怀,然而又都是无济于事改变不了事实。这样一段复杂的爱情故事被作者架构在伦理关系中,实际上放大了情节上的冲突效果,母亲和父亲的死同样在小说里都是很简单的一句叙述。人物的悄然落幕实际上使这样一段复杂的情感纠葛终于归于平淡。江水依旧在平缓地流,无论故事与情感复杂与否,都还是要回归生活平淡的本质,江水里面是人们心灵的寄托,流淌的是无数个被人们接纳的日子。(秦辉)

抓 阄

/谢志强

那一天，我听见飞机马达声，我正在屋顶架电线。一颗炸弹在屋子不远处爆炸，墙被震塌。我跟着墙落在地上。又听见几声爆炸声。我从瓦砾、断砖中爬出来，只见炸断的电线躺在废墟里冒着青烟。

我像是废墟里长出的一棵树。团部警卫排马排长赶来，他说：你受伤了？伤了哪里？

我一摸脸，一手血，鲜红的血。于是，我感到疼，浑身的疼像一下子爆发一样。接着，我失去了知觉。后来，马排长说：你当时像风中的树，颤抖、摇晃。

我苏醒过来，已在一间屋子里，我闻到熟悉的庄稼气息，我在一个村民的家里。马排长说，你睡了三天了。

那一颗炸弹把我体内潜伏着的伤寒给引爆了——我生了一场伤寒。当地的村民称为血汗病，不死也要脱层皮。我又黑又硬的头发也掉光了，甚至，脚底的老茧也脱掉了。

司令部派了卫生员护理我。部队打胜了一场伏击战，然后转移。房东大娘照料我，我的伤和病明显好转，已经可以自行下地，出去晒太阳。只是我额角的伤口还在化脓。

一个姑娘抱着一个小男孩，笑得像阳光下的花儿那么好看，她问：好了吗？

我第一次看见她，她怎么知道我病了呢？我察觉自己也会害羞，我说：好了，好了。

我甚至咬着牙，给她做一个正步走的样子。

姑娘笑了，笑出好听的声音。她说：我看你还没完全好。

房东大娘出来。我终于知道，姑娘是房东大娘的女儿，抱着的小男孩是她的弟弟。她弟弟也跟着她笑了。我昏迷时，她一定看着我。

后来，我归队了。想想房东大娘女儿的笑，好像没经受过战争的笑，我就给她写了一封信，问她愿不愿意嫁给我。她回信写了十个"愿意"。她还提起，是八路军里一个戴眼镜的女兵教过她识字。我复信向她透露，戴眼镜的女兵是团长的老婆。

信中断了。据说，日本鬼子"扫荡"，血洗了房东那个村庄。日本兵是不是搜出了我写给她的信？

我高中只上一年，1940年参加了八路军，起先当了通信兵，南征北战，不知打了多少仗，跑了多少路。可是，我忘不了房东女儿的笑容。1949年，我随王震司令率领的大军进新疆。新疆和平解放了。我所在的部队来到塔克拉玛干沙漠边缘屯垦戍边。我在团政治部当宣传干事。

1952年的一天，团部像过节日一样，张灯结彩，欢迎师里分配来的山东女兵。各个连队排级以上的干部差不多都集中到了团部参加欢迎会。

老兵们都跃跃欲试，理了发，刮了胡子，焕然一新，想挑选中意的姑娘。

团长说：挑剩了，不是让姑娘为难吗？

女兵不过一个排，还没有领略过那么多男人如此盯视的目光。

团长提出了一个方案：抓阄。

我已看中了一个姑娘，我和她似曾相识，因为，她悄悄瞅过我，还笑了一个，那一笑，把我珍藏的记忆给笑活了。我的心扑通扑通地跳。

我写了一叠小纸条，一个名字一个纸条，当然，还有许多空白纸条。揉成一个一个小纸团，有一大捧，放进一个脸盆里。我期望我抓阄——名字和形象统一。

一桩婚姻竟维系在那个小小的纸团上，一个纸条一个新娘，更多的是没有——空白纸条。

我看着连队来的干部优先抓阄。我担忧起来，却又无可奈何。战争年代，他们毫不含糊——冲锋、拼刺刀。现在，手在一层纸团上犹豫，下不了手。有的预先还往手心上哈口气，双手相互搓，搓热，有的像鸟儿啄食一样，手在脸盆的上方盘旋。

三个阄抓走了。一个姑娘突然喊：我不愿意叫你们抓阄。

我循着声音望去，是那个朝我笑过的姑娘。

站在脸盆（摆在一张桌子上）旁的团长一愣，又一笑，说：嚸！你不服从规定，为啥？

她说：首长，这样不公平。

团长说：你说说，咋叫公平？

她说：男的多，女的少，可也要男女平等，不能只叫男的抓，那是老观念，我要自己抓阄。

团长说：脸盆里都是女的，总不能自己抓自己的吧？咋抓？你给我抓一个看看。

她出了队列，径直走向我，一把抓住我的胳膊。

我像一棵树。无风。不动。脸热。心跳。

团长笑了，说：刘干事，人家多有眼力，你别害羞啦！你咋说？

我狠狠地点了个头，说：愿意，愿意被抓。

我听到一个人说：刘干事，怎么像个俘虏？

有几个连长、指导员，都是我的战友，他们显然对自己的长相相当抱有信心，提出要享受刘干事的待遇。

团长摆摆手说：你们瞎急什么？他转向她问：一见钟情？你怎么一家伙就看上了刘干事？

她说：说来话长，抗日战争的时候，他在我家养过伤，后来，还给我写信。

团长说：再后来呢？

她咬咬嘴唇，这一下，脸红了，说：我不告诉你们。

我那几个战友，又一次强烈呼吁，要求姑娘来抓阄——选活人，而不是抓纸团。

团长对此竖起大拇指，说：我喜欢这样的性格，凭你的勇气，我给你开个先例。

女大十八变，越变越喜欢。我已看出她当年可爱的形象了。

然后，团长像拍鼓一样拍一拍脸盆，对几个信心十足的我的战友说：你们恋爱过吗？没有。好吧，还是按原来的规矩，继续抓阄。

一个礼拜后，团长亲自主持集体婚礼，一个排的女兵，一个排的男兵。女兵是山东参军进疆的女兵，男兵是战火硝烟过来的老兵。团部专门给我俩腾出了一间房子。

其实也不是凑巧。书信中断，她曾打听我所在部门的去向，我们部队离开了根据地。解放战争，她已是村妇女会主任，听说我们部队换了番号，进军大西北。她记住了我的额角有个弹片划出的疤痕。

我抱住她，犹如当年她抱弟弟，说：最初，我就认出了你的笑。

她笑得简直要把被子掀起来，说：那么久，那么远，我总算抓住你了。我说：我愿意，早就愿意被抓了。

《文学港》2017年第8期

评鉴与感悟

《抓阄》是谢志强"老兵系列"小小说中的一篇，是"农垦"人的后代以文学的方式记录下的父辈们的"激情燃烧的岁月"。

小说的主人公"我"与姑娘，在大团圆结局的背后实际上是作者对进疆老兵崇高奉献精神的赞扬。这份赞扬主要是通过"我"和姑娘情感之间的联系间接传递出来的。"我"因为战争与心爱的姑娘断了联系，然而若干年过去这份感情从未淡去；姑娘为了找到"我"一直在四处打听，当了妇女会的主任，又寻找到了边疆。这既是为了祖国的和谐稳定也是为了自我的爱情，这种情感是通过进疆这样一种形式所传递而出的。赞扬也是对姑娘个人的赞扬，文末的一句"那么久，那么远，我总算抓住你了"，饱含了姑娘为了抓住"我"而付出的艰辛。一个"久"，一个"远"，道尽多年来一路的心酸。这一路的心酸也是具有代表性的，所代表的是这些远道进疆的女兵一路的付出。

一则生活化的故事，交融了历史的宏大叙事，使读者更能感知这些老兵的温度。（秦辉）

尘　缘

/吴克敬

　　鱼豆花好久没有回来了。
　　凤栖镇是鱼豆花的故乡，她走出去，她走回来，她是自由的，所以说，这没什么好奇怪。但她这次回来，不是一个人，她的怀里，还紧紧地搂着个小孩，这就叫人不能不奇怪了。因为没人听说她成家，即便是她的父亲鱼蘑菇，也不晓得她成了家。没有成家，她抱的又是谁的小孩？凤栖镇人因此奇怪，交头接耳地看着鱼豆花从镇街口的汽车里下来，抱着小孩子从街上走过，一直走进了凤栖寺。人们更加奇怪了。
　　这一天，凤栖镇逢集，满街筒子都是人，而且天气又特别好，刚刚度过繁忙的秋收秋种，来跟集的人，都想好好放松一下。鱼豆花和她抱在怀里的孩子，为大家提供了一个充分放松的机会。她抱着小孩在前边走，大家随在她的身后往前跟，亦步亦趋地，就都跟进了凤栖寺。
　　老梧桐树的空腹里，坐着无我师父，他其时正在诵读佛教经典《大悲咒》。常来凤栖寺听无我师父诵经开示的人，早知《大悲咒》彰显观世音菩萨，意欲安乐一切众生的圆满、无碍大悲的愿力，除一切灾难以及诸恶病苦，并能成就一切善法，随心满愿，远离一切怖畏……鱼豆花抱来的小孩打扰了无我师父诵读《大悲咒》。小孩苦着一张脸，哇呀哇呀地号哭着，这叫无我师父不能不抬头看鱼豆花了。

无我师父不知何故，竟然有点手足无措地慌了一下。

趁着无我师父的慌乱，鱼豆花说话了："你可真会装！"

鱼豆花是说无我师父吗？

正在大家猜测的时候，鱼豆花又开口说话了："你看你娃，给你哭得多响亮！"

大家不需要再猜测了，鱼豆花就是说给无我师父的。

"啪！"的一记大耳光，抽在了鱼豆花的脸上。这一巴掌是知道了他女儿鱼豆花在凤栖寺赖上了无我师父的鱼蘑菇，紧赶慢赶跑进凤栖寺来，挤过人群，挤到女儿鱼豆花的面前，抽在鱼豆花脸上的。他抽了鱼豆花一巴掌后，顺手还把鱼豆花怀里的小孩子夺了过去。鱼蘑菇把小孩夺过去，没有心疼地往怀里抱，而是高高地举起来就往地上摔……可怜的小孩子，不知是被吓着了，还是别的原因，在鱼蘑菇把他高举起来后，他不仅收住了哭声，而且发出几声银铃似的笑声。

小孩子可爱的笑，没能阻止他被摔向地面的命运，鱼蘑菇还是把他狠狠地向下摔了。

千钧一发之际，无我师父从梧桐树的树洞里飞蹿出来。在小孩子落地前的那一瞬间，被他稳稳地接到了怀里。

挨了父亲鱼蘑菇的一巴掌后，鱼豆花转过身去，绕过老梧桐树，撒丫子飞跑而去。

真是无我师父的孩子吗？有人相信，有人不相信。小孩子的外公鱼蘑菇，压根儿就不相信。他的姑娘他知道，姑娘为谁生的孩子，他也隐隐地料想得到，只是他在现场不好说什么，也不好问什么。他愤怒地从女儿鱼豆花怀里抢过孩子，愤怒地把孩子往地上摔，就完全表达了他的怀疑。但他很快后悔了，无论如何，他都没有理由把小孩子往地上摔。幸亏无我师父把孩子接住了，才没有酿成大错。

在凤栖寺皈依做了居士的鱼蘑菇，感激地看着无我师父。他伸出手去，从无我师父的怀里小心地抱过了孩子。

鱼蘑菇说："让你丢脸了。"

鱼豆花你自己作孽，未婚先孕生了一个小孩子，你找谁不行？我是小孩他外爷，你抱给我也成啊！我的一张老脸不要了，我带我的外孙子。可你作的孽，抱回凤栖镇，径直去了凤栖寺，要找无我师父认父亲！你这是作孽造罪呀！

　　鱼蘑菇在凤栖寺照看着小外孙，心里想的却是豆文春。那个在凤栖镇当过书记，现在升到县里当副书记的人，是不是小外孙的生身父亲呢？鱼蘑菇肯定地认为，他就是小外孙的亲爸爸。过去的日子，豆文春是很关心女儿鱼豆花的。鱼豆花高考失利，就是豆文春出钱送她到省城上的民办大学。鱼豆花要工作了，也是豆文春给安排的。前些天传闻，豆文春被人举报了。在那期间，豆文春回了凤栖镇，想要给凤栖寺布施，无我师父没有拒绝，不冷不热地接受了他的布施。可是时日不多，就有确切的消息说，他被"双规"了。

　　鱼蘑菇听到后说了一句话："他求佛？他要知道佛不保佑作恶的人！"

　　无我师父也说了一句话："佛不是求的，佛是修的。"

　　鱼蘑菇把他说过的话和无我师父说过的话，见了人就说。就在他给凤栖镇人不断地说着这两句话的时候，披头散发的鱼豆花再一次回凤栖镇来了。

　　在此之前，有份清除佛教界败类的通知，以红头文件的方式发到凤栖寺里来了。文件写得很清楚，指名道姓地说到无我师父。幸亏豆文春被"双规"。豆文春被"双规"后，不仅交代他有严重的经济问题，而且还说他养了"二奶"。这个"二奶"不是别人，有名有姓，就是鱼蘑菇的女儿鱼豆花。

　　鱼豆花像她前次回凤栖镇一样，又是一头闯进凤栖寺，扑到老梧桐树前，双膝跪在地上，扑爬着向无我师父讨要孩子。恰好她父亲抱着孩子在，她就从他父亲怀里夺也似的把孩子抱到了她的怀里。

　　把孩子夺回怀里的鱼豆花，满脸是泪。她把孩子搂得紧紧的，跪着向老梧桐树前又扑爬近了些，给无我师父重重地磕了个头。她言语含糊地说："多谢师父善待我儿。"

　　鱼豆花说罢感激的话，没歇嘴地问了无我师父一个问题："他捐给寺庙的款是你交上去的?"

　　无我师父没有回答鱼豆花，只是念了一句："阿弥陀佛。"

　　鱼豆花没死心，又说道："他说是你上交的。"

无我师父这才说:"寺庙净土,不要脏钱。"

《百花园》2017年第1期

评鉴与感悟

作品主要通过情节上的冲突来完整塑造人物形象,从而将一个个谜团带入,表面上并无"尘缘",然而却处处透露着"尘缘"。人物饱满,暗藏立意,具有深远的意蕴。

"尘缘"本是佛教用语,指尘世间的因缘。小说的最后豆文春被"双规",鱼豆花回来,始终没有交代孩子的父亲到底是不是无我师父。而在小说的一些细节层面,可以看出无我师父和鱼豆花之间是存在着尘缘:第一处是无我师父看到鱼豆花手足无措地慌了一下,如果无我师父和鱼豆花本无联系,诵读佛经的高僧又何必惊慌;第二处是鱼豆花的话,鱼豆花倘若和无我师父之间没有联系,为何要特意栽赃一个僧人;第三处是无我师父对待这个孩子的态度,倘若他从不认识鱼豆花,怎么会在千钧一发之际从树洞里飞蹿出来。作者通过种种这样的细节紧扣着"尘缘"这个题目。这篇小小说的成功之处在于将一段很复杂的故事压缩进很小的篇幅而给了读者广阔的思考空间。鱼豆花孩子的父亲是谁,为何被包养在吃穿不愁衣食无忧的条件下将孩子舍弃,无我师父在接受布施之后却为何要选择上交,寺庙不收脏钱,不接受布施不就可以了?这一切的疑问都是因为这段出家人所不该有的尘缘。然而我们活在人世间本就是尘世,尘缘本来就是生命里不可缺的,但是切勿让尘缘变成孽缘。(秦辉)

握 手

/周长风

老张在殡仪馆做火化工,这份工作听起来不怎么样,可收入稳定,待遇不错。在单位,领导重视,死者家属尊敬,他也没觉得自己矮人一等。不仅如此,有时候遇到有地位的人来火化,主任都会专门跑过来叮嘱一番,什么你是咱们单位的老师傅了,工作一向兢兢业业,这次更要把工作做得更好,后面的亲属也会很客气地递过来两包好烟,不要都不行。即使普通人家,有的家属也会专门跑过来,意思意思。这个时候,老张都会把人家的心意收下。如同在医院里病人家属给做手术的大夫送红包一样,你不收,人家不放心,你收了,自己得到一份尊重,家属心里得到一丝安慰,双方心安。但他收归收,却从来不跟家属握手,这是规矩,最多客气地把身子弯曲一下,点点头表示谢意。在家里也是这样,有亲戚朋友上门,他能不陪就不陪。亲近的人知道他的工作,不会有人跟他握手;稍远的亲属问起他的工作,他都说在民政局上班。

这几年殡仪馆升级了火化炉,焚烧效率更高,也更轻松。老张已经升格为元老级的人物。手下也带了几个徒弟,小章就是其中之一。小章来自农村,师范毕业,因为嫌工资太低,就辞了老家工作,到处闯荡。在外地打工一年,辛辛苦苦剩不了几个钱,眼看到了结婚年龄,就回到了老家。有一天看到县殡仪馆招工就报了名。他父母都不在了,一个妹妹也嫁了人，自己的事自己能做主。没想到，他很顺利地就通过了考试，上班的第二年，妹妹托人给他提亲，小章怕自己的工作会成为障碍，就把理解支持自己的工作，作为择偶的主要条件。哪知人家并不在意这个，原因是那个女孩子的爸爸在农村张罗了一辈子红白喜事。小章在民政局分配的住房里完成了婚礼。

  老张对徒弟很关心，小章学习技术也很用心，这师徒俩相处得很融洽。空闲的时候，俩人坐下来一起抽支烟喝杯茶，聊聊天，很是惬意。师徒俩关系好归关系好，却从来没有握过手，哪怕是小章报到那天，第一次见到老张时，两个人也只是微笑着点了点头，小章喊：张师傅，您以后多关照！老张也客气地回答："只要认真学，肯定能做好！"

  一晃五年过去了，五年间，殡仪馆又招收了不少新工人。但要说最有师徒缘分的，还是老张和小章，看着他俩那个亲热劲儿，很多人都以为他们是一对父子搭档呢。

  元旦一过，老张就要退休了，在殡仪馆工作了二十多年，终于可以回到家里安度晚年了。退休前一天，是小章的班，老张早就告诉他，说自己要来跟他一起当班。小章说不用，难道师傅还不放心我的技术吗？老张说不是，跟这台炉子、这个工作间有感情了，退休之前再来看看。

  那天的活不多，早早收拾妥当，师徒俩摘了手套，坐了下来。老张给了小章一支烟，自己也点了一支。老张说，我以后退休在家，就清闲多了，你要是休息天无聊，我们俩去云龙河钓鱼。小章说，好，师傅，你没事也常来单位玩，说了这句话又觉得有点不妥，脸一红，笑了。接着，小章从写字台的抽屉里拿出两条苏烟，递给老张说：师傅，感谢您这几年对我的悉心教诲，徒弟一定不会给您丢脸的。老张忙推辞，这是干啥呢，咱们俩还整这么客气！一来二去地，两个人的手突然就碰在了一起，仿佛条件反射般地，又都缩了回来。两条苏烟啪嗒一声摔在了地上。

  要知道，自从做了这一行，老张就没有跟人握过手，他的师傅当年就是这么教他的。时间长了，他已经习惯了把这双手藏起来，或者垂下去，一动不动地贴在身体两侧。他对别人表示客气热情和感谢，就是点头微笑，微笑点头。如果再隆重一点，那就将身体微微弯曲着点头，如此而已。小章来火化炉上班的第一天，他又这样教过徒弟：咱们火化工的手，除了吃饭干活，就是乖乖地放在身体两侧。五年来，他们师徒无话不说，烟酒不分家，亲如父子，却从来没有握过一次手。

　　一阵令人尴尬的静寂之后，还是徒弟小章打破了僵局，他把掉在地上的两条苏烟拿起来放在老张手里，还没等老张反应过来，就紧紧握住了师傅的手。顿时，一股暖流传遍师徒俩全身，老张嘴唇哆嗦着，眼睛立即就红了，半天才说出一句话：谢谢徒弟！说完，又快速地抽回自己的手，不好意思地笑了起来：我真没出息！

　　提着徒弟送的两条烟出了门，外面不知什么时候飘飘扬扬下起了大雪，走出去好远，老张又回头朝徒弟挥挥手：好好工作！隔着漫天飞舞的雪花，小章用颤抖的声音回了句：多保重啊，师傅！

《天池小小说》2017年第6期

评鉴与感悟

作品视角独特，语言流畅自然，神态、动作描写传神可感。握手，是心灵之间的相通，是对生命的敬畏。

作品选取了一个特殊的职业群体，职业的特殊性在于其中的隐形规矩要求他们不能像正常人一样握手，握手的意义在于情感的传递。选取这个题材的意义，实际上蕴含着对这些特殊职业群体情感关怀的呼吁。老张因为职业的关系，在亲情关系上淡漠。作者通过描述老张的亲戚朋友同老张的关系，表现出人们对火化工这个职业内心的抗拒，也是因为这样的拒绝造成了老张的情感缺失，使他忘记了握手的感觉。小章主动握起老张的手，实际上是温暖了老张这么些年来已经干涸的心。通过这样的故事为读者展现了这种不为人知职业的另一面，老张是一个善良和蔼的长辈，对待徒弟耐心，对待死者亲属理解宽容。人们因为职业关系对他有了偏见，他带着这样的偏见一直默默工作着。表现出作者对人性的深层理解，在这些看上去不是那么光彩的职业背后的人们身上，也同样具备人性的闪光点。（秦辉）

失 恃

/刘正权

人间仲春五月天，又逢草木葱茏时。

周梧桐把手里的书放下，幽幽地叹口长气，不看书了，仔细把玩自己的一双手，确切说是把玩手上那只小猫咪。

手若柔荑，肤若凝脂，搁书上，叫玉手。

在这个仲春五月天里，周梧桐就剩一双手还葱茏着。

她的腰际以下，暂时还可以用圆润来修饰。周梧桐知道，这个圆润只是表象，美的极致是衰败，周梧桐腰际以下皮肤上那种闪烁光泽的圆润，实际是轻微的水肿。

血脉不通的人，才会水肿。

周梧桐瘫在床上有些日子了。

陪着她一同出车祸的，是只猫。

猫死了，肚子里还揣着猫崽。猝不及防的车祸，让周梧桐的猫临死之前进了人类的医院，还顺顺当当产下一只猫咪。

猫咪就在周梧桐的手上。

三岁的彤子被爸爸抱进来时，手上拿着一只奶嘴，冲周梧桐邀功："妈妈，把我奶嘴送一个给猫咪。"

"送奶嘴给猫咪？"周梧桐不把玩猫咪了，一双眼睛把玩彤子。

"猫咪那么小，就没了妈妈。"

"没娘的孩子天照应，你操个什么心?!"周梧桐"啪"的一声打掉彤子手里的奶嘴。

十五年前那场关于车祸的回忆到这儿戛然而止。

站在病房外的彤子，透过病房门上的观察口看进去，妈妈正躺在病床上，把玩一只老猫。十五年前的那只小猫咪，如今已老得成了精，除了周梧桐，它谁也不亲。

亏当年才三岁的彤子还为她哭啼过好几次呢，白流了那些眼泪。

打那以后，彤子就不再流泪，变得柔韧而坚强，哪怕面对病榻上的周梧桐。

多年母女成冤家，这话不假。

谁让那场车祸，让妈妈变得不可理喻的！

确实不可理喻，当时周梧桐把手里的猫咪往地上一丢，冲彤子说："猫有九条命，你知道不？死不了的。"

彤子就这么被妈妈气出了病房。

老远了，病房外还能听见彤子的啼哭。

要不是这次下了病危通知，彤子是不会到医院来的。猫有九条命，就算周梧桐是病猫，怎么也得有八条命吧。周梧桐属虎。

病房里，周梧桐正跟那只老猫说话呢。

这就对了，在彤子看来，妈妈自从出了车祸后，都不会说人话了。

每次爸爸喂她吃完饭，妈妈都揪扯自己的头发说："我怎么就不死呢？"

爸爸不安慰，激将说："你死了谁来祸害我啊！"

"也是，我不能死，我还要祸害一千年的！"经不得激将的妈妈歇斯底里了。

奇怪的是，爸爸居然讨价还价说："一千年，那得祸害多少人，你只祸害我十五年，就够了。"

十五年，好像一个咒语，很灵。每每说到这儿，妈妈就不歇斯底里了，和爸爸抱头痛哭。

为啥要祸害十五年？这个疑问一直盘旋在彤子的脑子里。

病房的呼叫器突然响了。

一个护士飞快抢进门去。

要抢救的是那只猫,它老得没了进食的力气,靠周梧桐喂奶水度日。那只奶嘴,彤子看见了,是当年她送给猫咪的那只,周梧桐竟保存了这么多年!

老猫去世的当天,周梧桐也进入弥留阶段,她手里,紧紧攥着那只奶嘴。

轮到爸爸歇斯底里了,他恶狠狠地揪扯周梧桐的头发:"你不能死啊,说好还要祸害一千年的,怎么可以说话不算话?"

周梧桐似乎被扯烦了,眉眼上露出一丝不耐,气若游丝地说:"我答应……你的……只……只祸害……你十五年,你算算,十五年……到……到了吗?"

"还差一天,彤子就十八岁,你就不能……"

"从三岁到十八岁,她……她已不算……失恃了,你……求你……褥疮让我……生……生不如死,放过我吧!"周梧桐眼睛猛地一亮,跟着一暗,人就没了呼吸。

十八岁,失恃?

在爸爸惊天动地的哭喊声中,彤子听见主治医师对护士说:"糖尿病高位截瘫能活十五年的,在这个科室,是有史以来第一例。"

"能够扛过五年不死的,就是奇迹了!"若干年后,做了医生的彤子对一个高位截瘫的糖尿病患者家属说,"除非有能让您妻子十五年内割舍不下的心思。"

说这话时,是五月的第二个星期日。

窗外草木葱茏得如同那个高位截瘫女患者的手,让彤子不忍直视。

《天池小小说》2017年第4期

评鉴与感悟

小说的情节安排不落俗套，叙述方式多样灵活，在倒叙和插叙之间把情节推向高潮，首尾呼应，增强了情感的冲击力。

母亲永远无法割舍下自己的孩子，这篇小小说通过描述一个被称作医学奇迹的糖尿病高位截瘫患者母亲，赞扬了母爱的伟大，而这位母亲——周梧桐的母爱是深沉的，深沉体现在她默默地爱了自己女儿十五年，从她瘫痪的那一刻，直到死前的最后一刻。十五年的执念只是为了不要让女儿失恃。有着这种信念让她一次次战胜了自己，所以就算她成了一个瘫痪的病人，在知道自己必死的前提下依旧选择坚强地活着。

文中有意思的是那两只猫，老猫在生命的最后关头生下了自己的孩子，这也是母爱伟大的体现。同时，猫也是母亲周梧桐和自己的孩子彤子之间情感联系的象征。周梧桐用彤子三岁时送给猫咪的奶嘴给猫喂食，这只奶嘴体现着母亲对孩子的挂念，而在弥留阶段，周梧桐的手里仍紧紧攥着这个奶嘴，可以见得她对彤子的爱有多么深刻。

在结构上，首尾呼应，结局用一个相似的桥段，依旧是仲夏五月天，彤子明白了母亲深沉的爱，却再也见不到母亲。彤子所不忍直视的是窗外的草木葱茏，象征着永远在心底隐隐作痛的想念，为整篇小说蒙上一层忧伤的气氛。（秦辉）

美丽的伤口

/歪竹

开学发新书时,陈大勇老师碰到一本崭新的烂书(估计是运输途中损坏的)。他不知如何是好,发给谁,谁都会对自己有意见。况且,霸蛮发下去,有时会毁了一个学生,因为该生迁怒于老师,从此不再"帮老师"读书了。个中滋味,恐怕只有一个老师才知道。

陈老师为此整整一个晚上没有睡好,想了几十种方法,都是开始觉得可行,一会儿又觉得不行了。天快亮的时候,他才想出一个真正可行的办法,就是组织学生开一个班会,借此把烂书发下去。当时,他听到了鸡鸣声,觉得大地在鸡鸣声中微微战栗。

陈老师说,今天回去请同学们做好相关准备,明天我们班要开一个班会——给新书美容。班会的目的是,评出我们班的最佳美容师,然后请最佳美容师为班上的一本烂书美容。同学们非常高兴,热烈地鼓掌。

第三天的晨读课,陈老师说,这节课我们开班会,请全班同学为自己的新书美容,看谁美得最好。新书就是你们的公主,可要好好打扮喔。说完,他笑了一下,眼里闪过一道妙不可言的光。

同学们纷纷拿出自己准备好的工具,开始美容了。先包装,再画图。有用旧报纸包装的,有用画纸包装的,有用日历纸包装的,有用塑料纸包装的;有画山水的,有画卡通的,有画哈利·波特的,有画米老鼠和唐老鸭的，有画自己崇拜的明星的。大约半节课的工夫，一个个美丽的公主诞生了。

陈老师在课桌之间穿梭，不停地欣赏和比较，不停地微笑和赞美。学生们呢，一会儿看看自己的公主，一会儿看看别人的公主，一会儿看看陈老师的眼光。最后，陈老师选出三个最美的"公主"，一个是封面画了一幅天子山风光图的，一个是日历纸包装封面正好是一位美女头像的，一个是旧报纸包装后又画了一只米老鼠的，请全班同学评价。

同学们热烈地讨论，还有两个男生展开了争鸣。陈老师又将三个"公主"一个一个举起来，要求学生一个一个表决。终于评出最美的了，是阳美丽同学包装后又画了米老鼠的那本书。陈老师宣布，我们班的最佳美容师是阳美丽，并把那本书还给阳美丽。阳美丽抱着书，像抱着一个什么宝贝，身子激动得快要融化了。

在同学们的眼中，阳美丽和她的书都是童话里的宝贝，都在熠熠生辉。阳美丽的眼睛看着同学们，嘴角露出得意的笑容。在同学们看来，她的笑容灿烂得近乎辉煌了。

接下来，陈老师提了一个问题：下一步，我们该做什么了呢？

同学们齐声回答，请阳美丽同学给班上的烂书美容！

阳美丽就用刚才的方法，先用旧报纸包装，然后在封面画了一只米老鼠。书的烂处不见了，书上的米老鼠却异常诱人。把这本书和刚才的那本书放到一起，没有人能够分辨出来。两本书——好书和烂书，两个一模一样的美丽"公主"。

陈老师故作惊讶地说，怎么烂书和好书一样好看啊？又特意翻了翻书，书里的内容一点也不少，对学习完全没有影响。陈老师接着说，只要保护好，烂书就永远是好书，就像一个小小的伤口，已经愈合了，只要不再去揭就永远是一块好肉了。保护它的人很可能比给它美容的人功劳还要大哩。下面，我们要请一个同学来保护它，谁愿意永远保护它？

同学们齐刷刷地举起了小手，像一片小小的树苗。大家前看后看左看右看，目光像小鸟，在树苗中飞翔。

陈老师说，好，好啊，不过，这么多同学都愿意来保护它，老师倒是不好给谁了，老师生怕同学责怪，说老师不公平，对谁好一些，对谁不好一些，怎么办呢？

阳美丽说，美容是我美的，保护也归我吧。一个同学说，不行，不能好事都让她一个人占了。其他同学也表示赞成。

阳美丽说，我最熟悉情况，最有利于保护它，你们只怕一不小心就碰到了它的伤口，所以还是我来保护吧。

陈老师说，阳美丽同学说得有道理，我看还是归她保护吧。

就这样，陈老师顺利地把烂书发下去了。一个学期后，陈老师检查同学们的课本，发现阳美丽的书保护得很好，拆开旧报纸，看到那个新鲜的伤口，"啊"了一声——那是一个美丽的伤口。

《文学港》2016年第12期

评鉴与感悟

作品构思巧妙，把"伤口"同"美丽"联系在一起，在把"丑陋的伤口"化作"美丽的伤口"的过程中，展现了孩子们心中的纯洁善良。都说老师是人类灵魂的工程师，那么"工程"的质量就取决于老师的水平。对于陈大勇老师来说，这本烂书的处理就是一次工程，如何处理这道丑陋的伤口就是工程的核心，好在丑陋的伤口最后变成了美丽的伤口，而之所以称之为美丽的伤口并非是因为这道伤痕本身有多美丽，美丽的是对待它的方式以及看待这道伤口的眼光。阳美丽给烂书穿上了新衣，使原本的烂书变成了孩子们眼中的"公主"，这样的美丽是被外界所赋予的美丽，而来源就是孩子们纯洁美好的心灵，当所有人不再认为它是一本烂书而是一本值得珍惜的书时，那它就真的不再是烂书。小说在展现孩子们纯洁可爱的一面同时也体现了对陈大勇老师善于启发学生、选择正确教学方法的赞扬。

老师对于学生尤其是小学生的意义无疑是重要的，这条思想贯穿在整篇小说里，开头就提到"霸蛮发下去，有时会毁了一个学生"，一本书对于学生的重量不仅仅是书的分量，与学生的每一次交流都要从心灵的最底端出发，让学生茁壮成长根就要打得扎实，而这个根恰恰就是心里面最本质的美好。（秦辉）

家 属

/安石榴

20世纪五六十年代的林场里几乎没有老人，都是青壮年。林业工人生活环境和工作环境差，没人疼。夏天那儿蚊虫多得人成了蚊子的吃食儿。冬天嘎巴嘎巴冷，零下三四十度作业，那个苦哇，自己没法说全乎。但林业工人一年四季的衣服不用自己买，白给，包括防蚊帽和裹腿啥的。工资也高。工人们赚了钱，请假回山东老家娶媳妇，然后连哄带骗地带回东北。

"俺的娘哟！"女人们刚刚到林场，心里嘴上常咕叨这话。

姑娘乍变媳妇，面子薄，除了偷偷哭，急了就叫一声"俺的娘哟"。她们也不爱聚在一起，你躲着我，我躲着你，怕别人笑话自己是被骗来的，丢人呀。吃得饱穿得暖，这些她们喜欢，可还是想家，想妈，还生气，被骗了嘛。慢慢地，她们拿着一把菜或者别的什么，送给邻居姐妹，你来我往地，也还是不太往深了说。女人嘛，躲不了孩子，直到一个个孩子出生，女人们就变了，变得啥都敢说了，变得自己都不认识自己了呢。终于聚在一起了。

男人们上山清林，中午不回家。女人们把早上吃的剩饭焐在锅里，盖好盖子，又把厨房抹布卷厚实些，沿着锅边和锅盖塞好，这样中午就不用烧火了，锅里的饭是温的。女人们喂了猪和鸡鸭鹅狗，打发大孩子上学，抱着小孩子聚到一家闲聊，忽然大彻大悟，一炕家属，全是被骗来的。

一个面相有点像男人的女人说:"俺可傻了,你们再也没有俺这么傻的。结婚时,他给俺一对金耳坠子。当天晚上,他说:'耳坠子是借我二嫂的,如果你要呢,就给你,反正是旧的。你不要,就带你去东北给你打一对新的。'俺一听,赶紧摘下来,说:'俺要新的!俺要新的!俺的娘哟——'"

她指指自己的空耳朵,大家哈哈笑了。我看看你耳朵,你看看我耳朵,大家都是空的,就纷纷说:"这不算事儿,现在不兴这个了。"

一个嘴角长了一颗痦子的女人突然插了一句话:"结婚就结婚呗,俺不知道结婚还得那样!"

"哪样?"女人们忽然蒙住了。

"那样呗。"她推了旁边女人一下,大家一下明白过来,全笑翻在炕上了。

"秀曼你说说嘛,你不爱说话不好,都堆在心里把自己苦坏了,你得倒一倒呢。"女人们热切地看着秀曼。秀曼想了想,吸了口气说:"好吧,俺真的早就想跟姐妹们说说了。"决心下定了,非说不可了,她的脸却白了,苍白着,她还是开口了。

"俺的娘哟。"秀曼说,"俺都不知道从哪儿说起,怎么说。俺那时候嫁给他,他告诉俺他比俺大四岁,俺十八,他二十二。俺跟娘说,他怎么看着那么老。俺娘说长得老相些呗,也不算啥,这样的人经得住老。可是,到东北了,俺才知道他哪大俺四岁呀,十四岁!"

"俺的娘呀!"女人们惊叫起来。

秀曼接着说:"他还有两个儿子,一个九岁,一个八岁。"

女人们倒是知道这个,秀曼一来就当后妈,当时她们还以为秀曼是个寡妇呢,哪能想到她是一个黄花大闺女哟。

秀曼说:"俺就不乐意了,他哄俺,说对俺好,俺说不要他对俺好,俺要回家。俺哭了好几天,天天吵着要回家。他说,你要回就回吧,你自己回,反正俺不送你。俺一听就说:'好,俺自己回。'他说:'那俺可告诉你,别赖俺没说。你出了这个林场,外面尽是坏人,抓住女人就糟蹋。'俺看着他的脸,看不出破绽来,俺说:'你骗俺。'他说:'那你就试试吧。'吓得俺傻了,不敢走了。"

秀曼停了下来，用幽怨气愤的眼神看着大家，大家也看着她，一脸的惊讶。可不知道谁，突然笑了起来，结果大家都跟着笑起来了，笑得东倒西歪。

秀曼说："你们还笑呀？"话一出口，她的心忽然一动，感觉轻松了些，倒不那么生气了。大家收敛了笑声，又都巴巴地看着她，等她讲。

秀曼说："有一次俺带着老大老二去山脚下的地里摘豆角，下雨了，好大的雨，也没个房子没个棚子躲雨，俺就把自己的外衣脱下来给两个孩子遮头上了。晚上他把老大领到仓房去，偷偷问，是俺主动给他们的衣衫，还是他们要俺的衣衫。你们说说他，俺能让孩子淋雨么？俺没那么狠呀。"

女人们叹息着，夸赞秀曼心眼儿好，会有好报。秀曼忽然觉得她们的话听着让人好舒服，挺高兴的，嘴角就起了一个笑，心上也暖暖的。不知道怎么一下，脑子里闪过他的样子，眼神怯怯的，总怕她生气。还有就是，摘豆角那天晚上，他拿出三百块钱，说："从此这个家你说了算，我赚的钱全给你，一分也不留，你想怎么花就怎么花……"姐妹们还在说笑，秀曼听不进去了，她沉浸在自己的心事里，琢磨着，琢磨着自己，琢磨着他，好像不太明白，又好像知道一些，最起码看到了他的真心。她眼里起了一层雾，低下头，想：我晚上得好好给他们爷儿们做顿饭了……

《百花园》2017年第3期

评鉴与感悟

2016年《天池小小说》开设了"安石榴专栏"，刊物主编黄灵香女士在编者按语中写道：每天吃上饺子，是安石榴九十多岁高龄母亲的理想，为此，安石榴在五年多的时间里，自己包了一万多个饺子，直至老人离世。"对于细小事物的知觉、亲近、怜惜与爱护，是可见得女子性情的"。这性情是安石榴小小说的底色，"原本日常琐事，在她的语境中，升成一种对于生命本身的感悟。作品传递出的那种从容，那份情义，正是我们这个时代稀缺的"。

《家属》便是这种"性情"的最好体现。秀曼是一位普通林业工人的家属,和许多嫁给林业工人的家属一样,是被"连哄带骗"带到林区的,虽内心充满愤怒、悲哀,却也只能无奈地接受现实。在"苦寒"之地,秀曼和家属们的朴实善良让炊烟在黄昏时升起,让灯盏摇曳于暗夜,让欢颜浮现于孩子的脸庞……她们像大地一样宽广而无私的胸怀温暖着被世界遗忘的那些孤寂的心灵。这是作品最为动人的力量,是人性之光的闪耀。(卢翎)

魔术师

/高沧海

魔术师做梦都想穿着金色衣裳，脚蹬金色靴子，在灯光璀璨的舞台上，在潮水一般的掌声里，一遍遍地谢幕。然后乘坐满是鲜花的火车，从一座城市来到另一座城市，携一名红粉佳人，温柔富贵乡里，繁花似锦。

可魔术师只是一个名不见经传的小人物。他的弟兄们在打麦场或是坍塌了半截柱子的土台子上表演完胸口碎大石或口吞钢刀后，他戴着夸张的尖帽子，顶着红鼻子，穿着奇奇怪怪的衣裳，拿着几个小绒球儿，上场。他让绒球儿在众人的眼皮底下消失，又神秘出现在周边某一位张着大嘴的看客的衣袋里，在笑声里博取微酬，然后乘坐带篷的卡车离开，辗转到另一个乡村。

大篷车停在大理菊边一个晚上后，竟然再也不愿上路。它在清晨里像个年老的人才起床那样咳嗽叹气，走一走停一停，然后不管再怎么催促它，甚至跳脚咒骂它，它也一动不动了。村庄里修自行车的师傅围着它转了几圈后，表示对这个大家伙他实在无能为力，但是他可以帮忙请来镇上修汽车的师傅。

行程就这样耽搁下来。

魔术师坐在大理菊的花盘下乘凉。

身边的木门吱呀开了，魔术师看到了一张女子的脸探出来，女子的眉眼，恰似三月风暖，八月桂香，更似一朵盛开的大理菊。

女子笑嘻嘻地说，我认得你，你就是那个魔术师，昨晚就是你把球变到了牛二媳妇怀里。

女子说，牛二媳妇让全村女人眼热哩。

魔术师说，我没看到你，不然我会变到你那里。

女子吃吃笑了，女子说，你眼里只有牛二媳妇，怎么会看到别人呢。

魔术师笑了，魔术师说，那胖媳妇像堵墙，一个劲里向灯亮里钻，有她挡着，我哪里还能看到别个。

今儿就在你眼前哩，你变一回咱看看。

女子这样说来，女子更像是带着一丝央求语气，女子的眼睛亮晶晶。风从南面吹来，吹到魔术师的脸上，暖洋洋地想让人打一个喷嚏，魔术师甚至嗅到了自己身上的一股果子酒的味道，魔术师掏出绒球，他看着女子的脸，他看着女子洁白细腻的脖颈，他知道，他只消轻轻一弹，绒球便会像一只手，滑滑溜溜顺着衣领钻进女子的怀里。

绒球果然就像一只手，滑滑溜溜顺着衣领钻进了女子的怀里。

那夜，月华如水，魔术师站在大理菊的暗影里。

从木门的缝隙里，他可以看到女子屋内的灯光，如豆，如星，他甚至听到她轻轻的叹息，如兰，似桂。魔术师抬眼看看不远处的卡车，月光给它披了一身笨重的铠甲，威严而冷峻，明天，或者后天，它又将载着他们到哪里漂泊？

魔术师在大理菊的暗影里徘徊，门里的灯亮陪伴他直到天光四开。

魔术师把半生的积蓄坚决要女子收着，你男人没了，留着给自己添置身衣裳也好，这样瘦，你该吃胖一些，魔术师握着女子细长的手指。女子低下头，女子说，她该给他备一双棉鞋，寒冬腊月里穿。

镇上来的修车师傅，又请人从镇上送来车上的配件，几番调试后，卡车喷出一股黑烟，欢快地上路了。

魔术师坐在车厢里，他头顶上的篷布颠簸着像暗夜笼罩。大篷车越走越远，越过山冈，穿过一望无际的麦田，夏季的花朵在魔术师掌中才刚刚开放，冬天的雪花已落上肩头。

魔术师总是想起女子临别时的眼睛。

魔术师从箱子里找出了女子送给他的新鞋。

当他开始穿这双鞋时,他从鞋橐里摸出一个小布包,令人难以置信的是,里面正是他给女子的钱。

他翻来覆去想从布包上找出一言半语,或是一朵小小的绣花。夏天的大理菊在开放,宜人的南风里,还有那扇为他半掩伸手即开的木门,即便大篷车车厢里一片灰暗,那曾经的一切却那么鲜亮,如在眼前。魔术师感到一阵阵心痛。

魔术师小心翼翼穿上新鞋。

魔术师最终也没能成为伟大的魔术师,多年后,他在某一个乡村泥泞的道路边,看一名农妇牵牛而过,想那遥远的地方,大理菊下的女子也该是到了这般年纪。

含着一窝热泪,他用熟练的让人不曾察觉的手法,轻轻在农妇如雪的鬓发间,为她斜插了一朵从路边伸出来的蓝色牵牛花。

《天池小小说》2017年第8期

评鉴与感悟

本篇小说的题目是《魔术师》,在塑造魔术师身份的时候,作者并没有着重塑造他技巧的娴熟高超反而一笔带过,倾向于展现魔术师的情感世界,并在其中将本篇小说的主题凸显出来。意蕴丰富、恰到好处的环境描写和人物的心境相互呼应,使读者体会到语言之美。

永远有很多美丽的偶然发生在身边,而生活依旧要求脚步要不断往前,无法驻足的时候,错过的偶然就变成了永久的遗憾。对于魔术师来说,与女子的相遇是生活中美好的偶然,魔术师本不属于这里,他有着很高的理想,盼望着更为丰富多彩的生活,所以他不能停下自己的脚步,而女子则不同,全部的生活都在一个狭小的村子。值得注意的是魔术师同女子分别的情节,魔术师给女子半生的积蓄,是因为他要离开远行,并不可能留在这里和女子一同生活,给钱的意图是让女子自己好生照顾自己,而女子为魔术师备一双棉鞋实际上是对他在外漂泊的牵挂,这份牵挂更像是对自己的丈夫,她盼望着有朝一日魔术师还可以回来。魔术师终究还是一个小人物，现实击穿了他的理想，就像很多普通人一样，他终究要平凡地完成一生，错过的美好终究也无法回去，只能凭借想象为女子插上一束花。绝对美好的结局在这个世界上少之又少，却总有遗憾在某一个角落悄然发生。美丽的偶然就像绒球一样，莫名其妙地弹进怀里，如果可以抓住让自己生命的遗憾少一些，哪怕过不上理想的生活，也依然是自己生命里最伟大的魔术师。（秦辉）

水仙花开

/吴苹

窗台上的水仙花开了,花瓣米白,花蕊嫩黄,每一朵都像盛了一窝阳光。女人拿起喷壶细细地给花浇水,丝丝缕缕的花香在女人身前身后萦绕。女人喜欢花,尤其喜欢水仙花。女人家的小院子一年四季花红柳绿,春色不断。

村里人总在背后说女人,一个庄稼人哪来那么多闲心,是她自己心里长草了吧?女人不管这些,为啥庄稼人的日子就得灰突突呢?

这几天女人的关节炎又犯了,双腿从膝盖到胯骨,骨头里像有千万根针在扎,疼得不敢走路。但女人强撑着做饭洗衣,谁让女人是女人呢?

昨晚,女人实在撑不住了,就对男人诉苦说,我的腿疼得很呢。好半天男人才瓮声瓮气地说,疼咋办呢?气得女人一夜没理他。

今天一早,女人照旧强撑着做饭。她把做好的饭菜端到桌上,摆好碗筷,然后坐下来看着男人。男人在桌前一屁股坐下,抓起馒头,夹了一大筷子菜大嚼起来,腮帮子有节奏地一鼓一鼓,发出牛吃草般的声音。女人瞪着男人,胸脯一起一伏。

女人猛地吼了一嗓子,我的腿疼死了!男人一愣,仍没有放下手中的筷子,说,吃药嘛。

女人腾地一下站起,进了里屋,抓起男人的行李包,一把扔到了院子里，吼着，你滚吧！女人抓住男人的衣服，将他强行推到院子里，说，快滚，别让我再看见你！

男人在院子里站了一会儿，女人也不看他，只顾默默垂泪。

男人小心地蹭进屋来，女人说，你又回来干啥？男人嗫嚅着，我还没吃饱呢，得拿两个馒头。说着，男人抓起两个馒头揣进了怀里。

男人扛着行李包，慢慢走出了家门。

男人还没过完年就走了，离预定的日子还有两天呢。想着，女人心里五味杂陈。

女人还是姑娘时，媒人给她介绍了男人。媒人说男人会木工，人又实在，女人的父母很快就同意了。

女人嫁给男人后，男人年年出去给一个木器厂做工，每月除了留下两百块钱的零花钱，悉数把钱寄给女人。厂里管吃住，男人有时一个月都不出厂门。村里人都说男人能挣钱又顾家，是个好男人。村里人说这话时女人有时不说话，有时会说，他少挣几个我也没意见，两口子过日子又不光是挣钱。女人用男人寄来的钱买衣服买化妆品，女人穿上好衣服就像花蝴蝶。花蝴蝶一样的女人照样喂猪喂羊，播种收割。

女人清晨在田里锄草时，田里的露水很大，打湿了她的裤脚和鞋袜。邻居庆生看见了说，嫂子，寒从脚底生，我哥不在家，你可得疼自己啊。庆生说完，撂下手中的锄头便急急火火回了家，一会儿便将一双雨靴放在了她面前。

女人春天在河边洗衣服时，庆生看见了，一把夺过说，你傻啊，这么凉的水，关节炎犯了咋办？

女人夏天给庄稼喷农药时中了毒，回到家里上吐下泻，庆生得知后连夜将她送到医院，还一勺一勺地喂她吃饭。

夜深了，从医院回来的女人坐在床边，听着窗外的露水从树叶上滚下来，一滴一滴往她的心里最深处落下去。女人撩开窗帘一角，见那个身影仍一动不动地站在院里，女人叹一口气，一步一步挪到门前，将门轻轻开了一条缝……

后来女人的婆婆瘫了，吃饭喝水都要她一口一口喂。上次从二哥家接回婆婆时发现她脖子上起了一片水泡，一问才知道吃饭时哥嫂从来就没在她身边过。婆婆自己吃饭时扒翻了热碗，把自己给烫伤了。是她每天坚持给婆婆抹药，烫伤的皮肤才结了痂。今天婆婆又该轮到来她家住了，但愿这次别再出什么事了。她想着，心里慌慌地，忙把棉被抱上三轮车，忍着痛踩车出了门。

她拉着婆婆刚进家，见两只羊在窗台下哄抢着什么。她"嗷"的一声跳下车，一瘸一拐地跑了过去，捡起棍子把羊打得咩咩直叫。

她的水仙花，娇嫩欲滴的水仙花，打翻在窗台下，花瓣被踩踏一地，叶子大部分被啃掉了，只余下光秃秃的几枝。她抱着花盆在原地直打转，嘴里咝咝地吸着凉气。

庆生不知何时站在了她面前，对她说，听说水仙花有毒，赶快给兽医打个电话吧。奇怪呢，这么好看的花咋就有毒呢？她没好气地说，嫌它有毒你别看，花是开给懂花的人看的！

看着庆生一脸无辜的样子，女人缓了一口气说，我托我姨几次了，让她给你介绍她村上的一个姑娘，人家不嫌你家穷，说让你明天过去见见呢。

《山东文学》2017年第7期

评鉴与感悟

水仙花实际上被小说的主人公"女人"赋予了理想化的意义，作者将农村环境下女性缺乏的情感关怀也蕴藏其中，主旨深刻，情感真挚。理想的生活总是和现实有所冲突，而人们永远无法满足，于是只能背负着遗憾选择踏踏实实过好自己的生活，水仙花对于女人来说就是一种理想化的生活象征，她渴望能够像水仙花一样，哪怕是个庄稼人，也能活出自己的姿态，这是她与村里人不同的地方，而女人在乡村的生存条件下往往是无力的，就算是她可以让自己生活的小院子花红柳绿，她还是只能生活在农村的框架里。这个框架就是她要面对家务，面对缺少关怀，面对种种农事，在这样的现实下她也只能和所有的农村妇女一样，投身于灰秃秃的日常里。作者着力描写的就是这种灰秃秃的日常，白天里喂猪喂羊，播种收割；情感生活一片荒芜，虽说有一个顾家的男人却丧失掉爱情的甜美与乐趣，这种生活的情调是她追求的,所以当庆生愿意为她付出照顾她时,她便很容易被感动。实际上更是她本人情感上缺乏关怀的象征,而这种象征也是具有普遍意义的。故事中的女人也象征着很多农村的女性,她们不愿坚强而又不得不坚强地生活着。结局是女人的水仙花被羊啃去了,水仙花是女人理想的象征,而羊则是农村生活的象征,理想在生活面前永远都是脆弱的,就像这花瓣被踩踏一地,尽管女人对待庆生有着别样的感情,这份感情恰巧也是她所需要的,但是她还是依旧要正视自己原本的生活,她就算是一朵水仙,身边哪里有懂得欣赏的人呢?(秦辉)

小镇无故事

/陆冠京

小镇的街道不长,不宽,两边林立着各式的摊子。最显眼的是男人和女人的摊子,两个摊子挨在一起,男人卖烤鸭和卤料,女人卖米果。

男人是个光棍,死了妻子。女人是个寡妇,没了丈夫。男人浓眉大眼,女人眉清目秀。男人四十出头,女人三十多一点点。男人离不了女人,女人也离不开男人。确切地说,是他们的摊子谁也离不了谁。

小镇的人来到男人的摊子,买了烤鸭和卤料,会顺便买些女人的米果填肚子。到女人的摊子买米果,也顺便买些男人的烤鸭和卤料下菜。

男人好打牌,他身后就有一个小店面,里面摆一张小四方桌,有人来,凑足了数,他们就摸起了麻将。顾客来了,女人轻唤一声,男人定会放下手中的牌,急急地洗净手,尔后应顾客要求,把半个鸭子或一个鸭子熟练地砍成有规则的碎块,再扎上一小袋的蒜头、醋等佐料。

天晴着晴着突然下起雨来,女人通常会拔腿往家跑。女人总有一些衣物晒着。这时,要是有人买了烤鸭和卤料,提着东西要走,男人便指着邻近的摊子,会说,你看,多白多软的米果,捎些回家吧。

镇上的人都说,多好的一对人儿,迟早他们会成为一家子的。

可不,到了晌午,肚子饿了,肚子叫了,女人拿出几个米果给男人,男人也切些鸭头鸭脖子,对了,女人都爱吃鸭翅膀,他也大方地切下,一并递给女人。

男人嚼着米果，啃着鸭脖子之类的，心想，原来幸福就这么简单。女人啃着鸭翅膀之类的，嚼着米果，心想，简单才是幸福。

下午的阳光像一团火，烤得人上眼皮扒拉下眼皮。男人大多时候会偷懒，男人坐不住，男人会沿着小街走一走。女人手摇一把蒲扇，看到有陌生人走近，就吆喝起来，上好的烤鸭、卤料，又软又白的米果，先生，买些吗？

小镇的风是缓缓的，扑面而来，清凉凉的。

但小街的人始终没看到他们走到一块儿，哪怕捕捉到男人投给女人一个暧昧的眼神，女人对男人眼里流露出一丝丝脉脉含情，都没有。小街的人开始纳闷，一堆干柴，一把烈火，天长日久地，怎么不见燃烧？

偷懒的男人在街上走着走着，却走出了事。男人在街道的拐角处看到一群人在赌博，男人起初是在观看，后来手痒起来，也跟着扔了十元钱，结果被便衣警察逮了个正着。

男人被带进派出所，男人没有多少积蓄，男人攒的一点钱每月都寄给上大学的儿子。派出所的人说，经慎重考虑，你家确实困难，我们只罚你两千五百元，是别人的一半，如果再不交，对不起，只能送你去县拘留所。

男人悔恨，哭得很伤心。这时，女人来了。女人拿出两千元，女人说，我是来担保他的，剩下的五百元，这个月底交齐。

女人走在前头，男人耷拉着脑袋跟在后头。女人安慰男人，男子汉，敢作敢当，你哭丧啥子？

男人嘟囔着，一个米果只赚一毛钱，两千五百元，得卖多少个米果啊！

女人说，只要人没事，没有过不去的坎儿，钱亏了，可以再赚。说完，女人对男人一笑，像风，把男人心底的一棵树哗啦啦吹起。

后来，男人离开了小镇。他的儿子大学毕业后，为男人在大都市里找了个物业管理的美差。

女人还是卖米果，旁边少了个摊子，生意差了许多。老街没有了烤鸭和卤料的香味，镇上的人仿佛失去了什么。

《金山》2017年第2期

评鉴与感悟

作品语言平稳舒缓,恰到好处地展现出了小镇的生活图景,情节上娓娓道来,结局出乎意料,丰富了小说的意蕴,惹人唏嘘回味。

作品讲究结尾的艺术。男人选择了去都市享受天伦之乐,只留女人自己还在镇子上卖着米果,小镇的故事至此告一段落。二人自始至终没有擦出爱情的火花,他们并不是小镇里爱情故事的男女主角,但是却被看热闹的镇里人强行赋予了一个身份。二人之间一定会产生一种奇妙的感情,这是每一个镇子里的人都深信不疑的。因此当男人离开小镇之后,镇里的人都觉得失去了什么,失去的一方面是男人卖的烤鸭传出的香味,另一方面失去的是人们心里所深信不疑将要发生的故事。小镇人们的期待最终落空,人们的失望映现出内心的幽暗。

小镇无故事,小镇的生活是平淡的,而这平淡之中有着令人回味无尽的思考。(秦辉)

明年还种棉花

/王生文

连续几个响晴的日子,地里的棉花赶趟儿一般咧开了嘴,炸花天到了。

桂枝有些急了,踮起脚,不时地往村口望,口里还冒出一句"怎么还不来呢"?

桂枝是在望连婶,一个异乡的老寡妇。这些年,一到炸花天,连婶就赶来给她家摘棉花。前后十来天,桂枝家像添了一口人,连婶除了下地摘棉花,回到家里来还帮衬她照顾孩子做些家务。桂枝没有婆婆,感情上拿连婶当婆婆看。每到棉花摘得差不多了,连婶也就要走了,五角钱一斤,这是外乡客来旱区摘棉花的行市,桂枝会包零不去尾地跟连婶结算。连婶每次接过钱,都会久久地握着桂枝的手说,姑娘,要不是兰兰念书,我哪会要你这些钱。

就因为知道了连婶的家境,桂枝每年就不雇别人了。好多人家抢着雇年轻妇女,而且还一雇几个,赶着太阳好晒棉花,可桂枝不,三十多亩地就交给连婶一人,连婶是指望她家来的,能帮她一把就帮一把,何况连婶心眼好做事实在,几千斤棉花里寻不出半片叶子。

可是,连婶今年怎么还不来呢?有好几批做雇工的都求上门来了,要不是想着去年送连婶回家时说的话,她早答应别人了。桂枝一边在心里急,一边又对自己说还等等吧,就当是还帮连婶最后一年,明年说什么也不种棉花了。

其实，自从去年村里有了第一台玉米收割机，桂枝就不想种棉花了。种玉米方便，机械收割，田边过秤，利利索索，不像种棉花那样时间拖得长。只可惜，这想法刚说出口，就让连婶扳错了道。那天，跟连婶结过账，照例把连婶送到村口，桂枝想再不说就没有机会了，便鼓起勇气，说，连婶，种棉花可真麻烦，又累人，要不是遇上你，我早就改种玉米了。

谁知连婶说，麻烦什么，不就是摘棉花吗？婶这双手只会摘棉花，就是手脚慢了点，只怕不合姑娘的意……

哪里的话，这些年多亏了婶。

姑娘，亏不亏的，婶心里有数，明年一进炸花天，婶还来帮你家摘棉花。

这话的意思越发有些难为了。桂枝也不好把话再往回拉，只得顺着说，那好，明年我就还种一年棉花……

到底还是把连婶盼来了。一年不见，桂枝感觉连婶脸上的沟壑明显比去年细密了些，再有一个变化是连婶用上了手机，那种带数字键的。连婶不等桂枝开口，连连说来迟了，来迟了，是那种道歉的口气。桂枝连忙从连婶的肩上取下包裹，带她去早已预备好了的房间歇息，可连婶气还没有缓过来，把背篓一背就出门下地了。桂枝看着连婶略显疲乏的身影，只觉有股酸酸的味道从心里泛起来。

接下来的几天里，露水还没干连婶就急着下地，而每次回来天都擦黑了，桂枝便劝她慢慢摘不要太累了自己。连婶口里应承，却还是那样早出晚归。每晚收拾完，连婶的手机准会按时响起，她掩上门去接电话，一接就是半天。桂枝看在眼里笑了，心里说还保密呢。

这天晚上，连婶的手机又响了，也许是疏忽忘了掩上门，让从门前经过的桂枝听了个真真切切——

"再赶紧也要四天……"

"你不要再催了，说什么也要帮你桂枝姐把今年的棉花摘完……"

难怪连婶这么赶紧的，原来是兰兰在催她回家。桂枝等连婶接完电话，走进房间，对她说："婶，家里有事，你怎么不跟我说呢？"

连婶没想到桂枝听见了她的电话，见瞒不住了，只好如实说："婶是从城里偷着出来的……"

桂枝既惊又喜:"婶,你进城了?"

"可不是,跟兰兰他们住一起了。没承想,兰兰怀上了,闹什么反应……"

"婶,照顾兰兰这可是大事,你偷着来干什么?"

"去年答应了你的,婶能不来吗?再说,又一年没见你们一家了……"

这回,桂枝是酸在眼睛里,泪水差点儿溢了出来。她侧过脸去,抹了一把,不由分说就动手给连婶收拾包裹,她决计明天一早就让连婶回城去。

账,当晚就结算了,这次的零头有些大,连婶要去掉,桂枝却仍要往整里包,连婶认真了,说:"兰兰和女婿都出息了,这次就依了你婶吧。"

早晨,桂枝送连婶去搭车。要说的话好像昨晚说完了,两人一路上也没说上几句。快到村口时,连婶站住了,拉过桂枝的手说:"姑娘,明年你家种玉米吧。"

"可是,婶……"

"可是什么?"

"种棉花的收入还是要高些……"

连婶呵呵一笑:"姑娘,明年一添外孙,婶的手脚就被捆住了,恐怕偷都偷不来了。"

往下桂枝不知再说什么了,但是,一个想法却是那样不可阻挡地冒了出来,那就是明年还种棉花。

《短篇小说》(原创版)2017年第5期

评鉴与感悟

作品的别致之处在于以质朴生动的语言描绘了具有乡土色彩的生活图景,通过"种棉花"和"收棉花"体现美好的情感。

在送别连婶的时候,桂枝决定来年要继续种棉花,而棉花实际上就是桂枝同连婶之间的情感联系。这份情感以内心的善良为纽带,并慢慢加深。桂枝是一个善良的人,只雇用连婶的原因是因为连婶的家境实在困难，连婶的善良体现在为人实在热心，重感情。连婶虽然已经入城，却回来依旧帮忙收棉花的原因已经与之前的为了糊口不同，在兑现自己诺言之外是为了同桂枝一家告别。桂枝的"明年还种棉花"的想法即是她与连婶难以割舍的写照，两人感情深厚，作者塑造了两个淳朴善良的乡下人的形象。而"明年还种棉花"实际上又引发了进一步思考，桂枝明年是否还会继续种植棉花，假使继续种植，连婶是否还会回来，种植棉花的原因从桂枝嘴中得知并非是因为棉花的利润高，因为种植棉花所收获的并不仅仅是金钱，更是同连婶之间的维系，情谊的价值要远比金钱更为可贵。（秦辉）

褶　皱

/陈振林

男人和女人刚结婚。都是快三十的人了，两人分别都谈过好几次恋爱，这下终于走进了属于自己的围城。

一走进家门，男人说："领导安排我到省城出差三天，明天早上就走。"女人不情愿地低下了头，小鸟般依在了男人的怀抱中。男人和女人结婚后住在单位宿舍，一会儿，宿舍小院的人都知道了男人要出差的消息，就有些老太太们替男人女人打抱不平："人家小夫妻才结婚几天，就派小伙子去，换个人去不行么？"

男人又说："是单位财务上的一点急事，非得我去才摆得平的。"男人是财务上的一把好手，不由得对着女人炫耀地说了一句。

男人第二天清晨是坐着公共汽车走的，女人替男人买好了车票，送男人上了车。男人一上车，女人就回到了家，女人还得上班啊。男人一上车，脑子里满是女人的影子。在男人心里，他觉得能找到这个女人做妻子是幸福的，这就是自己一生的伴侣。女人是那种有气质的女人，是让人见了就还想看就记在心里的女人。女人的笑声就是一串幸福，天天勾着男人的魂。男人一想，自己不由得笑了。一笑，不由得撞上了一旁坐着的太婆。太婆小声地说道："年轻人，是不是想媳妇想得开心地笑了哟……"男人就又笑出了声，忙着对一旁的太婆说着"对不起"。

男人确实是个财务上的高手，一般的财务人员得三四天做的事，男人不到两天就做完了。但晚上没有回小城的车。男人想想，就在省城再熬上一晚上吧，再想老婆也等到明天再说。男人晚上就逛了下商城，给女人买了件最流行的裙子。

"这裙子啊，虽说价格高点，但颜色正，款式好，最重要的一点，就是不起褶皱。你看，我捏一下、搓一下，一点褶皱没有。"男人买下了裙子后，导购小姐还是来了一番广告。男人心里就更高兴了，结婚第一次出门，回家肯定要给女人一个惊喜。

男人回到家的时候，已是第三天的傍晚。宿舍小院三三两两的人聚在一起，坐在院子里乘凉。见男人回来，就都不说话了。男人感觉这些邻居看他时有些异样。男人想问，但是还是止住了嘴。进了家门，女人迎了上来，替男人接过东西。男人是有些累了，他洗了澡就上床睡觉。他感觉女人的神情有些不同。

男人又上班的时候，最先收到了一个铁哥们的短消息：你小子真是让女人给迷住了。出差才三天，第二天晚上还要回来亲热亲热。男人一惊，想起昨天刚进小院时邻居们的眼神他一切都明白了。到省城出差三天，要说他的心是早飞回来了，可人肯定是没回来的。中午下班，院子里的那棵树下，住在男人楼下的女人王姐在说："我敢和你们打赌，我住在她楼下。那晚回来的肯定不是平子。"就有人反驳："不可能，我觉得还是人家平子回来了。""平子"是男人的小名，院子里的人都这样叫他。

男人挺了挺胸，走了过去。大声说："王姐啊，这下你就赌输了，我回到自己的家中也要向你汇报啊？"说话的几个人就散开了。男人一脸的轻松。

女人在家里默默地做着事情，男人就拿出了从省城带回的裙子。在裙子的裙摆处，也许是被挤压的原因，出现了一道明显的褶皱。

男人叫过女人："老婆，专门给你带的礼物哟，请验收啊。"女人一接过裙子，就感觉到了这条裙子的华美。女人的手移到裙摆出现褶皱的地方。手不动了。男人就笑："导购小姐说我送你的这条裙子不会有褶皱的啊，怎么还是有了褶皱。""也没什么的，用熨斗略略烫一下，就恢复原样了。"说着，男人就拿过了熨斗，认真地替女人熨起了裙子。

"你看你看,熨得多好啊。穿在你身上。一定是光彩照人。"男人将熨好的裙子递给女人。

女人笑了,很甜蜜的。

女人将裙子挂进了衣柜。那件光彩照人的裙子,女人一次也没有穿过。

日子一天天地从男人和女人的生活中溜走。一到夏天,男人就会说:"老婆,你穿那件裙子一定是光彩照人。"女人总是笑笑,说:"一穿,那裙子就会有褶皱的啊。"

男人就不说话了,将女人搂得更紧。

《金山》2017年第4期

评鉴与感悟

当爱情出现了波澜,还能不能睁开双眼直视自己内心的情感,男人选择了熨平褶皱,女人选择把衣服挂在衣柜里再也不让它出现褶皱,褶皱既是衣服上的折痕,也是二人感情生活里的杂念。

在作品中,我们可以看到男人对女人是真情实意的,包括出差时心里的念想,知道真相后做出的反应,深情促使他熨平褶皱,为的是保留二人的这份感情,波澜总会过去,何必要把它掀得更大一点,需要做的只是真实地看待自己的心意。因为发自真心地爱这个女人,男人才会选择原谅,并通过一种尽量不会产生尴尬的方式向女人表达,二人之前分别都谈过好几次恋爱,能够结婚的爱情更值得珍惜。

如何正确对待和处理感情?意气用事带来的只会是负面效果,有时需要的是冷静下来好好反思。生活本就是多生波澜的,当面对这些让人心痛的波澜时要有勇气坚定自己的情感。褶皱会被熨平,只要你想提起熨斗。(秦辉)

第二辑

极端的处境、诡异的故事、荒诞的手法，呈现对人性尊严的维护，让我们看到：对人心的关注是文学永远的责任与担当。

小镇逸事

/大解

七妹

每到秋后，小镇都要举行纺织比赛，镇里的妇女们也会亮出自己的绝活儿。比较热闹的是纺线比赛。坝子上的纺车排成一溜，听到指令后，年轻的妇女们开始纺线。别处的女人们都要把棉花做成手指粗细的棉花条才可以纺线，而小镇上的女人们则是直接拿棉花团纺。细心的人们发现，在纺织的女人中，有一个年轻貌美的女子，她纺出的不是线，而是亮晶晶的雨丝。人们感到新鲜，就凑过去看，发现她纺的竟然是白云。

这个女子叫七妹。在她来的路上，我见过她。我说："来啦？"她低头不语，她的六个姐姐齐声回答："来了。"

七姐妹各有绝活儿，有纺线的，有织布的，有刺绣的，有裁缝的，有制衣的，有缝补的……等到比赛过后，我就在她们回去的路上假装看风景。当七妹路过我身边时，我说："走啦？"她低头不语，脸却红了。她的六个姐姐齐声说："走了。"

远处天空，有一片白云前来接她们。

我记得那些年，小镇的赛事不少，我常能在同一条路上看见七姐妹依次从我身边走过。她们走路时身姿轻盈，不发出一点声音。

一晃几十年过去了，小镇的赛事已经取消，我远在他乡，已经老迈，但还清晰记得七姐妹参赛的情景。前不久我回乡，在小路上看见一个老女人，她面色苍黄，体态臃肿，步履蹒跚，但走路时却不发出一点声音。我当即认出，她就是那个七妹。那个曾经爱脸红的七妹，如今已经衰老不堪。当她从我身边经过时，我说："吃啦？"她看了看我，停下来，没有说话。我怔怔地看着她，等待她的回答。可是她没有回答。她竟然当着我的面，脱掉了外衣，脱掉了内衣。她想干什么？我惊愕地后退了一步，对她的举动不知所措。就在这时，只见她两手抓住自己的前胸，刺啦一声把自己的皮肤撕开，从她的身体里面走出来一个新人。

这个新人，是个绝代美女，风姿绰约，不染纤尘。

我惊呆在那里，彻底蒙了。当我缓过神来，她已经在云彩之上，我隐约看见她的脸，像朝霞一样晕红。

吹笛人

小镇上来了一个吹魔笛的人。当他经过街道时，树上的小鸟齐声鸣叫，各家各户养在花盆里的花争相开放。吹笛人随身携带着一个布袋，专门收集花香。小镇上所有鲜花散发出的香气都被这个袋子吸进去，吹笛人扎好布袋口，带走了。

也许是由于不慎，也许是天意，一个小女孩的魂也被吸进布袋里，被吹笛人带走了。女孩丢魂以后，整夜啼哭，怎么哄也不行，大人们急坏了。

过了一些日子，吹笛人又来到小镇，他知道不小心吸走了孩子的魂，因此前来送还。他解开口袋，一股清气从布袋里缓缓飘出，进入小女孩的身体里。小女孩有了魂，立刻停止了啼哭。

这个丢魂的小女孩因祸得福，被还魂以后，身上总是透出一股鲜花的芳香。因为她的魂曾与花香混在一起，被花香熏染。

时光流转，小女孩渐渐长大，成了一个美丽的窈窕淑女，她因散发香气而被人们称为花仙子。后来，她与一位白马王子相爱成亲，白头到老。这里不再多说。

吹笛人多次来到小镇，每次都带着布袋，带走满袋香气。他把香气储存在一个隐秘的山洞里，用于炼丹。

吹笛人收集到了足够多的香气，但是要想用这些香气炼出一颗仙丹，必须要加入一个人的灵魂。吹笛人是个非常善良的人，他不想因为炼丹而伤及他人，就把自己的灵魂从身体里抽出来，加入香气里一起熔炼。

功夫不负有心人，吹笛人真的炼出了一颗仙丹。他用这颗仙丹救过很多人的命。只要从仙丹上取下一点点粉末，就可以救活一个人。

吹笛人因为炼丹，失去了自己的灵魂。尽管他还经常来到小镇，还能吹魔笛，但他已经是一个失魂落魄的人。

吹笛人所做的一切，神都看在眼里。后来，神从天上带来一个永生的灵魂，赐给了他。吹笛人获得新的灵魂以后，走到了很远的地方，继续为人们治病。

多年以后，他终因衰老和劳累而病倒了，他用仅有的一点仙丹救活了他人，而自己却没有舍得使用，最后病死在去往远方的路上。

吹笛人最后一次来到小镇时，人们只听见熟悉的魔笛声，却没有看见他本人。据说他死后，灵魂从体内走出来，依然吹着魔笛，在大地上收集花香，因为他的灵魂是神所赐的永生的灵魂。

他的灵魂经过小镇街道时，小鸟们齐声鸣叫，围着他飞翔。蝴蝶漫天飞舞，各家各户的鲜花争相开放，其中一朵小红花还发出了细微的哭声。

徯我后

听见街上有人走动的声音、奔跑的声音、说话的声音、窃窃私语的声音，我从睡梦中醒来，睁开眼，发现这时天还很黑。竟然有那么多人在外面，我意识到，一定是发生了什么重要的事情。我起来以后发现，镇子里已经有许多人在夜幕下走动。看见我过来，几个聚在一起的人压低了声音，窃窃地说："等着吧，不久就要出现了。""真的吗？""人们都在传说，肯定是真的。""那我们就等着吧。"

能够看出来，人们都在等待。尤其有几个老人，据说已经等了很长时间了。他们在镇子里生活了一辈子，因此，即使摸黑也不会走错。还有一些妇女和孩子也加入了等待的行列。在黑暗中我也能感觉到，整个镇子的人几乎都出来了，在街道的各个地方、在镇子的外边，都有人在走动、在说话，但都很神秘。我走近一个人，小声地问："是在等待吗？"他说：

"是的，一定会出现的。"我相信他的话。既然这么多人都在等待，这一定是有道理的。

我走到镇子外面的一个高地上，那里已经有人在望着一个方向。我仰望天空，看见密集的星星在天上飘浮，它们移动的速度让人着急。我估计，人们等待的是远方的事物，也许是一个人？也许是一阵风？也许是一个不明的事物？它究竟是什么，我不便多打听，也不能打听。人们是不会说出真相的。

过了一会儿，有一些星星飘到别人的头顶，有些星星黯淡了。整个镇子的人似乎都安静下来，好像有些疲倦。我也感觉出等待有些漫长。这时有风从高空经过，刮得星星飘忽不定。风经过这个高地时，一个妇女的头发顺势飘扬，像是河水里摇摆的水草。我赶紧捂住自己的头发，感到一股凉意穿透了我的身体。

镇子里的人们陆续向这个高地走来，显然这是一个等待和眺望的合适地点。这时天蒙蒙亮，人们突然骚动起来，都抬起手，指着一个方向。我也抬起了胳膊，指向这个方向，因为我确实发现这个方向有了明显的变化。看来，人们等待的事物真的是要来了。

可以这么说，这个就要来临的事物，肯定关乎所有人的生命和生活，否则人们不会这样在意，这样不约而同地一起等待。我从人们的表情和整体气氛中感到了这种等待的神秘和庄严。不知过了多长时间，终于有一个人在私语时泄露了其中的秘密——人们等待的是一颗巨大的星星。其实，在他泄密之前，我就已经隐约感到，人们有可能是在等待一颗来自远方的星星。因为曾有个传说，说有一颗星星确实出现过，而且这颗星星过于巨大，它出现的时候，会放射出不可直视的光芒，会把所有的星光全部湮没。看来，这个奇迹又要发生了。这时所有的人都屏住了呼吸，手指着一个方向，不再说话，也不再走动。这时天边出现了一片云彩，这片云彩由暗灰色慢慢转变为暗红色，后来是鲜红色。就在这时，一道红色的圆弧线从远方的地平线上露出来，接着是半圆形，随后是一个红色的大圆盘，从地上升起来。渐渐地，这颗红色的大星变得越来越亮，最后发出了耀眼的强光，人们的眼睛不敢直视。我看见惊呆的人们，指着这颗星星，凝固在镇子外的高地上。究竟过了多久，我自己也不知道。人们发出了惊叹声，先是小声，随后是大声，最后开始呼喊，齐声呼喊，整个镇子的人都发出了呼喊。这颗星星出现以后，一刻不停地向天空上升。它的光果然如传说中的，让人眼前一亮，天地万物顿时变得明朗。

这时，有一个老人从人群里走了出来，庄重地说："它来了。我们等待的星星真的来了。我可以负责任地告诉你们，这不是一颗普通的星星，这颗星星就是人们传说中的太阳。"

"这就是太阳？""对，这就是太阳。"人们知道这个秘密以后，纷纷离开高地，走出镇子，有人甚至走到很远的地方。人们奔走相告，说，天上的这颗星星，就是太阳。人们信了，就在太阳的光照下，走到户外劳作。

一直以来，天空中有两颗巨大的星星，一个是太阳，一个是月亮。月亮的圆盘也很大，但它的光却不耀眼，甚至有些惨白。月亮有时是圆的，有时是半圆，有时只剩一个边，人们看见它的时候，没有太多的惊讶。

后来，这颗名叫太阳的星星，从我们头顶上空越过，经过极其漫长的时间，在西面的地平线缓缓地落下去了。它落下以后，暮色四合，从天而降的夜幕缓缓落到地上。

《百花园》2017年第2期

评鉴与感悟

超现实的故事表现出人性中可贵的一面，意蕴深刻。

纵观全篇小说所描绘的三个"逸事"，在故事本身的童话色彩之外，表现的是人们对美好、希望、善良所追求和崇尚的价值观。"七妹"在衰老不堪的时候见到"我"将自己蜕变成一个绝代美女，是希望让"我"可以见到她最美好的样貌，她美丽容貌就是爱情的美丽。吹笛人是善良的化身，他所做的种种事件，包括还魂造就"花仙子"，炼丹用于救他人性命，都是善良这种品质的高度体现，好人则会有好报，他有了永生的灵魂，小镇万物都会记得他。最后一段"逸事"的主角更像是"人们"，"我"变成了一个旁观者，"人们"对太阳的期待，把太阳神秘化传说化，原因是太阳会发光发热并关乎于所有人的生命与生活，在等待太阳升起直到太阳升起后对太阳的呼喊这个过程中，体现了人们的信仰力和凝聚力，人们信仰太阳，由此生活，日出而作，日落而息。小说是"真实的谎言"，作家虚构的世界中，我们看到了人心底的真实。（秦辉）

独南苗寨的大鸟

/南往耶

这或许是你熟悉的独南苗寨。

这里的人自称叴弄。叴弄，是苗族的一个分支。这里的寨子奇险，东南西三面都是悬崖峭壁、万丈深渊，只有北面一条小道与外界相通。村寨里有几棵老枫树和老楠木，每棵都有六人抱粗，高耸入云，枝繁叶茂，树树相连，把半个寨子都覆盖。三十里外看，整个寨子犹如鸟巢。古树上夜间常有大鸟啼啭，乍听若芦笙吹奏，细聆像臼石舂米。大鸟，无人见过。

我出生的那个午后，本来艳阳当空，却忽然电闪雷鸣，一团云雾包围了几棵大树，随即幻化成一只大鸟的模样，盘旋在寨子的上空。寨子里的人都说，这是非凡的预兆，这个寨子要么大难临头，要么大喜临门。恰巧，有个老巫师这天临终。他颤巍巍说：凤凰呈祥了，不出二十年，独南苗寨一定会出现一个伟大的人物，这个人不仅名满苗疆，还影响这个国度。老巫师又坚定地说："我走后，你们等着瞧吧。"

寨子的人都愚钝，猜不透巫师说的是什么名堂。老巫师死后，他们总是隐隐约约感觉到或者期望着，这个伟大的人物就是他们自己家的孩子。但是，日子却照旧平平常常地过，该种地的种地，该犁田的犁田，或食藿悬鹑，或炊金馔玉，一如既往。

十八年后，南面崖上的一户人家，有个孩子特别，遽然长了一对翅膀。

乡亲们议论纷纷：怎么这个孩子到了十八岁突然长出这么一对羽翼呢？大家感到惶惑。有的人说这是神。有的人说这是龙。有的人说这是要成鸟成兽了。有的人说这是要成魑魅魍魉了。一时谰言四起，惊恐和凶险弥漫着整个独南苗寨。平时一起上山砍柴下河摸鱼的同龄孩子见到他，避之唯恐不及。大人们也如此。

为了不出什么意外，乡亲们强烈要求：把这个鸟人放到笼子里。鸟人的父母也同意这样。几天之后，乡亲们在古树下修了个卯榫结构的原木笼子，坚实牢靠，就算是放一只老虎进去都没有力量挣脱出来。

押进去的那天，族长说：没有我的允许，谁也不能把他放出来。

鸟人深知自己不是什么怪物，自己就是一个人，是人。同时他也知道，自己能飞，尽管他没有试飞过。他在心底里坚信，过一段时间吧，等到乡亲们和父母发现我不是妖魔鬼怪，肯定会放出去。他这样想，所以大家押他进去的时候他没有任何反抗，甚至脸上还露出骄傲从容的微笑。

走进笼子半个月后的一个夜里，鸟人在笼子里仰望满天星斗的长空，他想飞，但他不能飞，他飞不出去。终日锁在这里，难道自己真的很可怕吗？无所事事，他想起去年的这个时候。那时他还没有翅膀，他从山上放牛回家的路上，遇到寨子里一位八十多岁的老奶奶背着木柴艰难行走，于是帮她挑柴回家。老奶奶很感激他，说他是个好孩子，将来定能娶个漂亮贤惠的媳妇，生一大堆孩子。他想起十五岁时，和寨里的同伴一起去别的寨子玩，年纪小的同伴被欺负，他便打跑那些欺负人的人。他想起六岁时，他就能帮父母做饭，那个拿来蒸饭的甑子非常重的感觉还记忆犹新。

不知不觉，已经两年过去了，没有人说要把他放出来。经过两年的风吹雨打，笼子里的他不像二十岁的样子，倒显得沧桑和笨拙，像个老头子。父母可怜他，想把他放出来，但父母没有这个能力，族长和乡亲们是不允许他父母这样做的。

这夜，雷电交加，风雨无情，他在笼子里瑟瑟发抖。起初，他努力呐喊，慢慢地他没有了力气，变成了呻吟。知道自己可能出不去了，他有些绝望。他感觉到自己的身体渐渐变冷，变得发麻，变得没有知觉。他在恍惚中遐想自己飞翔的样子：悬崖峭壁的独南苗寨上空，他像鲲鹏一样展翅翱翔……

次日，有人说，他昨夜听到了鸟人的呐喊，然后他想起二十年前老巫师的预言。这个消息转告到族长那里，他们商量后决定放鸟人出来。然而，来到笼子边，发现他已经死了。诸多的感慨和懊悔，让他们决定厚葬这个鸟人。

出殡的那天，鸟人的遗体意外丢失。

只有我知道，他的尸体藏在树洞里。是我把他藏在树洞里的。

他属于鸟，他应该在离天最近的地方。

而我，是一条蛇，比蟒蛇还大的蛇，但从来没有在地上生活过。寨子里经常听到鸟叫的声音却看不到鸟，那是因为我祖辈和我是蛇的原因。我想我是一只与众不同的大鸟，和我祖辈一样，我渴望飞翔。听我的祖上说，只要有巫师或能人呼唤我们名字的时候，我们就变成凤凰。

独南苗寨的人自称旮弄。旮弄是苗语，意思是呼唤凤鸟的人。这个凤鸟就是凤凰。旮弄既指呼唤凤凰的人，也隐喻旮弄人就是凤凰。当地有传言，凤凰是九头螣蛇变成的，有人呼唤它的时候它就是凤凰，没人呼唤它的时候，它就是螣蛇。

看着鸟人的尸体，我说：我本是凤凰，谁呼唤我？

《牡丹》2017年第3期

评鉴与感悟

这是一篇可以当作寓言去读的作品。

老巫师临终时说的话："不出二十年，独南苗寨会出现一个伟大的人物。"这个伟大的人物是否会是鸟人，直到最后也不得而知，我们所能了解到的是鸟人在生出翅膀即将飞翔时所受到的悲惨遭遇，至死也未能飞翔一次，这其中的过程是格外惹人唏嘘的。在两年的风吹雨打下，鸟人像是一个老头子，早已丧失了年轻的朝气，这样的变相扼杀，哪怕他真的是伟大的人物，也只能使他在过早的年纪老去。造就这悲剧的原因是村民的愚钝，自称呼唤凤鸟的人却无法识得"凤鸟"。按相识人，蒙昧愚钝，村民人性中的灰暗同鸟人的善良形成鲜明对比，能否成为呼唤凤鸟的人，首先要看能否接纳九头螣蛇，一只鸟人尚且不能被接纳，更何况"我"这只在蛇面孔下隐藏着的凤凰，其中隐藏的是渴望被理解接纳，同时又希望自己能够有一天真的可以成为凤凰，而这一切的前提就是村民不再蒙昧，这也反映了作者"贵州论"的观点——要让贵州大山的子民先拥有文化，拥有了文化之后他们才能驾驭财富拥抱文明。（秦辉）

莫尔根的敖包

/何君华

莫尔根是我见过的世界上最懒的萨满。尽管除了他之外我从未见过任何一个别的萨满,但我确信如此。

世界上最懒的萨满莫尔根跟我说,他要建一座世界上最大的敖包。但遗憾的是,截至目前,他宏伟的愿望还远远没有实现。

每隔一段时间,至少是三天,至多是三个月,萨满莫尔根就会到来,往那座低矮不堪的敖包上扔几块石头。

"你的敖包建好了吗?"我问萨满莫尔根。

"会建好的。"萨满莫尔根头也不抬,以一种肯定的语气回答我。

"是不是你带回来的石头太少啦?"我又问。

萨满莫尔根并不回答我,抬头看了一眼他那一点儿也没成形的敖包,转身慢悠悠地走了。

"你的敖包建好了吗?"我看见萨满莫尔根远远地走过来,便大声问道。

"会建好的。"萨满莫尔根肯定地说。

"你每天都干些什么呢?"我问。

"我每天都在草原上走啊走,到处找石头。"萨满莫尔根比画着说。

"石头好找吗?"我追问道。

萨满莫尔根又不搭理我,抬头看了一眼好歹长高了一点的敖包,转身消失在了草原上。

每一个路过的蒙古人都会下马找几块石头扔在敖包上,尽管如此,萨满莫尔根的敖包还是远远没有建起来。

又过了一阵,但我感觉好像过了很久,似乎比萨满莫尔根每一次出现的时间都要隔得久。

"你的敖包建好了吗?"我迫不及待地问。

"会建好的。"萨满莫尔根气喘吁吁地回答我。

"你为什么要建世界上最大的敖包呢?"我追问道。

"为科尔沁草原上的牧人指路啊,远道转场的人们看见敖包就能分辨方向。"萨满莫尔根看着他那总也长不高的敖包说。

"你确定建得成吗?"我问。

"当然。"萨满莫尔根用一种含混不清的语言嘟嚷着说,"草原上怎么能没有敖包呢?一定建得成,一定建得成的……"

萨满莫尔根下一次出现隔得时间更久了,久到我甚至以为他永远也不会再出现。

"你的敖包建好了吗?"我远远地看见草原上出现了一个黑点,便大声朝那个黑点喊道。

我知道那个黑点就是萨满莫尔根。

"会建好的。"萨满莫尔根也不知道是真的听到了我的问话,还是猜到我一定会问这个没完没了的问题,当他走近我时便自顾自说道。

"可是,牧人们不需要指路了,莫尔根。"我悲伤地说。

"为什么?"萨满莫尔根惊诧地瞪大眼睛。

"卓里克图王把草原卖了,莫尔根,从明天起,我就不再放羊了。"我流出了眼泪。

萨满莫尔根每天都在草原上走啊走,他当然已经见过草原开垦成的农田,不安生地站在草原上的奶牛、山羊和白驼变成了一动也不动的高粱、玉米和向日葵。

萨满莫尔根痛苦地坐在地上,我从没见过一个人如此悲伤,直到我赶着羊群离开,萨满莫尔根也没有从地上站起来。

直到这时我才突然发现萨满莫尔根老了,科尔沁冬天的狂雪不知什么时候已经吹白了他的头发。

那一年是宣统三年，干支纪年法叫辛亥年，也叫公元1911年，那是我最后一次见到萨满莫尔根。从此，我再也没有见过他，或许他死了，谁知道呢，他已经足够老了。但萨满莫尔根的确建成了世界上最大的敖包，尽管我从未见过任何其他的敖包，但我确信如此。

萨满莫尔根的敖包至今仍孤独地矗立在科尔沁沙地上。你如果见到它，也一定会赞叹它的雄奇壮观。尽管它的建立旷日持久，但它浑然一体的轮廓，真让人相信它是一夜建成。

《骏马》2017年第3期

评鉴与感悟

一位评论家曾指出："小说是牢牢地建筑在非常实在的对物质世界和精神世界的还原基础上的"，"小说家要扎根，要有自己的根据地，要让自己的经验和材料有个基本的生长空间。好的小说家大都有一个自己的写作根据地，这个根据地，可能是地理学意义上的，也可能是精神学意义上的"。从这个意义上讲，"草原"就是何君华的"根据地"。2016年何君华创作了一系列"草原"小小说，《莫尔根的敖包》是其中一篇。莫尔根的敖包并不单纯只是一个雄奇壮观的敖包，几乎可以称得上是莫尔根穷尽一生的信仰写照。

"最懒的萨满"却做成了世界上"最勤劳"的人才能完成的事业，这种反差造成的效果，令作品具有了厚重的历史感和深刻的意蕴。

莫尔根是世界上最懒的萨满，但他却有一个最为宏伟的愿望，为了实现这个愿望他需要花费一生的精力，而最能突出他的信仰坚定的就是故事中的转折桥段，当牧人不再需要指路，草原不再需要农民，实际上是现实生活的扭转。当一切都和最初的样子不同，你能否还坚持最初的信仰？莫尔根穷极大半辈子的理想都变得没有了意义，却依旧耗费精力建成了他梦想中最大的敖包。实际上他是最勤劳的萨满。"我"最后一次见到莫尔根是在1911年，新旧交替，莫尔根被丢弃遗忘在了过去，而信仰的力量却一直可以流传下来，就像莫尔根的敖包一样，让人惊叹。（秦辉）

光头小记

/黎晗

那天早上,他突然鬼使神差对妻子说:"我想去剃一个光头……"那时候他的妻子正心不在焉地打着起床后的第一个哈欠。"噢,剃吧……"她随口应道。他走到她跟前,看着她日渐失去光泽的脸,心情突然变得恶劣起来。

"我想去剃一个光头!我是说,我想把我头上这些乱七八糟的头发都他妈剃个干净!"

他的妻子,那个被生活弄得多少有点麻木的女人,终于停止了每天早晨惯有的无休无止的哈欠,对他瞪圆了双眼:"你说什么?你疯了!"

这真是一个糟糕透顶的早晨。"我要去剃光头",本来只是他心里瞬间闪过的一个念头,本来,他只是想用"光头"作楔子,把昨晚的一场噩梦说给她听。一个民间催眠者曾经对他说过,"你是个噩梦缠身的人。解除痛苦的唯一办法就是,在清晨你要把梦境说出去,这样你不仅能够得到解脱,还会获得反向的补偿。"他一向对危言耸听嗤之以鼻,所以从来没有这样试过。那天早晨阳光灿烂,他第一次试图尝试这种民间办法,但他却把可怜的妻子弄得心烦意乱。而妻子满脸的担忧却让他的心情愈加阴暗起来。

那天早晨,从家里走出来,一路上他都在想着:一个人为什么不能从瞬间闪过的念头入手,慢慢涉及比较沉重的话题?或者说,一个人为什么不能把瞬间的感受、彻夜的焦虑说给旁人听，哪怕是自己同床共枕的亲人？

"我要剃一个光头"，这是一个多么空泛无味的表白。他本来的想法是，从"一个光头"开始，在天亮以后把昨晚的梦境复述一遍。"一个光头"？是的，昨夜，在梦中，在被他虚构的少年时代，一群面目模糊的黑衣人把他摁倒在臭水沟旁。一个胖子走过来，手里捏着一把剃刀。"我们必须给你剃一个光头，这是形势发展的需要，你不必做任何抵抗。大家心里都清楚，在目前这种形势下，你的所有抵抗都是徒劳的……"

"不！"他声嘶力竭喊着，"不！我没罪！青春无罪，爱情无罪，人民无罪！"

"把头低下！"四周响起了一阵怒斥……

那天清晨，他多少显得有些脆弱。当那场噩梦过去，从大汗淋漓中爬出来，他为自己留在眼角的泪痕感到了羞愧。噩梦会不会降临所有人的夜晚，所有人在噩梦中是不是都会感到恐惧，而所有经历恐惧的人是不是都会在事后为当时的慌乱感到惭愧？那天清晨，尽管他已完全从梦境中走出来，但是这次光头的历险还是带给了他一连串的忧虑。"剃个光头"，这是一个噩梦带给他的瞬间感受，还是他一个沉睡多年的愿望被重新唤醒了？可是如果真的是潜伏在他内心多年的一个隐秘愿望，为什么非得选择在这个时候暴露出来？他想不明白。

整个夏日的上午，他都深深地陷入光头的冥想和矛盾之中。当太阳悄悄爬上头顶，空气中散发出一股肌肉被烤熟的气味时，另一个提问以一种更尖锐的方式出现了："可是，我都快不惑之年了，孩子都比我高了，为什么我就不能痛痛快快地去剃一回光头？光头有什么了不起的，一个小和尚，一个小青年都能享受的自由，一个成年人为什么就不能尝试一把？"

那天正午，他穿越广场，迈步走向理发店时，他能感觉到内心深处正燃烧着一种久违的激情。"我要剃一个光头！我必须痛痛快快地剃一回光头！"他在心里不断鼓励自己，近乎悲壮地走到了剃刀底下，头也不抬，眼也不眨，口气决绝，脸上可能还有一种可笑的杀气："兄弟，今天我要剃光头，干干净净地，一根头发都不留！"

那天正午，他所面对的理发师是他熟悉的胖子，在过去那些平凡无奇的日子里，他和理发师借助剃刀建立了一种难得的友谊。在普遍缺少赞美的年代，胖子理发师曾经多次高度肯定他的头发。每回给他理发，理发师都故意绘声绘色地说："嘿，在下断言，兄弟这头发，全城最硬，百年罕见！你这头发呀，就跟给脑袋戴了个头盔似的！"话说得夸张，甚至不着边际，可每回他听着都特别舒服。

但是，当他提出要剃个光头时，胖子理发师的电动推刀在他的头顶停住了。

"兄弟，我说，你没毛病吧？"理发师干脆关了推刀。

"靠，你甭废话，剃吧。"他说。

"剃光头，你开什么玩笑，你是一个有头有脸的人，你让我给你剃光头！"理发师急了。

理发师试图摘下套在他身上的罩布。"别急别急，要不，咱们先泡壶茶喝喝？"

"这他妈什么话？这不明摆着是缓兵之计吗？一个人为什么不能痛痛快快地做件事？一个人想痛痛快快做件事连他的朋友都不理解，这件事做起来又有什么意思？"他可笑地扯住罩布，越扯越紧，他在心里接近绝望地喊着，"师傅，兄弟，成全我吧！兄弟求求您了……"他在心底一遍遍叫喊着。

胖子的力气比他大，罩布还是被扯走了。煎熬了他一个上午的愿望终于在剃刀边缘死去了。

——这是发生在我一个朋友身上的一件小事，复述这件事好像有点无聊。但我现在想告诉你的是，这个夏天对我那位朋友可不寻常。

那天正午，我的那位偏执的朋友气咻咻地冲出理发店，当他走到一棵树下时，他那被梦境预言过的不幸突然发生了。

一群人摁住了他。他被一口气剃光了头发。这件事后来发生在医院的手术台上。

我的朋友后来说，那天，他那全城最坚硬的被誉为头盔的头发，还是没能好好保护他可怜的头颅。他的那颗渴望剃为光头的脑袋，居然被街边树上掉落的一颗青涩的杧果击中了。

"可是，杧果还没成熟，为什么会突然从树上掉下呢？而一颗小小的杧果为什么会把我的脑袋砸出一个洞呢？"那件莫名其妙的事情，直到今天我那朋友也没想明白。

我也想不明白。想不明白的我们俩，后来相约去剃了光头。

这其实也没啥好说的，剃个光头有啥好说的呢。这不，那个理发师傅，就是那个胖子，他看着好玩，也索性把一头乱发剃光了。

最好玩的是我们城市的园林部门，因为听说杧果把路人砸伤了，干脆在果实还没长出来时，就把一棵棵杧果树的叶子都剃光了。

《百花园》2017年第9期

评鉴与感悟

"光头"是作者创造的意象，喻示着对生活、世界与人性的哲理性思考。"剃一次光头"对于小说中的"他"来说是对日复一日已经厌倦了的生活的抗争，与其说厌倦了生活不如说厌倦了已经不会冲动不会改变的自我，也就是随着年龄的增长人们逐渐麻木于生活，疏于调整自我的状态而只得投身于生活的繁忙，这种日常化的生活实际上是对人心理状态的一种摧残，所以"他"会陷入频繁噩梦，以至于去找催眠师寻找解脱。应当注意到的是在梦中"他"被按住剃光头时喊的话"青春无罪，爱情无罪"，可以看出这是"他"对已逝去青春的追悔和对那些剥夺他青春时光的人的反抗。剃光头在少年时代意味着剥夺青春，而在中年之后则意味着重温青春，象征着另外一种生活状态。而"他"早已被剥夺了青春，突然产生的冲动让"他"找到了曾经的感觉，所以"他"执意去剃一个光头。催眠师所说的"反向补偿"实则就是当"他"可以坦诚说出他的愿望时，会让他感受到青春时期早已失去的冲劲，从而摆脱现实生活的麻木。具有讽刺意味的是最后的情节，园林部门把没有成熟的青果子全部打光了，青果子所象征的正是还没有成熟的青春时期，这一时期或许具有攻击性，会掉下来恰好打到脑袋，但是这种攻击性也只属于这段青涩的时期。成熟的果子早就被摘下，要么摆在盘中，要么烂在地里。可惜的是，总存在打掉这些青果子的人，他们从来没有拥有过青春。（秦辉）

滥 觞

/李金海

任耒是获丘村的村主任,在村里有着至高无上的权力。但近年来,他的权力受到了极大的威胁,这威胁不是来自村民,而是来自自然。

早先,横亘村子有两条河,一条叫长河,一条叫煌江。河水东流,浩浩荡荡。老一些的人清楚地记得,小时候,一网下去,大小尽收,晾在岸上,白花花一片,煞是壮观。就连他们的狗和猫也把鱼当成了一日三餐的口粮。后来,流水逐渐衰竭、断流、干枯。现如今,河床已不复存在,水面变成了一片片蔫巴巴的农田。

任耒是个十分负责任的好村主任,他对河流的消失无能为力。眼下,他首先要关注的是村人们的衣食住行。站在高处,他望着耸入云霄的山峦,眉头紧锁,忧心忡忡。山上已看不到绿色了,几近光秃,这是砍伐和挖掘造成的结果。放眼山麓和山坳里的农田,一片萧条和荒凉。因为没有活水可供浇灌,而天气又极其极端,要么接连数月干旱,要么大雨滂沱,一连几日,几乎把整个村庄冲走。

有好多次,滔滔洪水来临,任耒在房顶上或者大树上给一同避难的人们打气鼓劲。然而,还没等人们跳下水,大水就悄然溜掉了,它同时也带走了人们赖以生存的家畜和粮草。

村里有个叫仲蛰的年轻人,读了点书,略有些见识,他曾呼吁人们不要乱砍滥伐、乱挖乱掘。但是，迫于生计，屈于从众心理，他也不得不加入砍挖队伍。村主任任耒认为他在蛊惑人心，散布谣言，犯了村规，被处以鞭笞十二鞭子的惩罚。

村助理俞亥羊急匆匆地走进了任耒的办公室，报告说："主任，了不得了！村里唯一的那口井眼看就要枯竭了，村人们为了争水已发生了多起斗殴，怎么办？"

任耒霍地站起来："天无绝人之路。打井！"

俞亥羊脸现为难之色。"可……您知道，地下五百米之内已经打不出水了。"

"那就往五百米之外打！"

俞亥羊清楚，五百米已经到了人力的极限，但他并没有反驳村主任任耒。他知道，反驳和解释是没有用的。

男女老少齐上阵，打井。井打到五百米深度时，未见湿润的迹象。恐慌开始在村里蔓延。但井必须继续往深处打。仲蛰提醒任耒，这样做违反自然和科学规律，必须停止。任耒反问仲蛰，你能解决大伙儿的吃喝问题吗？仲蛰无言以对。

井继续往下打，打，打，打，直到有一天，井口上冒出了岩浆，岩浆顺带把两个掘井人的尸骨也送了上来。火炭般旺旺的岩浆，灼伤了井边上的好多人。任耒大吃一惊，找来仲蛰，让他想办法堵火口。仲蛰费了九牛二虎之力，方把火口给堵上了。

这期间，村人们因为争水抢水，已出了四条人命。水源已基本枯竭，人们想尽各种办法弄水，偶下一场小雨，人们动用所有能盛水的器皿。甚至，树和草的汁液、小动物的血液，都成了人们赖以生存的水源。

目睹此种景况，任耒的心真如岩浆烘烤一般，在堵上井口的那天晚上，他辗转反侧，一夜未眠。第二天早上，人们发现他以前黢黑的头发，已白了一半。不能坐以待毙，任耒吩咐仲蛰和俞亥羊，走出大山，寻求解救之道。

路途遥远，山路艰险。他们等了三天三夜，从村里那口井里汲取了两壶水。于是，仲蛰和俞亥羊背上足够的干粮和那两壶水，上路了。那天凌晨，就连老弱病残都来了，人们像送别出征的将军，把两人送出了村庄。

翻山越岭，备尝艰辛，仲蛰和俞亥羊终于走出了大山。没承想，山外的景象更为可怕，土地已龟裂成道道沟壑，树木尽皆枯死，别说见不到人的踪影，就连动物的只影也不曾见到。仲蛰和俞亥羊感到了难以言状的觳觫。他们放下行囊，坐在一块石头上休息，商量对策。忽然，一只秃鹫哀鸣着，跌跌撞撞地跑了过来。两人遂做出要和秃鹫搏斗的架势，但秃鹫根本就不是冲着人而来的，而是直奔放在石头上的水壶。然而，当秃鹫接近石头时，蓦地倒了下去，它几乎连临死前蹬腿的气力也没有了。

仲蛰和俞亥羊还剩半壶水。他们继续向前跋涉。

两个月后，仲蛰和俞亥羊终于回来了。人们瞪着惊恐的眼睛，看着眼前的这两个人。确实，他俩已没有了人样，简直就是两副骨架组装起来的幽灵。俞亥羊艰难地从身上掏出一张纸。仲蛰吃力地说了一句："大海！"

然后，两人双双倒了下去，再也没有站起来。任耒率村民给他俩举行了葬礼。

按照纸上绘制的路线，大迁徙开始了。人们扶老携幼，默默进发。站在山巅，任耒最后一眼望向曾经的故园，流下了眼泪。咸咸的眼泪流进他的嘴里，他舍不得吐出，咕咚咽了下去。

当迁徙的队伍终于到达了目的地——大海时，活下来的人只有出发时的三分之一。旅途上的惨景，任耒根本不敢回想。

一年后，他们和海里的鱼类已没什么区别了。他们的身体渐渐发生了奇妙的变化，两脚已不能在岸上行走，他们吃海草和小鱼虾，在水里休养生息，日子过得自由而洒脱。

任耒最后一次召集大家开了个会。他几乎没有组织语言的能力，冥思苦想，勉勉强强，从牙缝里断断续续挤出了一句话："荻丘村、就此、解散！"

《小说月刊》2017年第7期

评鉴与感悟

丰富的想象力，让作品具有直抵本质的深刻力量。

人类永远需要面临的一个问题就是生存，然而人类的生存往往伴随着其他的代价，就像这篇小说的影射，河流断流，水资源枯竭，在生存的问题之下人们往往会选择付出各种代价也要让自己活下去。小说的中心既在于呼吁环境的保护，也在于反映人性中的阴暗面。地球上生命的起源是在海洋，荻丘村的下场是幸存下来的人变成了海洋生物，所反映的问题值得思考：人类到底是在进化还是在退化？退化是先从精神沉沦的层面开始的，当仲蛰提出建议却不得不屈于从众心理。俞亥羊在知道反驳和解释无果的结局后也选择了沉默，沉默带来的直接结局就是不断走向灭亡，有知识和见解的人尚且如此，更何况普通的民众，这就是整个故事的悲凉所在。造就荻丘村灭亡的原因不仅是人类对环境的损坏，心理层面的沉沦让他们向生活屈服，所以在最后他们成了鱼身，人类所具有的思考和语言能力也退化几近归零。

"滥觞"一词现指事物的起源，生命从起源初期就需要面临生存的问题，直到若干年后的今天依旧需要面对，但我们身体上不可能成为鱼，需要注意的是不要让我们的头脑变成鱼，也不要让我们的家园"回归海洋"。（秦辉）

间歇性哑症

/华闲莺

张三以优异的成绩考调进局机关，在很短的时间内熟悉了工作业务，迅速成长为单位的骨干力量。大家都说：这小子有前途。

然而一晃十多年过去了，不少比他后调进机关的同事都提拔了，他还是原地踏步，小科员一个。

有人分析说，这主要因为张三是个直肠子，眼睛里进不得一粒沙，喜怒哀乐全挂在脸上，这在人际复杂的机关是行不通的。也有人分析说，张三是个急性子，快人快语，得罪了不少人，影响了自己的前途。

张三觉得自己的事业很失败，很郁闷。

一天，张三去菜市场买菜，忽然感觉腰被人撞了一下，一个行人从身旁慌慌张张向前跑去。张三一摸口袋，钱包没了，原来遇上了小偷！张三很着急很气愤，连忙追上去，想大喊："抓小偷啊！"可话到嘴边却发不出声！眼看着小偷跑掉了……

张三意识到自己的嗓子出了问题，他马上来到医院。专家详细了解了病情，并做了相关检查，肯定地说："你的声带没有任何问题，你这是患了间歇性哑症。所谓间歇性，就是只有在你很着急很气愤的时候才会发作，无伤大碍，你只要放松心情就行啦！"

张三看病回来，刚到办公室门口，就听见同事小李在说他的坏话，张三很着急很气愤，一下子冲进去，本想大骂小李一顿，可话到嘴边却发不出声。张三只得涨红了脸，默默地回到办公座位上。小李尴尬地笑笑，连忙跟张三道歉。

过了几天，张三被马副局长叫到办公室，马副局长很生气地说："你写的什么学习心得文章？怎么跟王科长写的一模一样？王科长说上周他就写好了，你这不是照抄吗？不像话！"

张三一听很着急很气愤。张三有写学习心得文章的习惯，写好后就挂在自己的博客上。这次的学习心得文章，是在领导布置任务后，第一时间就写好了，怎么可能去照抄王科长的文章？一定是王科长到自己的博客逛过，然后顺手牵羊剽窃了自己的劳动成果。张三涨红了脸，想大声争辩，可话到嘴边却发不出声！张三鼻头一酸，掉头退出马副局长办公室……

就这样，因为患上间歇性哑症，张三受了很多委屈。但他没有办法，只能默默忍受。年终评优，业务精湛、成绩斐然的张三没有评上，单位一把手孙局长以为张三会大闹一场，结果张三很沉默，孙局长感到很意外，很惊讶。大家都说张三变了，变沉默了，也变成熟了。

年后，局里人事变动，拟新提拔一批干部。大家都一致推荐张三，说张三早该提拔重用了，包括小李、王科长、马副局长、孙局长都这样认为。于是张三成为张副科长。

后来，张三又先后担任科长、副局长，一直做到局长，事业一帆风顺。但他的间歇性哑症却再也没有治好过。

《重庆日报》2017年9月1日

评鉴与感悟

"疾病是一种隐喻"，"哑症"暗示着官场乱象。

最为普通的人名往往象征的也是最为平凡的芸芸众生的一员，张三就是官场上每一个平凡个体的写照。在这篇小小说中需要注意到的是张三前后的变化，从"快人快语""直肠子"到患上"间歇性哑症"，得了病却收获了职场上的顺利，这不由得让人思索这二者之间的关系,职场升职到底需不需要学会"哑"?张三一共犯了四次哑症,后三次是在职场中发生:听到同事说坏话气愤而哑;被污蔑抄袭心得委屈而哑;年终评优未入选却不得不哑。表面上种种境遇造就的是个体的损失,"哑"却被意味着是沉默和成熟,有了"哑"才有了官场诸人的尊重和信赖,张三哑症再也没好的原因不是因为无药可治,而是因为他并不想治,只有"哑"才能让他走上升官之路,他"哑"的是什么呢?是官场的不公,官场的虚假,沉默掉这些所有的灰暗,迎来的才是彩色调的太平,而成熟在官场就意味着学会闭上嘴。然而这样的沉默真的意味着成熟么?张三对于"哑"隐藏着从反抗到妥协的态度,这也是很多人面对生活的态度。在讽刺官场"哑症"的背后是作者对现实的反思,有多少人能笑对生活,不忘初心,又有多少人要沉沦生活,缄默终日。(秦辉)

耳 疾

/赵海华

米尔得了耳疾，周围的世界像信号不好的收音机，声音时有时无时刺刺啦啦。米尔揉了揉耳朵，拿起一个杯子，"啪"地摔到地上，吓得老猫"喵"一声跳开，可米尔没听见一点儿破碎的声音。米尔原来可是顺风耳，米尔耳朵如小孩儿手掌大，耳朵灵活如眼珠子一样，会抖动，会开合，几里外的声音都能听见。现在不行，秘书走到跟前向他汇报工作，米尔只听见一句：米总的领带真漂亮。后面的什么话都听不清，嗡嗡嗡一阵，米尔耳朵自动合上，就听不见了。米尔看了材料，才知道，是一些新闻，无非是哪里又遭台风了，哪里又打仗了，哪里飞机又失事了。还有一些工作上的事。

米尔去了会议室，学习正好开始。上面正放着一个视频，里面的人慷慨激昂，手臂挥得十分有力，差点儿把面前的演讲台子弄倒。米尔耳朵开始只是走神，后来感觉叽叽喳喳难受，没一会儿，耳朵又自动闭合上，这个世界安静了。米尔看大伙儿都在摆弄手机，米尔不能摆弄，米尔坐在主席台上。米尔靠着椅子，睁着眼睛眯起来。忽地，耳朵突然打开，一个熟悉的脚步声传进来，接着是那沉稳有力的呼吸，似每一口都喘在他的耳膜上。米尔立马清醒，是大领导来了。大领导讲了几句话，米尔听清了，什么形势好、有精神就有希望之类的。连大领导与身边的秘书窃窃私语都听得一清二楚，大领导说，这学习用啥稿子，随便讲两句就行。

米尔在街道上溜达，周围车如流水人如梭，米尔什么也听不到，米尔很欣慰。米尔走着走着，鞋带松了。米尔蹲下系鞋带，隐隐约约听到一些嘤嘤嗡嗡的声音。他又趴低些，米尔听到了，三五成群的老百姓说着今天的天气，今天的菜价，今天吃了没，抱怨房子贵，抱怨医院住不起等等。米尔肥硕的左脸神经质地抖了一下。米尔赶紧站起来，站起来什么也听不见。

米尔去乡下调研，大自然的风声水声鸟叫声，声声入耳。几个老百姓在地里刨花生，米尔看来看去，笑了，太像蚂蚁搬家。米尔耳朵直棱棱地，只听见出汗的声音。米尔再看那些人，确实没有说话，只顾干活。米尔找到一群人聊聊乡下近况，这个说路不通，那个说水不清，还有一个说天老下雨，米尔感到叽叽喳喳，耳朵不自觉地又闭上，只看见一群人可笑地喷唾沫子。

时间久了，米尔想去看看医生，找来了全省有名的甄专家。甄专家让米尔躺下，开始做测试。甄专家说，你有一双神奇的耳朵。米尔听得真切。甄专家说，你将长命百岁。米尔笑了。甄专家说，你是一个伟大的领导。米尔竖起大拇指。甄专家说，你的良心让狗吃了。米尔摇摇头，听不到。甄专家说，你是个贪污腐败的蛀虫。医生说了三遍，米尔没反应。测试完，甄专家写下诊断结果：选择性失聪。甄专家说没用，就只能写，甄专家写道：你的病已深入骨髓，你的耳朵已经能够根据外界的声音自动闭合，像呼吸一样成为人体的本能。米尔问，能治吗？甄专家说，这个不好说。米尔笑成佛，真的能治？甄专家心里一惊，嗨，这耳朵还有幻听呢。甄专家知道说啥也没用，只好点点头。

米尔吃了甄专家开的药，也没管用，忍不住骂了一句：狗屁专家。可这并没影响米尔继续上班、开会、学习或者生活，米尔也就不再管它了，还有好处呢，谁能享受这么安静的世界？

有一天，秘书拿来一份材料，米尔已不再听秘书汇报，而是自己看。米尔看着看着，字迹模糊起来，至于后面的，米尔只看到白纸一张，什么也没有。米尔又去看甄专家，甄专家写道：你这是耳疾传染的，眼睛也得了选择性失明。米尔看了又笑起来，说，没事儿就好。

直到有一天，米尔看不见的手铐把他铐进牢房，他才慢慢开始恢复。

其实，甄专家知道啥方子能治，甄专家不敢开。

《山东文学》2017年第7期

评鉴与感悟

这是一篇极具讽刺性质的小小说，在荒诞之中隐喻着现实的真实。米尔所代表的是当今社会上只顾享受谋求升官发财的官员，在"顺风耳、耳朵如小孩手掌大、耳朵灵活如眼珠子一样"的背后，是一个精明会耍小聪明的官员形象。米尔的耳疾共犯了五次：第一次是在秘书汇报工作时，只听得到对自己的夸赞之词，对工作的内容毫不关心；第二次是在会议室里听不到会议视频却听得到领导和秘书的窃窃私语；第三次是听不到街道上的声音，趴低了却听得到声音；第四次是乡下调研听得见大自然的声音却听不见农民反映问题的话；第五次听得见医生虚假的夸赞听不到真实的批评。五次耳疾分别象征着当代官员的五种病态：热衷被拍马屁、领导即是一切、身份自认高高在上、百姓问题不闻不问、贪污受贿仍自命清高。这样的"耳疾"单单吃药当然没有效果，可以说并非后天疾病，在官场多年耳濡目染，这样的"耳疾"实则是一种本能，也是本篇小小说在现实意义上值得人们反思的地方。官场"耳疾"的形成可能并不仅仅是个人的"耳疾"，很可能是一个"耳疾症候群"，只是程度上分清分重。就算专家有药，有药敢开，怕是这样的"耳疾眼也疾"的患者也无法被医。（秦辉）

耳朵跑了

/刘月潮

夏天，不，整个夏天，我竟听不到一丁点声音。耳朵忽然逃离我的身体。之前耳朵跟我提过多次，它不想再听人的说话声，我周围的人没一句真话。我老把耳朵的话当耳边风，当成玩笑话。假话、鬼话耳朵都得听，这是耳朵的本分。真没想到耳朵突然跟我翻脸，玩失踪了。

耳朵扔下我跑了。失去听力，听不见人说话声，但我能想得到，周围的人仍天天在醉心地说着假话、鬼话。对这些谎言鬼话，耳朵早听厌了生烦了，我却没生一点厌烦之心，反而天天跟着一块说。

丢了耳朵，我的世界忽然安静了。我知道耳朵再也不会回来，它早听不惯人的那套假话、鬼话，也讨厌它的主人——我这个满嘴说着假话、鬼话的人。在说这些假话、鬼话时我也有过不情愿，可我能说真话吗？这世上人人说惯假话、鬼话，早已听不得真话。我怎么也做不了安徒生童话里说皇帝光着身子的孩子，那个孩子来到人世间后还是一张白纸，如果白纸涂满字后就不会说出揭穿谎言的真话。

耳朵不懂人世间道理，我要跟大家打成一片，还要活得像样点，不跟着大家一道说假话、鬼话就会真的变成大家眼中的活鬼。

耳朵害惨了我，我只看见人嘴巴一张一合，却听不见他们到底在说啥。

我的嘴巴在很多场合不敢出一点声音，害怕说错话，生怕我的话不对别人的路子。我只好时不时地点头装装样子。

后来在单位弄砸了好几件事，我再也装不下去，索性跟大家挑明我是个聋子，啥也听不到。还拿出医院诊断书，诊断我得了严重的焦虑症、强迫症、臆想症，还有要命的耳鸣，它们一齐合谋夺走我的听力。在医院，我不断向医生强调我耳朵跑了，医生说这就是典型的臆想症。

周围的人都晓得我丧失听力，成了聋子。从一个有声世界跌进无声天地，再也没人主动同我说话，我连跟人说假话、鬼话也不可能了，我成了被遗忘的人，成了局外人。

我忽然安静下来，喜欢成天窝在家里。妻子梅艳得知我成了聋子，目光虚虚地望了我一眼，又飞快地跳开。我和梅艳结婚许多年，还没有孩子，到底谁的原因一直没弄清。两人平日各忙各的，越过越生分，有时晚上回到同一屋檐下已是深更半夜。

我们都像客人似的，把回家当成走亲戚一般。闲了下来，我才感到自己真正回家。每间房墙角都结了蜘蛛网，网了一些叫不出名的虫子。我就像是网上一只垂死挣扎过的虫子。

开始打扫屋子，我用扫把清扫蛛网时，大大小小的蜘蛛四处逃散，它们很快又会在某个角落结网。这么多年我也被网住了，没有挣脱过生活的束缚。

梅艳回到家后，眼睛一亮，瞬间又暗下来。我心头也暗下来，这个家还是原来的家，但我和梅艳再也回不到从前的好日子。

对着墙角又结起的蛛网，我一天天胡思乱想着。成了聋子，我远离生活轨道，大家都还在满嘴谎言，假话、鬼话连篇，我在一旁连听的资格也没了。我心中不免有些失落，说了这么多年鬼话，好像早已上瘾，歇下来后我只好跟自己说，假扮跟不同的人说。我好像还能同大家一样，活在一个满嘴谎言、鬼话连篇的世界。

夏天快过去了，我突然听见知了的叫声。我吓了一跳，以为出现幻觉。我还听见汽车喇叭声、人的说话声……天啊，我怎么忽然恢复了听力，听见了这个世界的声音……

我的耳朵悄悄地回来了。耳朵跟我说离开我其实也很后悔，它在外面浪荡了很久，就是没遇见一个说真话的人，它对人算是彻底失望，所有人都一个样,它又能投奔谁呢?它想尽快结束这种流浪的日子,最好的办法就是回到我身上,做回我的耳朵。

秋天了,我的痛苦在一天天加深,不敢跟任何人讲我突然恢复听力的事,没准大家以为我之前是故意的。我就索性装聋作哑,装聋作哑也有它的许多好处。

所有人都以为我还是个聋子,说话也从不避着我,我晓得了许多人的秘密。包括妻子梅艳。梅艳跟人通话再也不避我,时常在电话里跟男人调情,还跟一个叫昊的男人定期私会。有好几次,我差点上前掀翻梅艳,想狠狠揍她一顿。最后关头我还是强忍住,如果恢复听力的事一旦露了马脚,我就会变成大家的公敌。

除了人人满嘴假话、鬼话的世界,还有一个被大家一心刻意隐藏起来的世界,这个隐蔽的世界就像地心深处黑暗的王国,我一次次偷偷摸摸闯进这个可怕的暗藏的世界。杨娜跟张平时常暗中勾搭在一块,背后鼓捣些小动作。局长沈阳跟副局长孙少立表面客气,暗中较劲互相提防。孙少立甚至几次设下陷阱想扳倒沈阳,沈阳时时小心提防才一次次躲过去。沈阳、孙少立都背地里受贿,送钱的都是经过他们多年考验的老板,一条绳上的蚂蚱。主任王伟叫情人买内衣,发票却开成单位办公用品。陈诚负责局里做标语这块,他总是要吃一半回扣……

大家眼皮底下看得到的是一个世界,还有另一个看不到的世界。这两个世界一个比一个可怕,我却像上了瘾,在这两个世界来来回回穿梭。耳朵也几次提醒我,这样下去只怕我再也回不了头。

我真的回不了头。虽然我早恢复了听力,但他们把我当成聋子,眼中好像根本没有我这个人似的,有时就当着我的面说那些见不得人的坏事。

我发现这么多人的丑事,这个潜藏着无数秘密的世界让我太害怕,却又让我像一个躲在暗中窥探的人,内心又一天比一天兴奋。再这么装聋作哑下去,我觉得自己有一天真的会疯掉。

局里开年终总结表彰会,特地请来分管的王副市长。局长一口一个尊敬的王副市长,二十多分钟讲话,局长就恭敬地说了二十多遍。我实在忍俊不禁,在台下忽然笑出了声。也许我憋得太久了,不想再装聋作哑。果然所有人的目光都齐聚在我身上。我厌倦了被人无视的日子,索性站起身来说个痛快：局长这么尊敬王副市长，可几天前你还在电话里跟人说，都是王秃子搅浑了水，从中浑水摸鱼……

王副市长秃顶，老百姓都喊他王秃子。我的话一下子惊翻了会场，谁也没想到我扔出这么一颗炸弹。

还是局长沈阳反应快，他连忙大吼一声，说李守诚是个聋子，他得了强迫症、臆想症，就是个精神病患者……快，快把他控制起来，送精神病院。

旁边的人一拥而上，扭住我。我拼命地挣扎，喊叫：我耳朵回来了，早恢复了听力，王副市长，我说的可是真话……

看来真是个精神病患者，赶快送精神病院，好好治疗。不过，我要批评你们，对职工关心不够……王副市长发话了。

我被送到精神病院，成了一位精神病患者，我看见墙角结着蛛网，蛛网都蒙着灰尘。我又被网住了。在精神病院里，我又发现了第三个世界：这些精神病患者在一遍遍地说着真话，在说着自己心底的话。耳朵说，他们是世上最有勇气说真话的人。

《广西文学》2017年第2期

评鉴与感悟

作品以荒诞的手法揭示了人性中的虚伪一面。

与其说叙述者在讲述一个故事，不如说作者提出了一个疑问："是不是当这个世界只剩下自我的时候才能找到绝对的真实？"

当听力完备，我们与这世界一同说着谎言鬼话，不情愿的背后是无法违背的人世间的规则。当听力消失，你陷入一个与外界无关的世界，你所能听到的一切只有来自内心的声音。因此，当"我"突然有了听力却选择装聋作哑，实际上是以自我内心的视角来观察这个被称作虚假的世界，即从"看得到的世界"观察"看不到的世界"，此时的"我"已经从人世间原本的规则跳出，不再是原本世界的一分子，内心所储存的矛盾上升成了对抗，这是自我"真实世界"同现实所谓虚假的对抗，然而这一过程实际上是对自我的放大，"我"想要找到真实,却被真实所挡。

作者在文中不仅仅批判了生活当中种种虚假的现象,同时也反映出生活中真实和虚假之间的关系与道理,我们生存在一个现实世界,真真假假都是生活的构成因素,而我们有固定的角色,每个人的身后都有他所不为人知的秘密,在对虚假保持抵抗的同时,也要看到生活中还有真实,我们终归还是要活在现实世界里,不然有勇气说出的真话也会被看作是假话,并被锁在精神病院里。(秦辉)

第三辑

这是一群不合时宜的人们,他们的际遇与悲欢中是写作者对人性的可贵洞见,这洞见照亮庸常的生活,也点燃了我们内心的信念。

聂 耽

/聂鑫森

聂耽的这个名字很特别，繁写的"聂"字是三个"耳"，加上"耽"字的一个"耳"，共有四只耳朵。当年写《义勇军进行曲》的作曲家聂耳，姓名中也是四只耳朵。

其实，聂耽最初叫聂丹，尽管著名电影演员有赵丹，但他终觉这个"丹"字太女性化了，不阳刚。他的耳朵大而长，读小学和初中时，伙伴们给了他一个绰号"大耳朵"。他一点都不恼，"大耳朵"比那个"丹"字有气派。

聂耽性格内敛，不喜欢疯跑乱叫，好静，尤好静中读书。初中毕业，他选择了去读中专技校，是"家有万金不如薄技在身"的古语对他起了作用。他还做出了一个重大决策——改名。他决定用同音字"耽"，取代那个"丹"。他在读古书《淮南子》时，"夸父耽耳"一语让他眼睛一亮，注解中说："耳大而垂谓之耽。"他的绰号不是"大耳朵"吗？

技校毕业，聂耽被分配到一家国营纺织厂当保全工。保全工就是维修工，哪台纺纱机、织布机出故障了，一个电话打过来，他和他的工友便提起工具包，立赴现场去处理。待机器重新运转，他们便如鸟儿归巢，回到保全班的值班室里。

四十多年过去了。

聂耽退休了。

他的家是一个前庭后屋的格局，嵌在古城湘潭一条长而窄且弯弯曲曲的巷子里，巷子名叫曲曲巷。小庭院是祖产，安静、亲稔、自在，正如鲁迅的诗句所言："躲进小楼成一统，管他春夏与冬秋。"所以他不去住什么社区的高楼大厦，那是一个个关鸟的笼子，憋屈！何况，曲曲巷的位置太好了，出巷口便是商铺林立的平政街，卖什么的都有，热闹、便利；而一出巷尾，则是四时景物宜人的雨湖公园，湖光潋滟，长堤、小桥、亭阁、花树随处可见。

聂耽没退休时，在这条住着二三十户人家的巷子里，是个没人多看一眼的角色，不就是一个做工的么！何况，他除碰见人了微笑着打个招呼外，从不去串门，也决不会邀人来家闲坐、喝茶。别人家有婚、丧、做寿、生孩子之类事情，往往是由聂耽的夫人去送礼、赴宴，他很少出头露面。

但在聂耽临近退休时，突然发生了一件大事，让巷中人不能不对他刮目相看。

全国纺织系统的保全工，经过层层选拔，十个优胜者再参加决赛，聂耽居然蟾宫折桂，夺得了冠军！中央电视台进行了现场直播：在一个巨型车间里，几十台纺纱机、织布机一齐开动，机声喧闹；被蒙上眼睛的聂耽，坐在车间的上端，他能在嘈杂的机声中，听出哪台机器有了毛病，毛病出在什么地方，百分之百准确。

现场直播的事，是聂夫人失口说出去的。正好是星期天的上午，全巷的男女老少都在看。很多特写镜头，都停留在聂耽的耳朵上，又大又长不说，而且在聆听时，耳郭会敏感地扇动，忽快忽慢，让人啧啧称奇。

当决赛结束，评委主任宣布聂耽排名第一时，巷子里响起了经久不息的鞭炮声。湘潭曲曲巷出了这样一个人物，太了不起了！

欢呼之余，大家也有了愧意，几十年来对聂耽了解得太少了。这个功夫聂耽是怎么练出来的？他上班到底有什么异常表现？他喜欢吃什么、穿什么？业余有什么爱好？退休后在家干什么？国人对名人的一切，素来怀有浓厚的兴趣，哪怕每天拉几回尿、打几个喷嚏都津津乐道，所谓"追星族""铁杆粉丝"是也。

各种各样的信息，从不同的渠道汇集到一起：

聂耽吃饭菜和大家基本相同，但尤喜吃素；穿衣服不喜欢什么名牌，合身就好。

他耳朵虽大，却无先天的特异功能，是后天练出来的。练的方法有两种：其一，是上班没活干时，工友们都坐在值班室里等候，聂耽却提一把小凳子坐在车间一角，闭着眼静听喧闹的机声，身子可以一两个小时纹丝不动，扇动的只是他的耳郭；其二，是他家的小院里，花树之间立着几个木架子，木架上挂着长短、大小、厚薄不同的铁片、钢条、铜圈，有的还故意凿出裂纹，一一编上号。聂耽闭着眼坐在台阶上，让家人轻重缓急地敲击它们，他边听声音边叫出编号的位置，或者干脆只听风声、雨声击打金属的声音，听开花、落叶、虫鸣的声音。

业余爱好，除听声音之外，他便是读各种专业技术书籍和文史方面的"闲书"，最钟情的是《淮南子》《山海经》《世说新语》《阅微草堂笔记》《幽梦影》之类。

聂耽把获奖的十万元，全捐给了市里的"爱心救助工程"，一个子儿都不留。

可获奖后的聂耽，和从前没有丝毫不同的地方，别人当面和背后的议论、赞扬，他似乎都没听见——耳朵直愣愣地矗着，一动也不动。

不同的是，在休息日，常有本单位和外单位的青年工人，来曲曲巷拜访退休了的聂耽。院门是关紧的，他们在说什么、做什么，没有人知道。有时，聂耽会领着这些年轻人走出巷尾，到雨湖公园去游玩，笑语声一路撒落，滴溜溜转。

与聂耽隔着巷道门对门住的是刘聪。

刘聪四十岁出头，留过洋，现在是一家大医院五官科的主治大夫，在治耳鸣、假聋、耳膜破损等方面名声远播。他对聂耽的超常听力很感兴趣，希望从中找出什么奥秘，或许会有助于他对耳疾的治疗。可聂耽不乐于与人打交道，这令他束手无策。现在他有法子啦，可以跟在聂耽一群人后面，也看风景，也听他们说话，不会没有斩获。

秋日的午后，聂家的门打开了，聂耽领着七八个小伙子和姑娘，朝巷尾走去。刘聪知道，这群年轻人是上午来的，眼下吃过了午饭，聂耽领着他们去雨湖公园溜达，他便悄悄地跟在后面。

游柳堤，看水中游鱼历历。过花坞，嗅清苦的菊香。倚八仙桥的红栏，看天上雁字横斜。然后他们坐进周家山的听风轩，听秋风飒飒。

聂耽的耳郭忽然动了起来，然后用手一指，说："那阶边的一颗小石子，压住了一只蝈蝈的腿，它叫得很痛苦。"

大家感到很惊异。一个小伙子飞快地跑过去，扒开一块小石头，蝈蝈嗖地跳起来，很快乐地鸣叫着。

有人问："聂师傅，你是怎么听出来的？"

聂耽说："因为听多了，听熟了。"

坐了一会儿，他们又朝湖心亭走去，有一条宽宽的水上石栈道通向那里。年轻人簇拥着聂耽，又说又笑。还有三三两两的游人跟在后面慢行，老人的拐杖声，女人的高跟鞋声，孩子的喊叫声，此起彼落。

走在最后的刘聪，忽然从口袋里摸出一个一元钱的硬币，让它垂直落下，硬币掉到石板上，清脆地一响。几乎所有的人都听见了钱币落地的声音，都停下脚步回过头来，目光搜索着发出声音的方位。

只有聂耽什么也没听见，依旧向前走去。

刘聪抱歉地对大家笑了笑，弯腰拾起硬币，然后转身走了。他知道，聂耽只听见他想听见的声音，想听见的声音就一定能听见！

《光明日报》2016年12月31日

评鉴与感悟

聂耽的听力好，这不单单是天赋，也是后天训练的结果。

古人曾有庖丁解牛的典故，游刃有余，便是庖丁解尽千牛的结果。今聂耽听遍万声，才得以分辨是雨打芭蕉、石压蟋蟀，还是铆钉松懈、风吹夏荷。只有用心倾听，才能辨别万物声音的细微差别。

其实，听物，也是听心。若是内心不够清净淡泊，又如何捕捉这微乎其微的细碎声响？或许这便是为何聂耽听得见蝈蝈痛苦的呻吟，却唯独听不见硬币落地的脆响。并非听不见，心不愿听见罢了。

聂耽,他生性淡泊,爱好古书,低调沉默,确是极当得起"风雅"二字。作为大国工匠,他又如此精益求精,无论是静立听机器还是雨天听水打金属,无不令人动容且心生敬佩。

从前,说到工匠精神,总没来由地想起日本,现在想来确是不尽然的了。江山代有才人出,只钻之弥坚就足够了。况且,相比于聂耽,其他人便都少了这么一段风雅韵味。(刘思奇)

凤 凰

/乔叶

"栽下梧桐树,引来金凤凰",小丫总觉得这句俗语不对。她都长到八岁了,从没有见过院子里的梧桐树上落过一只凤凰。

"唉,别傻了,本来就没有的东西,你自然见不着。"小英说。

"那为啥会有这么一个说法?"

"也就是说说呗。"小英说,"要是有,咋会谁都没见过!"

小丫和小英常常一起在树下玩,梧桐树下可是一个好玩的地方。夏天是一大片绿荫,坐在下面凉凉快快。秋天有一大片落叶,走在上面沙沙沙沙。冬天这树变得光秃秃的,好像是没什么意思,可是一下了雪,那就不一样了。一条条树杈上,像是有谁精心堆的,雪厚厚的,亮亮的,天晴的时候,映着蓝莹莹的天,好看极了。

当然最让人留恋的时候还是春天。暮春时节,梧桐树开满了浅紫色的花,像一只只微型的长筒喇叭。随便捡起一朵,用小舌尖儿去舔那娇嫩的花蕊,有一股清幽的甜。

可是,凤凰呢?

都说没有,小丫只是不信。她的性子,就是这么喜欢钻一个牛角尖。她觉得自己有理:真格儿的,要是没有,那为啥会有这么一个词儿出来?还有那么多关于凤凰的故事和那么多关于凤凰的画呢!对了,凤凰还有一个好搭档叫龙呢！"龙凤""龙凤"叫得多顺口，小英跟她弟弟还是龙凤胎呢！

"龙也是没有的，所以正好和凤搭。龙配凤，就是没有配没有！"小英说得嘎嘣脆。

很深的夜里，起了风，小丫睡不着。她忽然想，凤凰是不是不想见人，所以趁晚上来呢？她就披了衣服，撩开窗帘，悄悄地往外看。可是，看了很久，眼珠子都酸了，还是没有。黎明的时候，她连声打着喷嚏，发了烧，就请了几天假。

再去上学的时候，学校多了一位支教的女老师，说是老师，可是看着实在是不像。她梳着高高的马尾辫，和他们一起玩闹，给他们讲故事，唱歌，打球。她走路的时候，回头的时候，高高的马尾辫一甩一甩地，像一朵微型的乌云。如果自己有一个姐姐的话，小丫希望姐姐就是这个老师的样子。

瞅着了一个机会，她跟老师说起了悄悄话。

"老师，你说，这世界上有凤凰吗？"

"为什么这么问呢？"

小丫觉得心里暖暖的。这老师，她没有一上来就否定说"没有"，而是问她为什么要这么问。她可真亲。

她就一五一十地说了。老师弯着清亮亮的眼睛笑眯眯地看着她，听她说完后，在她的小脑瓜上摸了一下。

"有吗？"她眼巴巴地看着老师。

"我告诉你，你能保密吗？"

"能。"

"有。"老师笃定地点头。

一瞬间，小丫的心像飞来了几只喜鹊，叽叽喳喳地欢悦起来。

"你见过吗？"

"见过。"

"什么样儿？"

老师咬着嘴唇，沉吟着："翅膀特别宽，颜色特别鲜艳，能飞可远呢。"

"那,它很大很大了?"

"对。"

"比梧桐树大?"

"大多了。"

"这梧桐树根本就落不下?"

"当然。"

"比村子大?"

"比山还大。"

"那……只能出了山才能看见它?"

"对呀。只能出了山,到了山以外的大地方,你才能看见它。"

"哦。"小丫释然,若有所失。

"所以呀,你要好好读书,考到镇上读初中,再考到县里读高中,再到省城或者北京、上海这样的大地方读大学,到时候,你一定可以看见它。"

"嗯!"小丫使劲儿点点头。

这个秘密,小丫谁都没有说。她本来读书就好,这下子读得就更好。只是越往上读,上学的小女伴儿越来越少,她就越孤单,等她考上了县城的高中,就只剩下她自个儿了。

"女孩子家家的,就是将来上了大学有啥用?多花几年钱,还得自己找工作。不如早早地就挣钱。"小英妈劝小丫妈。

小丫妈犹疑着和小丫商量,小丫死活要上,终于还是遂了心。去县城的时候,她是和小英一起,小英是去县城的一个饭店打工。人生地不熟,故人格外亲。两个人每星期都要见见面,叙叙话,只是话题越来越岔。小丫说功课,说考试,说同学,说老师。小英说工资,说化妆,说老板,说客人。有时候,两人也一起搭伴儿回家,村里人见了她们两个,免不了要比比。都说人靠衣裳马靠鞍,小英洋气得很,小丫呢,还是那个小丫呀。

小丫高二那一年,小英去了省城,说到那里挣钱更多。一年之后,小丫也去了省城,上大学。两人又见了面,却是压根儿没什么好说的了。可毕竟是老乡,你给我捎个什么,我给你带个什么的,总断不了联系。有一次,小丫去小英租的公寓房里找她,预约好了时间,却是敲了半天门小英才应声,衣衫不整的,也没让她进屋。关上门的时候,小丫听见一个男人的声音:"真他妈的扫兴,以后没法照顾你的生意了!"

后来,小丫知道,小英做的这一行,叫"楼凤"。

又过了几年,小丫去北京读了硕士和博士。再然后,她就留在了北京工作,经常出国。第一次坐飞机,是中国国际航空公司的航班,看到飞机上那只巨大的红凤凰,小丫想起了家里的梧桐树,默默地出了神。

她回家的次数不是很多,每次回去都是十里八乡的新闻,沾亲带故的人都要去登她家的门。碰到寒暄的人问他们干啥去,他们就说是"去看凤凰呀"。

小丫给大家端茶倒水,话不多,笑得甜。偶尔,听到学校的铃声响起,她会朝学校的方向看看,眼前浮现出那个姐姐一样的支教老师,想起她高高的马尾辫一甩一甩的样子来。

《百花园》2017年第5期

评鉴与感悟

每个女孩心里都藏着一只凤凰。它鲜艳着,扑打着翅膀,在女孩子隐秘又满是憧憬的心头跃动,尝试着飞翔。

它开始是极弱小的,匍匐于人们的幻想中,只在梦中隐约浮现,等待着后来的养料或是风雪。

如此来说,小丫是幸福的,她遇到了那个给予她养料的天使,那个扎着高马尾,头发一甩一甩的老师。她给予小丫希望,成就了小丫看到凤凰的梦想。而小英却是不幸的,早早在都市的大染缸里失去了纯真,沾染了风尘。

其实,很多时候,我们的选择不光只靠我们自己,还有众人不经意的指引。这指引给予我们方向与力量,让我们有勇气熬过飞翔时翅膀撕裂的阵痛,熬过天空漫无边际的寂寞,然后,凤凰现形,直望进我们眼里。

愿每个女孩心里的凤凰都能得到阳光而不是风雪,是希望而不是覆灭。(刘思奇)

老圣人

/赵长春

袁店河有个说法：人读书多了，读得出不来了，就叫"圣人"。这个说法有点讽刺和嘲弄。

老圣人也被称作"圣人"。当年，他被唤作"圣人"，原因不得而知。现在老了，就加了个定语，"老圣人"。

老圣人做的事情有些不同于他人。就拿春分这一天来说，他要把村里的小孩子们召集起来，在村中老槐树下的大碾盘上，立蛋。

立蛋，就是春分这一天，将鸡蛋立起来。

老圣人先示范，轻手撮一鸡蛋，竖在平展的碾盘上，屏息，慢慢松开，鸡蛋就立起来了！然后，他给孩子们分鸡蛋，一人两枚，围绕碾盘，看谁先立起来，发奖。

这个时候，是村子里春节过后的又一次小热闹。不过，大人们不多，年轻人更少。这时候，老圣人看着孩子们，一脸的笑。

人们说："这有啥意思？自己买鸡蛋，再买些铅笔、写字本、文具盒……"老圣人说："这很有意思。就拿春分立蛋来说，是老祖宗们四千多年前就玩的游戏，一辈辈、一代代，传到现在了，会玩的人少了，人家外国反而玩疯了……"老圣人说："一年之计在于春。让孩子们立鸡蛋，心静一下，比玩游戏好。"

说话间，已经有好几个孩子将鸡蛋立起来了。孩子们很开心地围拢老圣人，听他讲春分，讲节气，讲碾盘的故事。

　　碾盘也有故事。碾盘很老了，村里人用了好多年，如同村口的老井。现在，条件好了，人们不用碾盘了，包括石磙，还有老井。老井早就被填埋了。一些石磨、石磙，还有马槽，莫名其妙地消失了。后来，人们才知道，被人偷跑了，卖到城里了……老圣人就操心老槐树下的大碾盘。有个夜晚，老圣人突然喊了起来，就在老槐树下。原来，那些人又来偷了！

　　老圣人说，每个人都有故事，每个村子都有历史，每一家都是传奇。这老碾盘，每家的祖辈都吃过它碾出的面、小米、苞谷……他说的故事，有个后来上了大学的孩子写了出来，写进了他的书里。老圣人保护老碾盘，差点拼了老命。

　　春节，村上的人多了起来，都从外面回来过年，掂了年货去看老圣人。他说："别看我，看看咱们的老槐树、老碾盘。"老槐树、老碾盘，就成了村子一景。

　　还有，与别的村子相比，村上喝酒、赌博的人少，打骂老人的事基本没有。这也与老圣人有关。他喜欢管闲事，不怕人家烦。他说："人都光想着赚钱了，不行，还得讲老理，就是仁、义、礼、智、信。这些老理，是几千年的好传统，不能丢。丢了，就丢了脸面。"

　　想一想，对。就是当年孔圣人周游列国时说的，提倡的。

　　老圣人有一方墨，古墨，好多年了，油亮，沁香。他有个治疗小孩子感冒、头痛的验方，就是点燃油松枝，烘烤古墨，然后按摩孩子的额头。古墨微软，香香地透出凉意，有股幽幽的药味。几声喷嚏，打个冷战，小孩子就好了，就开了胃口，生龙活虎了。他还治痄腮——研墨，毛笔蘸汁涂抹腮边，一圈一圈。如此两三天，就好了！

　　老圣人说："古人凭心，诚信为本。墨也讲究，内有冰片、麝香、牛黄等，为的是读书人安心、静心。学须静也，静须学也。可惜，好多人做不到了。"

　　老圣人九十多岁了，身体很好。他习惯饭前喝水，小半碗白开水。有记者采访，问这是不是他的长生之道。他说："哪里呀，儿时家贫，每当吃饭，父母先让孩子们喝水，喝完检查，如果碗里控出来水，就少给饭……"说着,老眼泛出泪花,又笑道:"现在多好,吃啥喝啥,都有!"

老圣人大名王恒骧,袁店河畔人。

叫他"老圣人",我觉得有些委屈了他,在袁店河的语境里。

不过,"圣人"的真正意思是很有讲究的。在袁店河,也只有他能配得上这个称呼。

现在,读书的人少了,越来越少,谁还能再被称为"圣人"呢?

《百花园》2017年第2期

评鉴与感悟

圣人之所以为圣人,在乎德行,也在乎传承。老圣人亦如此。

作品中的老圣人是一位可爱可敬的德高望重的老人。春日,教小孩子们立蛋,平日,在碾盘旁、槐树下给孩子们讲故事,这故事关乎义气,关乎回忆,关乎我们成长中不断遗失的东西。其间,还夹杂着无尽经典的气息,夹杂着千年传承的厚重,还夹杂着老人的满心期许和心血。

我想,所有的记忆都是有依托的,它不能凭空而立,它立足于某一件东西,或是某一个人,想到它的那一刻,思绪开始分散,记忆便从心底向上翻涌。那村中的老槐树,那碾盘,还有那树下讲故事的老人,也许会成为那些孩子们永远不能倒下的记忆支点,一经唤起,便可铺天盖地。

老圣人传承下来的不仅仅是沉淀千年的书香,还有留给这一代又一代围在碾盘周围的孩子们心中经典的种子,它们不断生根发芽,相信有朝一日必然唤起更多沉睡的孩童们的灵魂。(刘思奇)

纪念一个人

/谢大立

第九任厂长老王同志去世了。厂里要我给厂报"纪念一个人"栏目写篇稿。

老王同志给我的印象，在位时该管的管，不该管的也管。只要是上头要求干的事，他总是要借题发挥。总部要求生产区不得有娱乐用品，有一次，我的工作台上有本文艺杂志被他发现了，他就大会小会反复说："有些同志把文艺杂志公开摆放在工作台上，工作台是干什么用的，那可是摆工具书和工具的地方。也许这个同志会说，我只是放在那里而已，又没有看。我今天告诉你，不行。也许这个同志还要说，我是厂里的报道员，工作之外还要给广播站厂报写些报道稿。我今天告诉你，不行。我是以一个厂长的身份在说不行。"

他这么借题发挥，把你要辩解的话也一起说了，说穿了就是不让你说话。这件事，让我很长时间霉头霉脑，直到宣传科要个写报道稿的。他们说我这个人当工人不行，写报道还行，于是把我调到了宣传科，我脸上才有点云开雾散。这云开雾散还不敢在老王同志面前显现，怕他认出我就是那个把文艺杂志放工作台上的家伙。

我到宣传科后不久，老王同志退二线了。退二线的老王同志，又成了个想让他管点事他却不管的人。他从厂长办公室搬到了我们宣传科隔壁的办公室——老干部办公室。很多退二线的老同志，都不来坐班，他却按点上班按点下班，坐在办公室里书不离手。他还经常找我借书看。我管着宣传科的书柜，里面的书几乎让他读遍了。一天，他正在柜子里翻书，有个老同志对他说，生产上有些乱，您这个老厂长应该把新厂长扶上马、送一程。他却像个笑脸佛，笑对着柜子里的书本说，相信新厂长会干好的。

　　退居二线两年后，老王同志正式退休了。退休了的老王同志一头扎进了离退休活动中心，成天和一些老头老太太嘻嘻哈哈。大家说什么他都嘻嘻哈哈，别人不嘻嘻哈哈他也嘻嘻哈哈，叫人根本看不出来他曾经是个厂长。最后一次大家涮"模范丈夫"，涮到他的头上，说他年轻时有一次被老婆逼到了床底下，老婆命他出来，他拍着胸脯说，大丈夫说不出来就不出来。大家笑，他也笑，还说笑死他了。笑着笑着，他就真的死去了。

　　就这么个老王同志，我就是有妙笔，也生不出花来，可厂里非要我当回事地写，还要写出点味道来。我就只好坐到电脑前一遍一遍地抓脑壳。抓着，把广播抓响了，广播员的声音传来，老王同志的追悼会由殡仪馆改在厂篮球场举行。我就站起来伸伸懒腰，于心里说，那就到追悼会上去找找感觉吧！

　　从家里到篮球场，经过沿河路，沿河路也是厂里的景观路。浓荫下，石桌石凳，健身器材，还有供孩子们玩耍的滑梯之类，平日里都是欢声笑语一片，今天咋一个人也没有？倒是那些健身器材，石桌石凳，一个个肃立着，如思考者。拐了个弯，看到挤在球场里的众多的人，才明白，那里的人都到这里来了。大家站立在篮球场，像一片森林里一株株不会动的树。这些树有的身着沾有油污的工作服，有的挂着拐棍被人搀扶着，还有被老人们牵在手里的孩子们……

　　厂长主持追悼会，他流着泪说，追悼会由殡仪馆改到这里，是应我们在场每一个人的要求，大家都想送送老王同志，但殡仪馆离这里远，上班的同志去不了，老同志去不了，带孩子的同志去不了……大家都说有话要对老王同志讲，我们也就没准备悼词，大家的话就是悼词。我是厂长，我先说，我来日的追悼会也力争能像老王同志一样，能在大家的要求下在这里举行，有这么多人送行……

　　哭声一片，各单位的代表在哭声中发言，发言时也带些哭腔。这哭腔把我的眼睛也弄得涩涩的，妻子来到了我的身边，她挽住我的臂，把头歪到我的肩头上抽泣，我的泪终于澎湃起来。

泪花中，出现了八年前的一幕，宣传科的一个小干事正无知地给广播员讲"身似菩提树，心如明镜台，天天勤擦拭，不使惹尘埃"。老王同志走进来说，"菩提本无树，明镜也非台，本来无一物，何处惹尘埃"，这四句话你一定会更欣赏。小干事说，老厂长也看这方面的书？老王同志说，还不都是在你大秀才的影响下？他这么一说，广播员看小干事的眼神里就多了一些内容。从此，两人的关系迈出了实质性的一步。

这个小干事就是我，广播员就是正哭得泪人儿一样的妻子。成为我妻子的广播员跟我闹别扭时经常拿话撑我说，当初要不是老厂长那样夸你，我想都没有想过会跟你。

《天池小小说》2016年第12期

评鉴与感悟

突然想起一句话："你死了，谁会哭？"

不知何时曾看到过这句话，此刻，它却突然在我的脑海中迸出。

老王的死确是有很多人哭的。这泪水，是怀念，是祭奠，也是感激，是不舍。

我不认识老王，从来也不，也只能从只言片语中看出其昔日旧影。他应该是正直的，很聪明，也极洒脱，就连死时也是笑着哈哈哈的，想来就如同古时的大诗人孟浩然为和好友一聚吃鱼背疽而死的那般任性可爱。

当然，老王虽洒脱风趣，也自有自己的坚持。他不给新厂长以帮助，就是为了能够更好地锻炼出新人来。他在广播员面前夸赞小干事，也是出于鼓励和好心。此之种种，众人才更敬爱他。

看这文字的时候，嘴角总是忍不住笑意，想来作者这生花妙笔，也大抵因老王是个妙人吧。（刘思奇）

老实疙瘩米好

/刘建超

老街把憨厚实在的人称为老实疙瘩,如果说某某人是个老实疙瘩,多有褒奖的意思。米好就是个老实疙瘩。米好有个口头禅:又能怎样。就这一句口头禅,米好在老街都有了名声。

米好又瘦又高,走路肩膀还左右摇摆,总让人担心他两条细细的腿能不能支撑住晃动的脑袋。米好的单位不错,旱涝保收,这样的单位混日子还行,个人要想上进发展施展的空间就窄狭了,位子少,上头也不重视,米好五十多岁人还是个副主任科员。大学同学聚会,不少人对自己的现状不满,个个慷慨陈词牢骚满腹,如同天下所有的不公都落在自己头上了,牢骚完了就猛进喝酒,喝多了就又哭又闹。米好总是微笑着,把喝多的同学挨个往家里送,有的人吐了米好一身,米好也从不计较。有人问,米好怎么就从来不抱怨?米好说,抱怨又能怎样,哲人曰:磨难是笔财富,吾辈有如此经历如此财富也不枉人生一回啊?

米好对自己主任科员的位置很安心,主任交办的事都做得很尽心,哪怕是些鸡毛蒜皮扯淡之事,米好也做得一丝不苟。部门主任初到办公室时,还是个刚出校门时间不长的毛孩子,对米好一口一个米老师。米好是很有可能提拔当主任,后来也不知啥原因就被搁置了。有人劝米好找领导活动活动,米好笑笑说,活动活动又能怎样,当不当主任都得干好工作。

再后来那个毛孩子就当上了主任，大家纷纷为米好抱不平。米好微笑着：年轻人有精力，有学历，发展快也是应该，我做好本职就行了。

毛孩子主任开始还米老师米老师地叫，后来就叫老米了。同事说毛孩子主任是白眼狼，要米好在关键时刻，撂个挑子，拿捏拿捏这个小神经蛋。米好说，一则咱确实比人家老，二则咱也没教孩子点啥，干好工作吧，叫个老师又能怎样，又不是为主任一个人做工作。

同事们看看人家米好都不计较，自己凑啥热闹啊。你呀，真是个老实疙瘩。同事说这话带有嘲讽意味，米好不计较。

米好三十岁才成家，媳妇小他八岁，长得很一般，同事说，米好的媳妇最大的特点就是没有特点。米好对媳妇疼爱有加，张张罗罗地几乎包揽了所有家务，羡慕得邻居女人都夸米好媳妇有福，便对自己的丈夫数落，也学学人家米好呀。看把媳妇金贵的，跟皇后一样。

同事便对米好发难，要他维护点男子汉的面子嘛，你连媳妇内衣内裤都包揽了，还美得跟屁花子似的，你累不累呀。

米好微笑着，要想好，大让小嘛。嘿嘿，媳妇不就是娶回来疼的嘛。给自个媳妇洗个内衣内裤，又能怎样？

同事嫉妒地跟媳妇嚷：有本事你也小个七八岁呀，我当宝玉样捧着你，耐烦着你，稀罕着你。

米好结婚没有几年，赶上媳妇下岗了。媳妇又哭又闹，让米好去找领导。要说米好的单位职能也正好能管着点媳妇单位。米好就去找媳妇的领导，媳妇的领导就对米好摆了一大堆难处，希望米好理解。

米好就说，真是各有各的难处啊，下岗就下岗吧，又能怎样。媳妇说米好是个窝囊废，几天不给他好脸，晚上也不让他上床。米好只是嘿嘿地笑，笑得还特诚恳。媳妇也没辙了，嫁给你算倒霉，以后家务事都交给我，好好上你的班。

米好长得干巴精瘦，一副刁刁的嘴脸，大家有事却愿意同他交谈商量，碰上脸红脖子粗就说，找米好给说道说道。米好也就一本正经地跟人家陪上半天，还给人家泡着好茶，敬着好烟，到了饭点还留下吃饭。

媳妇有时都看出了名堂，说，人家故意来蹭吃蹭喝，你傻呀？

米好搂着媳妇说，吃点喝点又能怎样，邻里关系越走越近，好事嘛。

楼上邻居老王有个女儿，见天和一些不三不四的男人来往，常常唱歌跳舞喝酒折腾到半夜，惊扰得四邻不安，谁也管不了。老周享用着女儿带回的烟酒，睁只眼闭只眼，对邻居的抗议不闻不问。

终于出事，女儿被强暴，家财被洗劫。

老周对着米好哭诉。米好说，养不教，父之过。你女儿介天和些不三不四的人来往，出事也是情理之中。邻居好言相劝，你置之不理，还骂邻居狗拿耗子。你女儿遭强暴你家中遭洗劫，又能怎样？报应呗。

老王大恸，邻里暗笑，都觉得解气。

米好去世是个意外，一个愣头小伙子骑摩托车将米好撞倒在石墙上。

米好弥留之际，对媳妇说，别难为人家，也不是故意的，事情发生了，又能怎样？

同事邻居来看望米好。米好说，人生一世，草木一秋。只要活得快乐满足，早走晚走几年，又能怎样？

米好追悼会上，同事大大的横幅上写着：米好走好，又能怎样？

老街同事们再谈论起老实疙瘩米好，态度都是认认真真的。

《大观》2016年第10期

评鉴与感悟

诚然，米好是个老实疙瘩。用一句话来说，米好善良，宽容，勤劳，不争不抢，任劳任怨，是一个十足的好人。

想来，当今的社会里这样的老实疙瘩或许已经不多了吧，当人人为自己着想，哪里还能如此勤恳并毫无怨言？或许这样的人也不少，因为我们又如何能得知在隐秘的角落是不是存在这样那样淳朴善良如同米好的人呢？

这是一个不会有答案的问题。就如同大家对米好的看法：他不争不抢，有人替他打抱不平，有人嘲笑他傻；他对媳妇极好，有人羡慕嫉妒，有人嫌他丢脸。总是以为，所谓的嘲笑嫉妒，不过是因自己不能完成而别人能轻松胜任而生的恼恨吧。

米好的好表现在方方面面，他的老实也并非那种生来的愚钝，而是一

种对万事万物的超脱。只要一切不超过自己内心的底线，何妨超脱些呢？（刘思奇）

乡下文人

/欧阳明

小时候，老家有两个文人。20世纪60年代，农村的中年人能识字的都很少，文人就更不必说了。很多村千多号人，一个文人都没有。我们队几十号人，竟有两个，算是奇迹了。

我说的文人不是上过几天扫盲班识得几个字那种，是懂得古典诗词，可以吟诗作对，写得一手漂亮的毛笔字的。

两个文人一个叫相府丞，一个叫欧治安，名字就很有文化味儿。不像其他的人，如李开财、向有田、欧开地之类的，不是一股钱味儿就是泥巴味儿，一听就是个大老粗。

二人文化何来？至今已无人知道。府丞家三兄弟，其他两个连自己的名字都不会写。治安少小离家，小时候也不识字。

府丞和治安都能吟诗作对，都写得一手漂亮的毛笔字。但府丞除了年边写写春联，很少写字，只喜欢讲故事，什么盘古开天地呀，封神三国水浒呀，讲得绘声绘色。治安寡言少语，主要是写，春节写春联，平常主要写祭文。

奇怪的是，两个文人的老婆都是文盲，斗大的字不识一个。但在我的记忆中，他们两对从来没吵过架，不像其他的家庭，三天一小吵，五天一大吵，仇人似的。

府丞虽是个农民，但穿着却像个书生，一天到晚，衣服干干净净的。大热天，衣服的扣子一颗不拉地扣着，也从不上挽袖子。由于他身材单薄，没什么力气，队长不安排他干担抬之类的重活，都是一些手面子活路，基本上是和妇女和孩子一起劳动。当然工分自然也给得低，最多和妇女一样。府丞不仅给大人讲故事，也给小孩们讲。每到夏天，孩子都会跟着他去棉花地里捉虫子。一到太阳开始灼人了，他就叫大家坐到树荫下，开始讲故事。我后来喜欢看小说，许是受了他的影响。他一讲故事，就忘了活儿，不知不觉就到了中午，直到肚子叽叽咕咕叫唤了，才抬起头看看天，说，罢了，罢了，害人又害己啦。捉虫是按捉到的虫子条数计工分，自然大家挣不到什么工分，但孩子们都不怨他，巴不得他继续讲。可他说，回了回了，明天再讲吧。

治安从不参加劳动，因为他只有一条腿，行动艰难。另一条腿怎么掉的，他从不说，也没人知道，分粮全靠老婆挣的那点工分。但他也不是只靠老婆养活，他还给人家写祭文。在老家，人死了都得写祭文，还要在下棺时吟诵。他写的祭文情真意切，远近闻名，而且只有他吟诵出来才能催人泪下。每个月，都有人抬着滑竿上门来请他。每次，主人家都会好酒好菜地招待他，临走了，还会给点小钱。一次，队长的老母走了。队长觉得给钱请他没面子，不给又怕别人说小气，就叫教村小的侄儿写。侄儿只读过初中，不知道什么叫祭文，写不来。队长无法，不得不请治安写。祭文历数了队长老母起早贪黑养育儿女的艰辛和儿女大了该享福了却遭遇疾病的不幸，经治安拖腔拖调吟诵出来，在场的人无不泪流满面。事后，治安没收队长一分钱，还连饭也没吃一口。队长很感激，在安排活路的时候，总是给他老婆一些照顾。

上初一那年，父亲叫我拜治安为师，学写祭文。我死活不干。父亲很生气。治安说，新社会，移风易俗，老的一套，也不会长久，没必要学。

府丞不仅穿着讲究，白天手里还始终拿着一本书。封面是牛皮纸的，磨得有些发毛了。据说，晚上他也书不离手。他原来有很多书，破"四旧"时被收了，只剩下这么一本。有人开玩笑，趁他不注意的时候夺他的书，可手还没到，他早就把书塞衣服里了，动作极快。老相，书里面有女人不？拿几个出来我们看看。大家笑着说。府丞不回答，自个儿走到一边去了。

对府丞的死，至今还是两种说法：一是自己跳的崖，二是不小心滑下去的。不管怎么死的，原因却很清楚，是有人不满他不干重活，揭发了他看反动书籍。

工作组来收府丞书的时候，他紧紧抱住不放。最后是几个人把他按在地上，强行掰开他的手，才抢了过去。工作组翻开书看了看，并没对他采取什么措施，走时对队长说，劳动面前人人平等，尤其是读书人，要加强劳动锻炼。队长不敢再给他派手面子活儿。一次在送公粮的途中，不知什么原因，他连人带挑子落下了悬崖。

治安是病死的。死前，他就把他和老婆的坟都修好了，是连体坟，男左女右连在一起。他死后，省城来了一大帮人，是他的前妻和儿女。原来，治安出去后参加了国军，还混了个军官，讨了个富家千金。他先打小日本，后打共军。后来国军节节败退，他怕被抓去枪毙，祸害妻儿，便逃回老家，娶了一个没有生育的女人。儿女们好像对他没什么感情，在他下葬的时候，个个面无悲情。只有前妻，哭得死去活来。

治安死的时候，没有祭文。自他死了之后，老家死了人也不再吟诵祭文，因为没有人会写了。

府丞死后，队长的侄儿无意中发现了那本被工作组没收的书。打开一看，竟一个字都没有。他是装读书人呢。侄儿说。队长眼一鼓，说，亏你还读了几天书，那是无字天书，人家墨水在肚子里头，你懂个屁！

《四川文学》2017年第4期

评鉴与感悟

不知为何，读至结尾，后背竟冒出一股寒气。心情有些难言的悲凉。清闲质朴中却有着没来由的沉重，虽无一字愁苦，可这现实的残酷却依旧可从文字溢出。

文人，在作者笔下，有了时间地点的修饰，变得清晰而独特。身为文人，他们是雅的，吟诗作对，写字画画，被人夺书时，也死死抓着不放。而身处乡下，他们又是亲民的，并无想象般文人的清高，为村民写春联，给村童讲故事，就连娶的妻子也全是文盲。就算如此，也丝毫无损他们身为文人的风骨，如此纯粹可亲的却也有种不为人知的悲壮。

或许，错过那个时代，就很难体会那种年代的悲凉，我无法知晓府丞跌下悬崖时心里的所思所想，也不能推测治安逃回老家时又是如何伤心绝望。我只是几十年后一个旁观听故事的人，往事如烟，文人精神却永存，笔尖文字吞吐，是纪念也是祭奠。（刘思奇）

老 团

/李永生

　　老团是涞阳大礼堂的检票员。他极高极胖。认识他的时候我十一岁，他该是四五十岁。凭我一个孩子的模糊记忆，只觉得我从没见过这么高这么胖的人，他似一个大粮囤，肚子上的肉一走一哆嗦，能让人联想起滑嫩嫩的水豆腐，以至于唤起童年的我总想拍拍他肚皮的强烈渴望。或许正是这奇特的体型，老团没娶上媳妇。

　　大礼堂是县城的政治文化中心。全县各种大型会议一般都在这里开。当然它的主要功能还是演戏放电影。这里几乎每晚都会放电影，间或唱戏，从没冷清过。那时候，电视机稀缺，县城居民就指着大礼堂解闷呢！

　　老团块大，门神一般，混混们都怕他。

　　检票时，总会有一些半大小子在门口捣乱起哄，想方设法不买票混进去，所以礼堂门口总是乱哄哄的。老团一丝不苟检票，观众把软软的电影票递过来，他瞄一眼，撕个角儿，把检过的票递给观众，顺便把那个撕下来的"角儿"丢进旁边的一个纸箱子里——老团爱干净，捎带脚儿就清了垃圾。一开始，人三三两两地进，再往后，接近开演的时间了，买了票的观众着急往里进，挤疙瘩，那群半大小子开始起哄捣蛋，想蒙混过关。老团边检票边用余光踅摸，遇到哪个小子探过身子，眼一瞪，喊声"哒"，那小子就得缩回去。观众进完了，就剩下老团和半大小子们对峙了，双方都不软不硬，那边求："老团，让我们进去吧！"他答："等着！"等到什么时候？快散场了，大概还剩几分钟了，如果是"打仗"的电影，该是八路军吹冲锋号总攻的时候，或者是打完胜仗奔赴新的战场老百姓沿街欢送往战士怀里塞鸡蛋的时候，老团会说一句："进啵！"身子一闪，小子们便撒丫子跑进去看看电影小"尾巴"。

戏或电影散了，老团送走最后一名观众，把落在箱子外边的"角儿"捡起来，扔到箱子里。关大门、上锁，吆喝上同事们，拎上装着"蝴蝶"的纸箱子回宿舍。

老团检了几十年的票，那些"蝴蝶"每年能收多少？至少十几箱吧。老团工作认真，口碑特好。县公安局局长是他老乡，想把他调到公安局，公安局是个吃香的好单位。局长跟老团一说，他竟不同意，说："检票，才热闹。别人下班跟老婆孩子亲热，我只能跟枕头说话，我多热闹一会儿是一会儿。"

又过了几年，老团到了退休年龄。过几天，就该办退休手续了。这晚，大礼堂上映《解放石家庄》，这部片子在当时也算"大片"了，很吸引人。按过去的经验，如果放一般的电影，上座率最多也就七八成，但这次上座率肯定会百分百，捣蛋钻空子想逃票的也肯定多，礼堂经理考虑到检票口压力太大，便向驻地派出所请求帮助，派出所来了四名干警帮助维持秩序。老团说："观众又不是坏蛋，来警察干吗？"经理说万一闹事的多怎么办？老团想了想，给经理出了一个鲜招，说："咱不如先进后查。"老团就跟经理说个仔细，所谓"先进"，就是观众进礼堂时不检票，先放进去，至于"后查"，就是到了放映厅再挨个查。没票，对不起，请出去。老团说："咱把话放狠点，再加上有警察'镇'着，估计不会有人混票。"经理想了想，可行，就这么办了。然后就紧急写了个"先进后查"的告示贴在礼堂大门口，那上边特别强调对逃票者罚款，"罚款"两个字下面还特意画了两条红杠以示重要性。结果那天晚上，两千个座位的大礼堂涌进来的观众足有三千。那些逃票的自然没座位，就贴着墙或在走廊里站着，这样就挡住了那些买票坐着的观众视线，买票的理直气壮，喊着要逃票的闪开，但这次逃票的人多，"众志成城"，却不理这个茬儿。吵闹、谩骂……大礼堂乱成了一锅粥。经理傻了眼。这么多逃票的人，挨个查，那得查到什么时候？电影还演不演？经理脑门出了汗，老团脑门也出了汗。法不责众啊！没办法，就凑合着演吧！

好在没出大事。电影散了，经理双腿一软，一屁股坐在台阶上，苦笑着望着老团说："老团你这个主意好，零存整取，把那些逃票的'打捆儿'放进来了。"

几天后，老团办了退休手续，准备回乡下老家。经理选了个日子给他办了欢送酒。从来不喝酒的老团竟喝了一杯白酒，醉了，搂着经理呜呜哭，说那场《解放石家庄》，是他故意出的那么个馊主意。他挡了那些人几十年，总觉得对不起他们，那次就想让他们看场"全乎"电影。

退休后的第三年，刚刚六十出头的老团死了。丧事是他侄子们料理的。侄子们除了在他灵前烧了冥币纸钱，还烧了瓷实实一麻袋花花绿绿的纸屑——那几百万只"角儿"被点燃，升腾起柔柔的火焰，黑色的灰烬飞上天，状如一只只欢乐的蝴蝶……

《安徽文学》2017年第6期

评鉴与感悟

"花花绿绿的纸屑被点燃，升腾起柔柔的火焰。"这火光诉说着老团的一生，几十年的电影放映，几十年的兢兢业业，几十年的公正严谨，最终化作黑色如蝴蝶的灰烬，飞入所有人的心里。

故事应该发生在过去岁月里，清贫而窘迫。老团十年如一日地放映电影，那极富画面感的拦人经历，他那一瞪眼，一声"呔"，想着就让人心头发笑，笑着，又感叹起他的严正来，感叹起这不同于和蔼外表下的公正之心。他也并非教条顽固，他一向极宽厚温凉，否则，又怎会有电影结尾处的通融，或是最后一次时看的"全乎"电影？

老团，这么一个普通的名字、普通的身份，经历也并非如何传奇、大起大落，但就如同陈酿，经过多年发酵，酒香也许并不如何浓烈，余香却悠长。（刘思奇）

老 闷

/班琳丽

老闷是个"义士"。名声响得很远,香远益清,像莲。

老闷跟老蔫对门。两家的女人好比两家的鸡鸭串门,出大门,进对门,方便得很。男人们又都不爱说话,她们便同病相怜似的,觉着投缘,也就好得跟姐妹一样。聚一块免不了牢骚,叨唠最多的,当然是她们的爷们儿,说摊上这样的活哑巴,比树叶还稠的日子就像咸饭不咸,淡饭不淡,没滋味透了。

其实老闷跟老蔫不同,老蔫没话,因为他蔫;老闷没话,则是因为他有话不说。老闷像个舞者,好的是肢体语言,乐意将话附着在行为上表达。

那次他的二小子虎子偷了李寡妇家一兜酸杏,被李寡妇骂骂咧咧找上门来,好一番数落。等李寡妇颠着小脚走后,老闷将儿子扔进粪堆的青杏疙瘩一个个捡了出来,拿手捧了往儿子面前一撒,嘴巴紧紧绷着,手指着"赃物",眼瞪着儿子。他儿子就乖乖地一个一个拿了往肚里吞,小脸跟眼睛挤一块了,挤出好多的泪珠儿,和着酸口水,流了一肚皮。

老闷不说,或者说他那肢体语言已告诉儿子:小子,"青疙瘩"吞多了,你脑瓜里跟种庄稼似的,自会长出道理。

还有一次,邻庄上一个愣头青掂着砍刀来庄上骂街,庄上的人没个敢伸头的。恰好老闷从城里送货回来,赶上了,他东西朝地上一丢,紧前两步，铁塔似的在小青年面前站成"八"字，瞪圆眼睛，指指自己的左脸。那愣小子被老闷的眼神激怒了，举起砍刀"哑哑"着照老闷脸上砍去。再看老闷，还是铁塔一样立着，那小子却扳倒的木头桩子一样，横地上了。老闷的颧骨跟凸额头上因此贯穿着一条长长的刀疤，像搭在眼帘上的一根紫藤。

老闷的长相原本就有个性，头顶早早败了，头皮光滑得像脸面，脱落的头发倒像大面积移栽于嘴巴四周，耳下腮边，郁郁葱葱，很是丰茂。起初他还每天刮，可越刮脸青得杨树皮般不说，胡子倒更旺盛了。奶奶的，天要下雨，娘要嫁人，由它去吧。不管理，抛了荒了。村里人戏说，老闷是"一头好脸，一脸好头"。

"一头好脸，一脸好头"的容颜上不离不弃地悠荡着一根紫藤疤，这让老闷看上去特别像个奇人物。初次跟老闷交往的人都心生畏怯，自觉不自觉地就质疑到老闷的人品。

老闷是个生意人，少不了跟五行八作的人交道，没话可不行。老闷也知道不行。他说，只是说得极其经济、简约，比如这事成，就说：好。中、是了；不成就是：球、别、散了。可但凡跟老闷合作过的人，总是后脚就拎了重礼来求老闷八拜为兄弟。

常跟老闷合作的有个陈老板，这人为事巧诈、世故。他欺老闷是乡里巴人，眼力短，路子窄，就经常在老闷的货物上采取地毯式寻"刺"，借机压价。

自己的货心里有数，砍不下价你不乐意，本里头我也不乐意。老闷的交易有一条底线，在他的成本与同等货物市场价格的中间画着。生意嘛，讲究双赢，我不多赚，绝不亏本；你不多占，绝不吃亏。

说是一天下午，陈老板将货物验了四个多钟头，价格一压再压。老闷烦了，脸上的疤像一条暴突的血管，他突地站起身，一挥手，示意跟车的几个人装车走人。陈老板慌了，拉他到背静处，说明缘由，说他老母亲要换眼角膜，手术费十来万，他一时手紧，才出此下策，实在没别的。

老闷的神情缓了，但坚定地举出四个指头，那是这一车货的触底价。陈老板心疼地把四万现金交到老闷手上，挥手谢客。没想到老闷一把抓住陈老板挥过来的手，将刚刚过到自己名下的四捆"老人头"啪地拍回上面,再紧紧一握,点点头,转身走出门去。陈老板诧异了许久。他过后懂老闷了,刚才是你的钱,现在是我的钱;刚才叫交易,现在叫帮忙。本质不同,心情不同。事后不久,陈老板就提重礼上老闷的门了,执意要拜老闷为大哥,并许诺老闷的货物一律免检。

老闷做事,"义"字当头。大人不蒙,小孩不欺,权富不攀,贫贱不压。义士!

村主任"闻香到"死后,村里再没人敢接任,怕呗,他家里还有五只虎呢。最后村民推举老闷,一是老闷有领大伙致富的能力和资本,二是老闷不怕"五虎",是"五虎"怯他。

"好!"老闷说,此后便上台了,扎扎实实领乡亲们致富。事实上等于把他的生意拓展到各家各户,收益大伙有份。老闷给各家张罗生意,就像给儿子张罗婚事。他老婆嘴一撇:"傻种,没听说狼多肉少的理儿,不怕人家争份儿?"他眼一瞪,"一头好脸,一脸好头"上是咩吓,娘们儿家,懂球儿?老闷古道热肠的行为,许是表达这样一段话:狼多肉少,也可能是另一种情况,狼多了,地界大了,猎物也多,天宽地阔。

后来,有记者想把老闷推成美丽乡村建设路上的领军人物。老闷给来送信的乡通讯员只一个连挥两下的手势。那通讯员闹了个红脸,对着老闷的后影一连说:"你看你老闷,你看你这个老闷!"

有人说老闷那手势是:别来这一套。

还有人说,老闷的意思是:跟着学就是。

老闷就是这样一个让人费琢磨的人,可琢磨透了,也许就像老单说的,老闷是个火炉,可以供你烧饭,也可以让你取暖。

《北京文学》2016年第12期

评鉴与感悟

颧骨额头上贯穿着刀疤,头顶光滑白净腮边却郁郁葱葱。老闷的面貌有些粗犷凌厉,却藏不住心里的耿直憨厚。他做事就如同他的名字一般,老闷,沉默着,他不多说话,却把一切都做了,是他该做的,他会做,没人要求的,他也照做。他正直善良,敦厚刚直,虽外表丑陋,内里却纯美。他不动声色,外表坚硬如石,内心却热情如火,自有他自己的一套行为准则。二小子偷杏有错,哭着也要将自己摘的东西吃完。常老板母亲患病,老闷二话不说直接拍下钱。

记得张艺谋有电影叫《老炮》,老闷老炮之间,冥冥之中自有一股相通的特质。他们藏匿在都市的角落,游走在喧嚣的边缘,他们不是江湖中人,却有一种与生俱来的侠气,道义的秤砣都在他们心里。

也许,当老闷铁塔般站着迎向砍刀时,当老炮举刀在冰上奔行,迎接他们的不是血和死亡,而是心中道义的升腾。(刘思奇)

老 秦

/赵明宇

　　每年油菜花开的时候，山东人老秦就骑着自行车，驮着叽叽叫的小鸡雏，吆喝着来村里卖小鸡了。老秦的自行车后座两侧挎着两撂子竹筐，竹筐分成一层又一层，每层都挤满了毛茸茸的小鸡雏。老秦拖着长腔的吆喝声更好听："卖小——鸡儿——哩哟嗬，卖小鸡哩哟——"声音洪亮得像铜铃，有金钟玉磬的质感，很有穿透力，十里外都能听得到。吆喝声的中间戛然而止，然后再继续后面的"卖小鸡哩哟——"尾音悠长，听得人们心里痒痒的，争相模仿，却学不来。麻叔嗓门大，学山东老秦吆喝，像驴叫。用麻婶子的话说，老秦是男高音，那也叫功夫。

　　老秦说话山东口音，家是山东什么地方的不知道，也没人问，大家只是叫他老秦。每年春天，老秦如约而至，把自行车停在村口，先吆喝几声，然后把一筐又一筐的小鸡雏卸下来，掏出一把泡好的小米撒给小鸡雏，小鸡雏便会蜂拥着争抢着啄食。

　　听到老秦的吆喝，村里的女人们就坐不住了，走出家门，挑选小鸡雏。

　　买老秦的小鸡雏是不用交付现金的，只需要在老秦的红塑料皮本子写上当家人的名字，等到秋后，小鸡雏长大了，下蛋了，老秦才会来收钱。老秦在村口喊一嗓子，买过小鸡雏的人家就会把钱送过来，老秦核对一下，勾去一个个名字。麻婶子每年都要赊二十个小鸡雏，在老秦的红皮塑料本上写麻叔的大名,到秋后卖掉两只公鸡,就足够还老秦的账了。

麻婶子最看不惯的是刁嫂。刁嫂人也刁,那年赊小鸡,她在老秦的本子上写的是假名字,老秦秋后要账,村里人都说不知道这个名字是谁。找不到这个人,这笔账就成了死账。麻婶子看不惯,说这是谁给咱村抹黑啊?把人丢到山东去了。老秦倒是很大气,说算了算了,没这二十个小鸡钱,我也穷不了。麻婶子说,你别急着走,等一会儿,我帮你要回来。

麻婶子就去找刁嫂,指着她院子里的鸡,说你家的鸡长得不小了,下蛋了吧?从哪里买的呢?刁嫂就红了脸,把钱拿了出来。麻婶子给老秦赔笑,说这一家赊了你的小鸡雏,你的本子上记的是他家孩子的名字。孩子小,名字没叫起来呢,也难怪别人不知道。

老秦千恩万谢。麻婶子说,大兄弟,你也没背着锅,没带着灶,中午在我家吃饭。

这一年,麻婶子照例赊了二十只小鸡雏。秋风一吹,小鸡雏就长大了,有几只公鸡,还有几只母鸡。母鸡的脸蛋红红的,大概是快要下蛋了。麻婶子卖了两只公鸡,凑够了钱,放在盐罐子下面,准备着老秦来收账。

过了九月九,老秦没来,又过了十月一,老秦还没来。麻婶子的二闺女要坐月子了,麻婶子去伺候月子,这一去就是好多天呢。临走,麻婶子叮嘱麻叔,你听着点,哪一天山东老秦来了,你把钱还给老秦。麻叔点点头,麻婶子才离开家。

麻婶子伺候完闺女,回到家,做饭的时候看到钱还在盐罐子底下压着,就问麻叔,老秦没来?麻叔说,没来。麻婶子就有些疑惑了,嘴里嘟囔着说,这个老秦,咋不要钱了呢?

麻叔说,村里人都没给他钱呢,咱还能给他送到山东去?又不是咱自己没给,慌什么慌?

那就再等等吧。有一次孙子要学费,没钱,麻叔说先把老秦的小鸡钱用上。麻婶子说那可不行,说不定你前脚把钱拿走,老秦后脚就来了,到时候手里没钱,不抓瞎?总不能让老秦为了咱这几块钱再从山东跑一趟吧?

也是也是。麻叔拉着孙子另想办法了。

下雪了,老秦还没来。

腊月二十三,阴冷,小北风打着旋儿。村头来了一个年轻人,说话山东口音，说是老秦的儿子，来收账的。麻婶子手里捏着钱，从家里出来，仔细端详，年轻人的眉眼挺像老秦，手里拿着眼熟的红塑料皮本子。大家围上来，问老秦为什么没来，年轻人的眼圈儿红红的，说，俺爹得了脑血栓，偏瘫了。

　　大家听了，唏嘘感叹，说起老秦的好来。麻婶子心里咯噔一下，说，孩子，一会儿收完账，到家里暖和暖和，婶子给你烙饼，炒鸡蛋。年轻人笑了笑，说，谢了，谢了，婶，我还急着赶回去呢。麻婶子说，再急也得吃饭，你先忙活，婶子给你做饭去。婶子说不定哪天去山东，到了你家门口，你不让婶子吃你的饭？

　　麻婶子做好了饭，出来喊年轻人，年轻人正在犯愁。麻婶子说，是不是又有人报了假名？年轻人说，不是不是，是多出来三十块钱，不知道是谁多给的。

　　多了？多了就多了呗。

　　那可不行。该多少就是多少，我怎么能多要大家的钱呢！年轻人急得直转圈，说，我爹跟你们打交道多少年了，我可不能坏了我爹的名声。

　　年轻人很着急，扯着嗓子喊：谁多给钱了？谁多给俺钱了？

　　这声音，让麻婶子想到了春天里老秦的吆喝。

《小说月刊》2017年第3期

评鉴与感悟

文字不长，读起来鼻尖却仿佛萦绕了清新的泥土气息，还夹杂着初生的鸡雏的甜腥味道。

这般淳朴亲切的人际关系，或许只存在于勤恳厚道的老秦和那些贫穷却善良的乡亲之间了。这种存在于乡村民众血液里中原始的质朴，只要一经唤起，就能激起潜藏的良知和羞恶。所以，在作者的笔下，老秦、麻婶子、麻叔是善的，刁嫂虽刁却也知错能改。这些众生相都是典型却淳朴干净的，仿佛是作者有意散出的对人性最美好的希冀和呼唤。就像春天老秦的吆喝，最终传到了儿子那里。那股纯善质朴也将如这吆喝一般，一脉相承，经久不息，而且也将会影响和感动周围同样心有善念的人们。那多出来的钱，那满村的问候，就是最好的证明。（刘思奇）

第四辑

任何艺术都是"戴着镣铐舞蹈"。小小说是小的,那些片段、瞬间、琐事在创作者精心演绎与雕琢下,以小见大传达叙事旨趣,进而产生照亮思想、震撼心灵的力量。

一个不是问题的问题

/赵新

沟里村不在沟里在山上。

沟里村有一大奇观：男人们吃饭不是坐在家里吃而是把饭碗端到街面上，成群搭伙一块吃，饭食色彩缤纷，阵势热火朝天。县长周禄到沟里村下乡，见到这一壮观的景象，感到十分新奇。周县长问沟里乡的党委书记王鹏："乡亲们为什么集合在一起吃饭？这有什么说头，这有什么好处？"

王鹏被问住了，一时间回答不上来。

王鹏很机灵。王鹏让乡长李瑞回答周县长提出的问题。

李瑞也回答不出这个从来也没有人问过，他从来也没有考虑过的问题。他很不好意思地笑了笑，还用手抓了抓头皮。

周县长走了以后，王鹏书记感到问题很严重。王鹏说："李乡长，情况不妙啊，在县长面前咱们连一个群众吃饭的问题都回答不上来，咱们还想吃饭吗？县长会不会生气？县长生了气那还了得！"

李瑞乡长说："王书记，周县长是哪壶不开提哪壶，他问的问题很生僻，咱们俩都没这个准备！"

王鹏批评李瑞："李乡长，你回答不出周县长的问题也就算了，你还笑，你是笑县长荒唐，还是笑县长幼稚？你这不是火上浇油吗？"

王鹏这样一说，李瑞立刻慌了。李瑞给王鹏拱拱拳头："王书记，你不能这样分析问题看待问题,周县长当时把我问蒙了,我就很惭愧地笑了笑,表示自己真诚的歉意——周县长本来问的是你,你为什么把我推出来,让我回答问题?"

王鹏笑了:"姜是老的辣,你经验丰富嘛,我把机会让给你,一片好心好意!"

已然到了傍晚,王鹏也不下班,李瑞也不下班;王鹏也不去食堂吃饭,李瑞也不去食堂吃饭。两个人面对面坐在一起,一副若有所思意犹未尽的样子。

王鹏点了一颗烟:"李乡长你想想,在谈到沟里村的乡亲们为什么聚在一起吃饭时,周县长是不是问了我们这样一句话,'这有什么好处?'"

李瑞频频点头:"是啊是啊。这是周县长问话的核心和重点,所以我记得特别清楚,非常清楚。"

王鹏说:"那么周县长问咱们这句话时,他脸上是什么样的表情?他是笑着还是严肃着;他是赞赏的口气,还是批评的口气?"

李瑞说:"对不起,这一点我没有注意,我记不清楚县长是什么表情,是什么口气。也许他是笑着,也许他是严肃着……"

王鹏想,李瑞你狡猾!你不告诉我我也知道,周县长问这句话时,表情是灿烂的,口气是赞赏的,态度是肯定的,是需要我们总结经验、做出正面回答的。

李瑞想,王书记,这个问题我当然知道,可是我不告诉你!周县长那句话是反问,是正话反说,他说"这有什么好处"实际是说这样没有好处,是让我们总结教训,改正错误!

两天以后,周县长收到了沟里乡的两份报告,一份是王鹏的,一份是李瑞的。

王鹏的报告写道:尊敬的周县长,关于沟里村的乡亲们聚在一起吃饭的事情,我做了深入的调查和认真的分析研究,我以为值得提倡和推广,因为它有十大好处。第一,这样显得大家友爱亲和,时时刻刻团结在一起,紧紧地攥成一个拳头,可以移山倒海,无往不胜;第二,饭场是一个交流信息的平台,大家一边吃一边说,听听村里和山外的新闻,开阔眼界,壮阔胸怀,住在沟里,了解世界;第三,足以显示谁家的媳妇手艺好，能够把男人碗里的饭菜整得有声有色、有滋有味，从而可以评选模范媳妇，树立互敬互爱的榜样；第四……

周县长看笑了，心里想，这个王鹏是个"才"，能把事情夸得花好月圆！

李瑞的报告写道：尊敬的周县长，关于沟里村的乡亲们聚在一起吃饭的事情，我做了深入的调查和认真的分析研究，我以为不宜提倡和推广，因为它有十大弊端。第一，把饭端到街面上吃，吃着吃着饭就凉了（尤其是冬天），这样容易生病，影响健康；第二，把饭端到街面上吃，多了热闹嘈杂，少了天伦之乐；多了你呼我喊，少了夫妻之爱、父子之爱、母子之爱；第三，饭场紧临公路，来往车辆风驰电掣，沙尘飞扬，吃得满嘴是土；第四……

周县长又看笑了，心里想，这个李瑞也是"才"，能把事情批得一无是处！

周县长把王鹏和李瑞叫到他的办公室，态度非常严肃。

"你们两个坐下，我必须面对面地和你们谈一次话。"周县长说，"那天到沟里村下乡，看见乡亲们凑在一起吃饭，我就随便问了几句，你们却洋洋洒洒递上两份报告来，有这个必要吗？以后我还敢说话吗？"

周县长说："一个不是问题的问题，让你们费了这么大的心思，一个唱红脸，一个唱白脸，你们'时时刻刻团结在一起，紧紧地攥成一个拳头'了吗？"

《金山》2017年第2期

评鉴与感悟

一个不是问题的"问题"中，是作家对人心的发现。

很多时候我们都喜欢猜测别人语句里边更深层次的意思，尤其是名人和领导的话。其实有很多事情就像这篇作品一样，本身不是一个问题，只是说者无意听者有心，才会产生这样的误解。除非我们可以用心沟通而不是用嘴，否则误会一定会存在的，所以要像周县长说的那样，要"时时刻刻团结在一起，紧紧地攥成一个拳头"，不能互相怀疑。作品叙述从容平淡，举重若轻，显示出一位老作家深厚的艺术功力。（吴春明）

选劳模

/孙春平

冬日里,下了一场几十年未见的大雪。大棚怕雪压,乡民们一个个冲进了风雪中。

县乡领导也到了田间。有位县领导还把自己身上的雨衣脱下来,披到乡民盖海林身上。

盖海林年过半百了,人们已喊他"盖老海"。隔天的晚间新闻,市县电视台都在播抗灾的消息,屏幕上出现了县长脱雨衣往盖老海身上披的镜头。市里的报纸头版上的照片,也是领导给老农披雨衣。人们嬉笑道:"盖老海时来运转,福光高照,也许真要盖住海啦。"

半月后,县里下了通知,说要召开抗灾庆功大会,并把表彰的名额分配给各乡镇。村主任魏杰从乡里回来时,就带回选一个劳模的任务。

时间要求挺紧,入夜,村里大喇叭喊:"一家出一个管事的,晚饭后到村委会开会,谁家人不到,罚款五十。"村民担心大棚出意外,便打发老人和妇女去开会。

魏杰一看不是事儿,伸手将插销一拔,院里的大灯泡子便熄了光亮。他提着灯泡子往村外走,人们呼啦啦在后面跟,一路走一路说笑。有人喊:"小心啊,灯泡子碰到谁不当紧,可碰碎了就得开黑会啦。"魏杰忽略了有人在跟他嬉闹,伸手去抓灯泡,没想那大灯泡还灼热着,手一抓便扔开了，如果不是有电线牵着，真就摔碎了。人们快乐地哄笑。

魏杰在村东大棚外选了一处宽阔些的地方，把大灯泡子往窝棚前一挂，便算会场了。只是老年人眼见着少了许多，那是老人们见会场转移，心想田里自有当家主事的男人，便不再来凑热闹。魏杰喊："女人孩子们往后靠一靠，各家睡炕头的到前边来！"

有人接话："我家炕头都是老猫睡。"

闹腾了这一阵，魏杰开始说正事，讲意义，提要求，最后说："大家都说说，选谁合适？"

朱老九说："选老海嘛。一秋加一冬，人家把大棚当洞房，县太爷都亲自给他披雨衣，不选他还选谁？"

朱老九是那种二八月的庄稼人，农闲时爱倒弄点儿小买卖，农忙时，虽也在田地里撅腚猫腰，但也不正经干。有一天夜里突然被警察堵在赌窝，慌急之间，他窜进灶间操起了菜刀，说："我往后要是再赌，就这下场！"说着手起刀落，少了根手指，从此落下了"朱老九"的外号。

虽说人品不讲究，但朱老九的提议却正合村主任的"朕意"。在乡里时，乡长也是这么示意的，说一定要保证盖老海当选。当时魏杰说："那就是他了嘛，何必脱裤子放屁！"乡领导说："有些程序不能不走，这个道理你不懂呀？"

朱老九那么一提，魏杰说："有人已经提议选盖老海了，大家要是没什么意见，就这么……"

盖老海忙喊："不行不行！各位老少爷们儿，我盖老海一辈子老实巴交土里刨食，可从没做过丧良心的事呀。要是一定得选出一个人，我看就让老九去吧。"

会场骤然冷了场。乡间有个典故，说那些年搞生产队时，有个铁姑娘队长成了县里的劳模，后来又当了大队妇女主任，常跟大队书记挨家去"割资本主义的尾巴"，还把育龄妇女家搞得鸡飞狗跳。一来二去，姑娘家家的，肚子竟大了，公社派人来查，才知劳模还有贪污行为。却说这姑娘有个小侄子，有一天跟别的孩子打架，一个骂"你爸是懒虫"，一个回"你爸是懒猫"；一个骂"你妈偷地瓜"，一个回"你妈偷苞米"。后来，对方那个孩子突然回了石破天惊的一句："你姑还是劳模呢！"劳模的小侄子一下哑了嘴巴，大哭着跑回了家。

魏杰说："候选人有两个了，那大家举手表决一下好不好？"

有人说："当面举胳膊多不民主啊。背对背，投票。"

也有人质疑："别整景啦，谁身上还带了纸和笔呀？"

魏杰便低头在地上找草棍儿或小石子。可这是在田里，漫天覆盖的尽是冰雪。魏杰见有人正抽烟，便说："谁带着烟？献出来。"

可谁又肯当这种冤大头呢？就连那正抽着的，也急急把那大半截烟扔到脚下。魏杰低声骂了句什么，从衣袋里摸出票子，往身边人手上一塞，说："你快去，到小卖部买一条烟来。"

烟很快买回来了，魏杰让撕扯开分发，妇女孩子不算数，每人一颗。"都点上，一人一个烟尾巴，就顶选票了。这回民主了吧？"

有女人抗议："民主个屁，男女为啥不平等？"

魏杰说："不服回家改户口本去。当然，谁家爷们儿没来，二当家的也可以发一根烟。可你一定得投呀，想把烟带回去巴结爷们儿可不行。"

女人们心满意足地笑成一片。

魏杰让盖老海和朱老九站到灯下去，投票人依次从两人身后经过，同意谁便把烟尾巴扔在谁身后。盖老海初时还不肯站过去，魏杰故意冷下脸，说："这是民意，你少扯里根儿楞。"朱老九却不需废话，他自知不会当选，还嬉皮笑脸地对着灯光吐烟圈儿。

投票顺利进行。投过票的却不愿离去。结果已明晃晃地丢在了两人身后，跟下来的乐子不捡岂不亏大了！

终于轮到候选人投票了。盖老海和朱老九一转身，便都哈哈大笑。盖老海把手上的烟头往朱老九脚下一甩，便往人堆里跑，还喊着："谢谢啦，谢谢啦！"朱老九一怔，也把烟头往自己脚下摔，说："你们这是拿我耍啊，不算数！"

人们大笑，是那种洪水蓄势轰然暴发的笑，是那种极开心得意的笑，笑得弯腰抱肚，笑得你推我搡。盖老海只得了五六票，朱老九的烟头却堆成了小山。恶作剧让村主任哭笑不得，也恼不得。老百姓的日子艰辛而平淡，难得这么一点儿乐子，你能怎么样呢？

魏杰绷着脸，等人们笑累了，才重重咳了两声，说："大伙儿把烟给我骗去抽了，乐子也找了，这回该我说话了吧。"他这样给刚才的事情定性，既宣布了选举的无效，也给自己找了一个重新选举的借口："还是抓紧回到正事上来。同意盖老海的请举手。"他率先高高地举起了胳膊。

村民们知道见好就收的道理，便也纷纷举手。

"同意朱老九的举手。"魏杰接着说。

只有盖老海孤单单地举了，那朱老九见状，却急把手举起来，喊："选不选的，也别让我成个'蛋'啊！"

魏杰笑说："你刚才选了盖老海，再举胳膊就是废票。你不是个'蛋'，也是个'球'！好，盖老海当选。散会！"

《百花园》2017年第7期

评鉴与感悟

乡村题材是文学创作中不可或缺的一部分，它表现了乡村人的生活情状和精神面貌。作品语言朴实，运用了大量的对话，让投票这一件本来很简单的事情显得趣味横生。

本来被选为劳模是一件很荣耀的事情，却被乡村典故搞坏了名声，才有盖老海拒绝成为劳模推选朱老九的后续。似乎村民中只有魏杰和盖老海是严肃对待这个问题的，其他人都以此为打发无聊时光的消遣。"我家炕头都是老猫睡""选不选的，也别让我成个'蛋'啊！"这类轻松俏皮的农家话表现出了农家人的淳朴和幽默。在投票过程中刻画了油滑投机的朱老九和憨厚老实的盖老海两位对比强烈的农民形象，使作品内容充实起来。乡村的生活远没有城市的丰富多彩，但乡亲们自娱自乐让无聊的夜晚也欢快起来。都说远亲不如近邻，即使条件匮乏，但是有这样可爱的邻居也是一件不错的事情呢。（吴春明）

漏　洞

/赵淑萍

桌上座机骤然响起。他吓了一大跳,好像有人突然在身后大吼一声。

电话那头自报家门:"我是小刘,今天你在吗?"

仿佛他的存在终于被记起。半年前,他被雇用,守护这幢别墅。记得上岗第一天,搬进了几十张折叠桌和比桌子多一倍的椅子,似乎要进行什么活动,还安装了一部电话机。他总以为随时会有人来聚会,他每天得保持接待的状态。当然,如果聚会,预先会来电话通知,那么,他就会用电热壶烧水。可是,座机持续沉默。隔段日子,他就把桌椅上的灰尘擦拭一遍。桌椅和人都保持着沉着等候的姿态。

夏天,他怕热,开空调。冬天,他畏寒,也开空调。他严格按照作息时间,上班下班。他甚至认为,这是对他是否忠于职守的一种考验。有些事情往往是这样的:久等不来,仅仅离开片刻,事情就来了。崭新的桌椅和他一起接受考验。渐渐地,无事等有事,他习惯了这种等待的状态,养兵千日,用兵一时嘛。三层楼,他上上下下巡视。有时,他坐在拼起的长方形会议桌的主席台的位置上,对着一圈桌椅说话,好像那里坐了一个个隐身人。他说:"还没到,请继续耐心等待。"他还嘴对着不存在的话筒,试一试音响。

偶尔,他会闪出一个念头:是不是他们遗忘了这个地方?大多数时间，他坐在办公室里，一副接待来访的样子。他时不时瞥一眼座机，他怀疑线路出了故障，因为座机持久保持着沉默。他打过一个电话——用座机打自己的手机，然后用手机打座机。似乎有两个人同时向对方打电话。他拿起哑铃似的听筒，喊"喂喂喂喂"。

今天，总算接到了电话。其实，他还想多说几句。"我过来一趟。"小刘说。那么他该做什么准备？他庆幸，双休日他照样到岗。弄不好是一次即兴抽查。他得意于自己时刻准备着呢。

他观望了下整齐、干净的长方形会议桌，安慰道："好，好，就这样！"

他打开防盗门，再去打开院子的铁栅门。围墙的铁条，不知被哪些淘气的小孩拔掉了好几根。到处是漏洞，院子可以自由进出。不过，他总是阻止或驱赶进来的人。他打算请示修补围墙……当然，这是他的失职，可能的话，他晚上住宿……问题是空调耗电量会上去。

小刘似乎成熟了，娃娃脸上布满了胡子。他记得半年前，五六人当场选定他，管好这幢别墅，具体由小刘联系。他看出其余几个都能管小刘，但小刘管他。当时，小刘交给他一把钥匙，自己也留了一把。县官不如现管，他铭记住了小刘的娃娃脸。他简直像盼星星盼月亮一样，终于盼到……但叮嘱自己：沉住气，老大不小了。

他陪着小刘检阅桌椅——似乎椅子上坐了人，就等领导出现。他注意小刘的表情，表情中会流露出对他半年工作的评估。然后，小刘会把鉴定结果向他们汇报。

然后，他跟着小刘，来到门一侧的墙角，那里放着几张折叠起来的桌子，紧密地排列着。他想介绍：这几张桌子暂时闲着，随时替补出了毛病的桌子。

小刘拉开一张桌子，然后又合上不锈钢桌脚，说："这个……女儿做家庭作业，我拿回去了。"

他的脸，堆起笑。他想，之前的检查，都是形式，现在到了实实在在的内容。不过，他说："这桌子，收起来方便，对对，不占地方。"

小刘迟疑片刻，表情严肃起来，说："电表怎么跑得那么快？这幢楼闲置这么久，耗电却这么厉害。"

他的脸一阵发烧，像被抓住把柄，说："我这个人，夏天怕热，冬天怕冷，我……我以后尽量少用空调。"

小刘已搬桌出门。他追上去，说："我来，我来。"

小刘径直出了铁栅大门，把收了脚的桌子塞进轿车后备厢，坐进驾驶室，系上安全带。

他望着瞬间散开的白色的尾气。他想，要是他们发现少了一张折叠椅，岂不是会认为我老鼠守谷仓了吗？他咬咬嘴唇，咽了口唾沫。继而又想，他们不可能管得那么细吧？刚才小刘指出空调，其实是针对桌子——堵住他的嘴。他想，要是不接那个电话会怎样？双休日还来上班？

他关上两道门，关上空调，打开窗户，冷空气立刻占领了办公室——所谓门卫的房间，又空又冷。他望着围墙上缺失的铁条像被拔了牙。他竟然忘了汇报补漏洞的事情。冷空气，已透过羊毛衫，侵入皮肤，渗入骨头。他打了个响亮的喷嚏，像一台陈旧的机器突然发动，打得他满眼泪花。接着的喷嚏，欲打却打不出来。

《宁波日报》2017年3月24日

评鉴与感悟

作品通过心理描写和动作描写，使这个"被遗忘的人"跃然纸上。我们仿佛可以看见一个身影在偌大的空房中或坐或立、上下巡视。

主人公有夸张的想象力，对着一圈桌椅说话、用座机打手机再用手机打座机，仿佛自己是一名随时等待着检查的卫士，这让人想起塞万提斯笔下幻想自己是一名游侠骑士的堂吉诃德，一样的富有仪式感和荣誉感。漫长的庄严等待和后来小刘来访的情况造成了强烈的落差。标题中的"漏洞"一是指围墙上缺失的铁条，似乎也影射了主人公开空调耗电量大这百密一疏的行为。小刘以这个"漏洞"为借口拿走了一张折叠椅，又成为更大的"漏洞"。一个行为就将尽职尽责的主人公变成了和小刘一样的贪小便宜之人，不禁让人惋惜。

作品开篇设置悬念，引人入胜，可读性非常强，一点点被引导着看到最后，甚至要回过头再读一遍才能发现故事的原委，恍然大悟之后留给大家的是无尽思索。（吴春明）

绕口令

/朱红娜

同学聚会，酒酣饭饱，大家意犹未尽。同学程明提议，大家来说个绕口令，众人拍掌。

程明是市电视台的主持人，靠嘴巴吃饭，两片嘴皮子油光水滑，一张一合，上下五千年，东西南北中，荤段子黄段子，全从他嘴里跑出来，逗得大家捧腹大笑。

程明声音响亮地说，今天我们来个刺激的绕口令，"我是人我不是狗，我不是狗我是人，我是人我不是狗我不是狗我是人……"程明念了好几遍，越念越快。

谁先来，程明站在桌子边上，环视一圈，一副职业主持人的风范。

安子同学说，我先来：我是人我不是狗，我不是狗我是人。

程明说，再说一遍，说快点，安子说：我是人我不是狗我不是狗我是人。

再说快点。

安子说：我是人我不是狗我不是狗我是人我是狗我是人……

同学们哄堂大笑。

安子是班里的一枝花，能歌善舞，大学的时候安子白天像太阳，光芒四射，晚上像月亮，众星捧月。大学四年，安子从不明确答应做谁的女朋友，今天跟甲吃饭，明天跟乙看电影，后天跟丙逛街，大后天跟丁……当然，安子从来都是不花钱的。甲乙丙丁都使出浑身解数，追求安子。毕业前夕，安子将甲乙丙丁叫在一起吃饭，给他们介绍了个帅哥，笑容灿烂说，这是我男朋友。甲乙丙丁面面相觑，尴尬至极。毕业后，安子没有跟男朋友结婚，嫁给了副市长的儿子，很快有了个笑容灿烂的儿子。

安子跟着大家也笑得前仰后合。

刘大锤说，我来。刘大锤人跟他的名字高度一致，说话做事斩钉截铁。好端端的教师不做，他偏去做建筑队的包工头。他说他就不信做不过没文化的二狗子。二狗子过年在村里耀武扬威，全村人屁颠屁颠围着他转，希望二狗子给他们活干。刘大锤一个大学毕业的中学老师，没人拿正眼瞧他一眼，刘大锤于是一锤定音：我也去做包工头。结果，刘大锤以高于二狗子百分之五的工资，将他的工人全都挖了过来，没文化的二狗子，第二年就成了刘大锤的手下，帮他管理二百号工人。别人问刘大锤成功有什么诀窍，刘大锤回答得高深莫测：有市场就有规则，掌握规则就掌握了成功。

刘大锤拿掉嘴里叼着的软中华，一溜烟地说，我是人我不是狗，我不是狗我是人，我是人我不是狗我不是狗我不是人……

众人又是哄堂大笑，刘大锤咧咧嘴，没有笑出声来，赶紧将软中华堵住了嘴。

笑声接连不断……

最后轮到文灏同学，文灏同学是班长，仪表堂堂，高大威猛，为人却谦恭宽厚，谨小慎微，国字脸上永远挂着一副浅浅的笑容，从小秘书做到大秘书，一向被大家敬仰，大家目光齐刷刷注视着他。

文灏说，罢了罢了，我已经醉了，就不说了吧。

不行，不行。同学们起哄。

文灏微笑着看着程明求救，这个一向对他的话唯命是从的主持人却一反常态，摆着手跟大家起哄，不行，不行。

文灏清了清喉咙，深呼吸了一下，说，好吧，我念，我是人我不是狗，我不是狗我是人。

说快点说快点，程明在一旁催。

我是人我不是狗我不是狗我是人我是狗我不是人我是狗我不是人……

大家又是哄堂大笑，有人眼泪都笑出来了。

文灏却双手掩脸，头伏在桌上，竟嘤嘤呜呜哭了起来，同学们诧异，不知所措。

文灏再抬头，众人竟见——狗头嘴脸，泪水涟涟。同学惊愕，纷纷逃离，作鸟兽散。

《羊城晚报》2017年9月11日

评鉴与感悟

这篇作品从一个非常新颖的角度切入，在同学聚会的场景中分别刻画了三个不同的人物形象。

狗在西方的形象是美好的，但在中国却有贬义，比如"走狗""狗眼看人低"等等。安子说错的内容是："我是狗我是人"，安子漂亮有才艺，但她却在好几个男生中间"跳槽"，最后嫁给了市长的儿子。刘大锤说的是："我不是狗我不是人"，他因为不甘心被别人看不起而抛弃了教师身份去做包工头，把二狗子的工人全都挖过来。最后文灏说的是："我是狗我不是人"，他一路从小秘书成为大秘书应该也是一段艰苦的经历。他们三人的反应也与说错的内容有关，安子是人可以和大家说笑，刘大锤两不是笑不出声，文灏是狗更是变成了狗脸。大概是说错的内容也触动了他们的内心吧。别凭借外表来判断一个人，每个人都有不同的故事，可能是你意想不到的。文灏最后变成狗脸泪水涟涟的样子令人深思，作品的批判力度由此体现。（吴春明）

二 堡

/岑燮钧

二堡这地方雾大，经常是明明看见对面有人走过来，却不好意思打招呼。有一次，我听见是主任的声音，见走过来一人，以为是主任，老远就喊"主任好"，结果却是别人，好不尴尬。

原来，主任跟那人招呼之后，朝另一个方向走了。

我到办公室一说，主任说，今天雾是大，我也看错了好几个人。刚才，我还以为是小刘，结果是你。

主任让我通知一下，等会儿开个会。

开会时，窗外还是一片雾蒙蒙。我给大家倒了茶，水气袅娜，会议室里也升起缥缈的薄雾。

主任照例布置任务。大家是多年的班子成员，都心领神会，不劳主任细讲，点头称好。

这时，主任清了清嗓子，说："后勤部事情越来越多，我看，提拔个年轻人进来吧。"

我心里咯噔了一下，主任要提拔谁呢？副主任不言语，端起杯子喝茶。其他几个部长面面相觑了一下，识相地等主任开腔。人事权是第一权力，主任不说话，谁敢置喙？

主任说："我看就刘力吧。"

"刘力?"大家都不说话了。会议室里静得只有茶杯口的烟气在缥缈。

"大家有什么意见吗?"

副主任看了看大家,也看看主任,半晌说:"这刘力才调过来两年,有大半年因为腿骨折,请假了,他在我们单位没有群众基础啊。"

几个部长都点头称是。我心里狐疑,主任何以看上了刘力?刚才还差点把我看成他。

副主任开了腔,部长们你一言我一语,都觉得小刘还没到火候。若是后勤部忙不开,像小李、小赵呀,工作都还蛮卖力的,先借用一下也未尝不可呀。

主任意味深长地说了一声:"小赵嘛……"

我知道,主任为什么对小赵不感冒。有一次,小赵办公室的一个人,无意中,跟人一核对工资,少了一千元,就撺掇小赵跟他一起去跟主任说,要求每人发个工资条,这样就清晰明了了。小赵还真帮腔着要求主任发工资条,说他有一次差点也少了加班工资。主任脸上阴晴不定,点点头说,我知道了。

可是,直到现在,我们还是没有工资条。

班子成员都不看好刘力,主任的脸色不是很好看,但也没黑脸。他哑巴了一下嘴唇,轻咳了一下说:"既然大家觉得这样,那往后再议吧。"

其实,后来也没有再议。

有一天,我去后勤部,发现多了一张办公桌。过了会儿,刘力走进来,坐在了那里。他没跟我打招呼,反是我说:"刘力,你调到这儿了?"

他说:"我才过来。"

我心里就明白了。遇到副主任,我说:"我在后勤部看见了刘力,他已经调到那里了。"

副主任说:"会议上也没说起这事啊。"

我到各办公室去分发资料,有几个办公室的人问起我:"小刘怎么去了后勤部?"我说:"不知道啊。""他现在算什么,是会计还是出纳,还是什么领导?"我摇摇头。他们不信,说:"你是主任身边的人,怎么会不知道呢?"我说:"我真不知道啊。"

大家是一头雾水。

雾大，本来就是我们二堡的特色。

那些年纪大的，在林下散步，就喜欢饮风吸雾。他们有空时下下棋、唱唱戏，亚赛神仙。一日，我从林中过，听得有人在说话，但看不清人面。

"你说，这刘力是什么来头，坐到了后勤部？"

"也不宣布一下，真是的！"

"我听人说是帮忙的，帮什么忙啊？"

"帮忙也得有个名分吧，你看，他工作量减了一半，已是领导的待遇了。"

但是过了一阵，大家不知怎么知道的，遇到树吹折了、路塌陷了、房子进水了……都说，找小刘啊。

小刘是什么官，谁都说不清，但谁都知道，他是后勤部的。

几个碎碎嘴在一起，很替小赵、小李不平。这主任什么眼神，竟看上了小刘。找他办个小事，还得填单写报告，拿个鸡毛当令箭。你说刘力，有何德何能，一进二堡，就领导待遇了？

正好主任经过，正在说的那个碎碎嘴，惊得一嘴碎牙。

这事不明不白，就这样了。过了两年，还是三年，后勤部长调到一堡去了，副部长转了正。那么，这空缺谁来填呢？

碎碎嘴说，刘力啊，肯定是他啊！

林下的神仙们也都这样认为，这是和尚头上的虱子，不是明摆着的吗？

这不，开班子会议时，主任一抛出这个话题，大家都说："没人啊，除了小刘熟悉业务，还有谁呢？"主任说："那好，就这样吧。"主任脸上，并没有什么表情。

于是，小刘众望所归，成了后勤部副部长。

我还以为全堡大会上，主任会庄严地宣布。可是，主任只字未提。我记得，我起草的报告上，提了一笔，不知为啥，主任删掉了。

但是，大家都知道刘力是副部长了，仿佛他由来如此一样。

二堡的雾虽大，可大家都是明白人。

《金山》2017年第3期

评鉴与感悟

"雾"是全文最核心的一个词,一语双关,不仅指二堡这个地方的天气,也指单位上主任偏袒小刘的不光明做派。和"雾"相照应,作品的语言也很含蓄,耐人寻味。

文中多次提到"雾大",甚至会议室也升起薄雾,全文也一直在这种迷迷糊糊的氛围中展开。雾是二堡的天气,主任是单位的"雾"天气,他不正面回答问题,不发怒也不表现高兴,让职员们在不明所以的氛围里看小刘升了官。虽然心里明白这一切都是主任的意思,可天空中的雾,谁能来改变呢?温水煮青蛙的故事在不停地上演,大家都习惯了二堡的雾,也就习惯了二堡主任的做派,甚至到后来觉得这一切都是理所应当的。除了几个碎嘴子小声嘀咕嘀咕,谁也不敢站出来,毕竟那小赵,现在还不受主任待见呢。"雾"和"大家都是明白人"形成了鲜明的对比,让人觉得无奈。所有人都应该听命于主任,从来如此。"从来如此,便对吗?"(吴春明)

好印象

/陈耀宗

柳局长的办公室正对着机关大院。

柳局长的办公室在底层。

柳局长觉得底层办公好处多，一进机关，几步就到了办公室，多快捷；人家来找自己，不用登楼，很方便。他的办公室坐北朝南，宽敞、明亮，窗外绿树成荫。他一下子喜欢上了这间屋子。

柳局长习惯敞开门户办公。每天一上班，他便把外头的玻璃门和里面的实木门两扇门打开。坐在办公室，从机关进进出出的人，尽收眼底；谁迟到早退，他都一目了然。

由于柳局长不苟言笑，一副不怒自威的样子，下属们都很怕他，谁也不敢懈怠，不敢偷懒，更不敢迟到或中途早早溜号；见到他，都唯唯诺诺，就像老鼠见到猫一样，敬而远之。

看到大家敬重自己，柳局长的自我感觉良好：当局长就要有局长的样子，如果整天嘻嘻哈哈，成何体统！没有人敬畏，自己何以树威信？

底层好是好，但事物往往都有两面性，有利有弊。由于柳局长的办公室朝着机关大院，从外面进来的人，第一眼就能看见他的办公室。

先是外头进局机关来找人或办事的，进了院子后，就朝这间没有挂局长室门牌的屋子闯，或大大咧咧，或嗓门特大："我找张三，这小子在哪个办公室?"或者说"我寻李四,这个龟孙躲在哪个角落?"门也不敲,连起码的礼节都没有,这让柳局长很不舒服。虽不高兴,但他不敢表露出来。

后来连送快递的、收废品或旧书旧报和搞推销的,也走进他的办公室,甚至有身穿袈裟不知是真和尚还是假和尚的前来"化缘"。

柳局长大吃一惊:真是乱套了!这些人是如何进来的,门卫是干啥的,怎么可以随便让他们进来呢?因为他上任才一个多月,有些事情还不太清楚。他找来局办公室主任了解情况,主任苦笑起来,道出实情:从前任的前任局长算起,由于办公经费吃紧,为节约开支,局里一直没有专门请门卫或保安,干部职工每人配一把大门钥匙,平时谁先来单位,谁开门;节假日大家轮流值班。实际上,平时大都是局办公室的人开锁大门。

为排除干扰,柳局长干脆把外头的玻璃门关上。可还是有外人进来打扰。

他本想发火,给这些不速之客难看的脸色,可转眼一想:在下属面前可以板着脸孔,可在这些外人面前切忌鲁莽!现在上头对机关作风正抓得很严呢!听说,最近,经常有暗访组微服私访,或扮作小商贩,或充当办事的群众,突然闯进机关单位,暗访作风情况。他们身上都携带着微型摄像机,万一让他们拍进去了,那就麻烦了。谁晓得这些人当中有没有暗访组扮成的?如果自己拉长着脸,呵斥对方,这不是让人家逮个正着吗?一不留神会便成为"门难进,脸难看"的反面典型,或被通报批评或在网上公开曝光;名声一臭,还能当这个局长吗?别阴沟里翻船!

柳局长脑子反应很快,他板着的脸马上换成笑脸,热情地问好打招呼,还站起身来,倒茶递烟;如是打听张三或李四的,他便告诉对方在几层几号房;对方是来办事的,则告知或指引对方找A股室或B股室办理;送快递的、收废品或旧书旧报和搞推销的,他笑眯眯的,让对方上二楼找局办公室处理;身穿袈裟的,他自掏腰包拿出或三十元或五十元打发对方。

依然不断有人来打扰。柳局长觉得很烦恼,便产生了搬办公室的念头。搬到四楼前任局长办公室?绝对不行!听说前任局长是因患抑郁症自缢身亡,这件事让他不由打着冷战:那间屋子多晦气!柳局长接任局长时,以"上下楼既辛苦又麻烦""寒暑不登楼"为托词,将局长室搬到底层。现在,又要搬,别人会不会说闲话?

要不，干脆搬到副职那里去？可四个副局长每人都有一间单独的办公室，自己搬到他们当中的任何一间都不合适，还会扰乱他们原有的宁静。罢了，还是先将就一下，以后再作打算。当务之急，就是局里得尽快聘请保安。

眨眼工夫，便到了年终。县里对包括柳局长所在的S局在内的全县行政事业单位进行考核，其中有一项很重要的内容——采取网络投票，让群众和社会各界对各单位进行公众满意度测评打分。

网民参与投票的热情和积极性很高。一看S局的名字，曾来过S局找过张三和李四的那些人和办事的群众，马上有了好印象：这个单位很不错，尤其是底层那个办事员对人和气热情！他们毫不犹豫给S局打了满分；送快递的、收废品和旧书旧报的、搞推销的，都是热心网民，对S局也颇有好感，爽快地给了S局满分……

经网络投票，S局的公众满意度测评分数遥遥领先，在全县一百八十六个行政事业单位中排行第六名，打破了S局历年来满意度测评"坐壁角"、名列倒数的历史。

这让柳局长出乎意料：太阳从西边出了！他先是不相信，继而是大喜：还是我柳某人领导有方！

《时代文学》2017年第3期

评鉴与感悟

作品讲述了一个"歪打正着"的故事，幽默中蕴含着深刻的批判。

主人公身为领导，对待下属很严厉，不苟言笑。但对待来他办公室的"闲杂人等"却热情耐心，最后得到了群众拥护。其实柳局长接待这些人的原因是因为他不能换办公室，而且这些来访的人有可能是来微服私访的，所以柳局长不得不接待他们。在网络高度发展的年代，每一位去过局长办公室的人原来没有"暗访"，他们都是"明访"。群众的眼睛是雪亮的，柳局长的行为受到了高度认可。可是群众不知道柳局长并不那么不在乎民众的意愿，柳局长也不知道不是他领导有方，而是他一个一个建立起了群众基础。如果S局因此受了重视,有经费聘请保安,"不速之客"再也进不去局长办公室了,可能明年的年底考核就平平了。(吴春明)

夜色微醺

/柏舟

根发从未想过，自己会当村主任。

"团鱼壳，他妈的你小子能了？听着——再不回来，扒了你屋！"是族里八爷的骂声。这是他接到的第八个电话。

抬腕，瞄了眼表，已是上午十一点钟了。上次回村，憋吃了一肚子气。那次回村，是出席村公路通车的剪彩仪式——修公路的费用是他出的。

剪彩那天，他特意穿了一套黑色西装，还打了领带。说真的，自己形象是不赖的：鼻子高高的，笔挺；眼睛也是生动的，明亮，深邃；头发梳得溜溜顺，也抹了油。

——剪彩了。相关人员分配剪子，竟然忘了给他。县长、乡长，还有省上来的交通厅领导脸上红扑扑的，剪子在他们手里像是一支彩画笔，仿佛他们手儿轻轻一挥，一撇，村里的公路便在白云生处飘荡起来了。——回村之前，就和村里说好的，剪彩可以，但他得是主角，就是县长也不能抢了他的镜头，他的风光！

能不气吗？大伙让他讲几句，他屁不也放，一溜烟地开车出了村。

——车子出了城，上了高速，一路飞奔；打开CD机，"傲气傲笑万重浪，热血热胜红日光，胆似铁打骨似精钢……"他的胸挺得笔直，握方向盘的手上两枚戒指发出刺眼的光。窗外，山脉绵延，青山葱翠；车内，他的破嗓门伴着CD唱，"做个好汉子每天要自强，热血男子热胜红日光……"——根发是个孤儿。娘断气前，解开怀扣，露出干瘪的奶子，让他吮吸，娘说："饿死鬼。吃吧，吃吧，这顿吃了，娘再也不能给你吃啥了。"他就死命地吮。空的。他哇地哭了，一双小手乱舞，捶打着他娘。八爷抱起他，老泪挂了下来，说："还根发哩，你的命比土还贱啊！""真是病死的鸭，淹死的鸡，落下的毛！"

八爷绝没有想到，当初他的这句话会显灵的——小学还没毕业，根发就跟着一个货郎摇着拨浪鼓，"鸡毛，鸭毛，团鱼壳"满世界转悠去了。

车在山间的一个皱褶里停下了。眼前，是一幢破败、灰旧的土屋。

老屋静静地立着。太阳落在西坡的山脊上，他猛然发现，太阳沉下的这一瞬，这景象是多么绚烂，多么奇妙啊。晚霞，将灰旧的老屋披上了一层橘红、柔暖的衣裳。老屋显得庄重、静谧。他的眼睛变得有些朦胧、迷离，身子有些软绵绵、轻飘飘的……

"大老板。怎么，还念想这破屋？"八爷咳咳咳地走过来。

"嗯。不、不，看会，就看会儿。八爷爷。"他说。

"屋就留着，别拆了。是个念想来着。"八爷嘴里叼着烟枪，语气缓慢，一字一顿。

"咋记得回村了呢？翅膀见硬了，气也粗。"

"哪敢啊。"嘿嘿嘿嘿几声。

八爷指着不远的两栋房子，说："高的，屋顶飘着红旗的，是新小学楼；矮些的，是你新屋。造屋的钱，是你上次修路多下来的。"他望着八爷有些迷惑。

八爷吸了口烟，道："修路——村里人都出了份子的。"

村庄的上空有炊烟袅袅升起。青山被染成金黄黄的，牧童和老牛悠悠的剪影如此夺目，几只鸟儿像顽皮的孩子忽上忽下地啼鸣……

晚饭是在八爷家吃的。八爷拿出一坛米酒，说："干了它？"

"谁怕谁啊。老子从来不是孬种。"啪——八爷的烟枪结结实实地落在那冒油的脑门上。

"谁是爷？"八爷露出几颗黄牙。

八爷说："团鱼壳！说心里话，村里就你能耐。来，我敬你！"

爷俩黄马尿喝着喝着，话就多了。他脸上冒出了热气，鼻子、脸蛋、脖子泛起一块块的红。

"八爷，嗝——有啥要说的，别，吞在肚里，说——说，没有他妈的我团鱼——做不到，嗝……"脖子上的筋脉暴得老粗。

"主任！喝——"八爷的声音不高，但非常清晰。如同铁锤落下。

"啥？八爷，你喝醉了？"他摇晃着脑袋，揉眼问。八爷拍拍巴掌，呼啦，进来一大帮村人。个个脸上挂着笑。大家齐声喊"主任好"。根发蒙了。

"有钱就能当主任啊，嗝——"大家说，醉了，醉了。

八爷说，村里前阵子改选了村主任，你高票当选。八爷又呷了一口酒，说："团鱼壳——不，主任。"一屋子的人都笑了。许是喝多了，许是高兴，他母鸡啄米地"嗯，嗯"起来。

夜风徐徐，一股青草芳香气息扑鼻而来。远处传来犬的"汪汪"声。"嘿嘿，嘿嘿，团鱼——壳，嗝。嘿嘿，嘿嘿，村主任。"

《大观》2016年第11期

评鉴与感悟

作品的语言生动细致，让人很容易想到文中描写的场景。第一段"根发从未想过，自己会当村主任"为后文留下了悬念，而结局在情理之外也在意料之中。

作品开始让人觉得主人公只是有钱，村民压根就不尊重他。随后在根发唱的歌词中能看出来他是一个有志向自立自强的好男人，这更加重了疑惑，为什么这样一个好人大家却这样忽视他？随着情节的推进，真相浮出水面，原来村民都将他当作骄傲，大家为他盖房、推举他为村主任，早就把他这个年幼失母的孤儿当作了自己的孩子。当根发说到"八爷有啥要说的，别吞在肚子里"的时候，或许他还以为村民是有求于他，那时候他是不是会有一些失落呢？微醺的不仅仅是夜色，还有夜色中的人。这浓浓的夜色中，也飘散着村民的关心与爱戴。这个夜晚，是温暖的。（吴春明）

失语的秋天

/符浩勇

天才蒙蒙亮,老黄便起身打点行装。透过窗户,依稀可见小村高矮错落的瓦房升起的袅袅的炊烟,疲惫的脸孔不由掠过一缕悲哀,他感受到一阵迷惘、屈辱和压抑……

两个月前,他作为县农业合作银行的信贷员,被抽调来到四英岭下小村蹲点扶贫。他的目光盯住了村后一片弃荒而又不可多得的红碱土地。年上,他看到一本科技杂志刊载红碱土地培植西洋香菇获高产的经验,其时他去函联系购买了少许菌种,意想谋求推广。

他不会忘记他发动大伙儿培植西洋香菇的那个夜晚。低矮剥落的村部小屋,人声嚷嚷,挤着村中的父老兄弟姊妹。

村主任姓李,睒着眼,丁咳两声,说:"老黄是镇上营业所的,从科技兴农着眼,有心让大家脱贫致富,大家欢迎!"小屋里,响起了噼里啪啦的掌声。

他咧口一笑,从一只衣袋里掏出一把菌种,说:"这是西洋香菌种,一月余一个种植周期,希望大家都种上。五元一斤,不过现在不收钱,等收获后再从菇菜款中扣……"

"那样金贵的西洋香菇,恐怕我们侍养不活。"有人顾虑说。

"种植技术,由我负责,种不活的不收钱。不过有个条件,菇菜收获了，一定卖给我，每公斤十元。"

"哟，每公斤十元。"屋里人吵嚷起来。

"老黄，真能那样，你算是为大伙儿办了件积德事！"

"只怕嘴说不算，等种出菇菜，你不收，一拍屁股走了，怎么办？"

他手一挥，说："大家不要担心，种了菇菜，我哪有不收之理？告诉大家，菇菜收后还要经过加工、消毒……最后出口外销。为了慎重，我们还是订个合同吧。到时，我还怕你们不卖给我呢！"

"不卖给你卖给谁？我们不懂得消毒，如何脱手？"村主任抢过话，笑开了怀，"你放心，有我在，菇菜一定能卖给你，不过履行手续，订下合同也好！"

之后，他从县农业合作银行贷款一万元，亲自跑了一趟省城，买回了八百斤菌种。他跑东家、走西舍、去南院，订合同、核亩数、指导播种、点粪、浇水、遮阳、开光……

月把一过，红碱土地长出了白花花的香菇菜，映照在一张张喜悦的脸上。

收获季节到了，他估算了一下全村的菇菜收成，又跑了趟县农业合作银行，贷款十万元用来收购菇菜。

他刚回小村，就踏进村主任的家，说："村主任，你没白忙。你种香菇收成有四百公斤，可赚四千元呀。"

村主任却眨了眨眼说："老黄，把这香菇每公斤十元卖给你，你转卖给别人每公斤多少元？"

"村主任，不瞒你说，我同别人订了合同，每公斤卖十二元！"

"十二元？一公斤赚两元，全村有万余公斤，你就赚了两万多元，好轻松呀。"村主任打着哈哈说。

"没有这么多，村主任你也知道，我收了香菇，还要同别人联营过滤、消毒，除去贷款本息、过滤成本、货运杂费……能有三两千元就不错了。"

"老黄，不是我作难你。我同大伙儿说了，香菇菜，我们自己联系自己卖，卖了后，菌种钱，我们给。待到你蹲点走时，我们再好好聚一餐……"村主任盯着他像一个陌路人。

"村主任你怎能这样？我们订了合同的呀！"

"订了合同有屁用,你上告,也没有人理。"村主任嗓门提上来,没有半点商量的余地。

老黄知道拗不过村主任,他跑东家,他走西舍,他去南院……

他没有想到,大伙儿支支吾吾,都是同样的回答。

转眼,香菇菜收获完了,村主任派人外出联系,销路一直没有着落。

等到有一天,村主任像个泄了气的皮球,找上门来。老黄跑去一看,愣住了:原先白花花的西洋香菇变质、长霉、褪色了,失去了消毒的效果,他顿感一阵悲哀。

一万余公斤的西洋香菇报废了,菌种的钱自然也收不上。他赔去了一万元贷款本息不算,没有想到,竟有人怨起他领着大伙蛮干了一番,毫无结果。

昨天,镇政府来人,找他谈话,语重心长地说,农民脱贫致富不能急于求成,更不能蛮干,一下子就想富起来……末了,调整他到别个村庄去。

天渐渐地亮了。他拎起了行李,走出门去。

门外,簇拥着的一帮憨厚朴实的农民,呼地围了上来,嘘寒问暖,他们仿佛欠了什么重债,负疚、惭愧、不安……

他心头一热,大步流星,离开了小村……

《红豆》2016年第12期

评鉴与感悟

倒序是小说常用的手法,开篇在主人公复杂的情绪中展开了对事情经过的追溯。究竟是经历了什么,让他的心情如此沉重?

鲁迅先生对笔下写出的乡村人有一些"哀其不幸,怒其不争"的意味,这篇小小说讲述了村民们因为利益而违背了承诺最后落得一场空的故事,也表现出了类似的无奈之情。

老黄为了村民能够富起来,把所有的精力都投身在种植西洋香菇身上。村主任因为每公斤两块多钱的利润违背了合约,其他村民知道这样做是不对的还仍旧默许,香菇变质后责任自然都落在了号召大家种植的老黄身上。最后农民们在老黄离开的时候围上来嘘寒问暖说明他们是淳朴善良的,他们也为自己的所作所为感到后悔。可就像镇政府来人说的话:"不能急于求成,更不能蛮干",提高思想上的觉悟才是最重要的。授之以鱼不如授之以渔,只有提高了觉悟才能从根本上解决农村的问题,老黄还任重而道远。(吴春明)

寻找英雄

/陈振林

这两天,这座小城都在找一个人。

这个人是在一场火灾中出现的。三天前,在一栋居民楼的一楼,一位六十多岁的老太太使用液化气不当,她家的厨房冒出了火苗,火苗像长了獠牙一般,到处乱窜。这时,有一个人冲进了火海,瞬间从火海中抱出了这位老太太。然后,这个人就像一阵风一样,转眼间就没了踪影。

人救出来了,现场的大火扑灭了,就有人想起了救人的人。可是,等到真正寻找这个人时,就找不到了。老太太的儿子在找,民警在找,不少热心的市民也在找。

电视台发布了寻人告示:"寻找火海英雄,你在哪儿?"

报纸也发出了声音:"救人不留名,真心好英雄!"

其实我知道,这个人是谁,这个人在哪儿。

很简单,这个人是我,我在我家中。那一天我去买米,正经过那儿,看见起火,就冲进了那房子。我名叫卜通,住在爱民路九号,三十三岁。

我这时候得去买菜,我家中的母亲忽然叫住我:"儿子,电视上说的冲进火海的那个傻瓜是不是你啊?"母亲当天就看到了我脑袋上头发被烤焦了一些,还有,我的右手肘有些受伤了,我一直用湿毛巾包着。我知道瞒不过母亲,点了点头。病重的母亲继续躺在床上养她的病,我还得上菜场去买一些减价菜。

可是，就在我从菜市场拎着几根胡萝卜和几个土豆回家时，我的家门口居然围满了人。有人见了我，拿着话筒盯上了我。我知道他们是一些报社或电台电视台的记者。有个年轻漂亮的女记者跑得最快，她用话筒对着我，笑着对我说："请问您是卜通先生吗?"

我点了点头，我知道进厨房去做菜是不成了。我顾不上放下手中的胡萝卜和土豆，转身就离开了。我知道他们这些记者不好打交道，我骑上我的自行车，逃命一样离开了我的家。

我算是躲过了记者们的追赶，我以为我平安无事了。

想不到，当天晚上电视台就播放出了关于我的采访。是那个年轻漂亮的女记者采访我的画面，但画面只出现了两秒。其他的画面是采访我家的邻居和居委会的干部。我家左边的邻居是王大妈家，王大妈本来就有些胖的脸上笑得更灿烂了。她开口就说："这个卜通啊，在我们左邻右舍中是出名的好人，我们家中要是有点什么小困难小事情，他总是跑在最前头呢。"我家右边邻居是胡大爷。他竖起了大拇指："好样的，我们的好邻居卜通!"接下来是居委会李书记的采访，李书记拿出一支笔，指着笔记本上的一段文字说："这个卜通，做义工三次，还为地震灾区和白血病患者捐过款呢。"

报纸我是第二天上午看到的，在头版头条赫然登出了我的照片，然后是一行很大的黑体字：英雄卜通是这样"炼"成的。内容是对我读书经历的采访。有我高二的班主任刘老师，他介绍说："卜通读高中三年当时就是班干部，能力强，肯为班上的同学服务……"我初中时期的语文老师也有采访文字："卜通的作文不错。他的作文我好几次用作班上的范文："报社也采访了一个名叫陈大根的人，陈大根说："卜通从小就主持正义，认真学习，是好多学生学习的榜样。"

就在这一天的下午，我被请到了县政府院子内的会议室，原来是召开火海英雄颁奖会。会议时间不长，电视台、报社的记者们也都来了：我成了主角，县政府的刘县长用肥厚的手掌握住了我的手，我不知道他对我说了些什么，只见他将一个红色的信封捧到我面前，塞到了我手中。那是奖金，之前县政府办的主任小声地跟我说过，是一万元钱。这个时候，其实我想拿话筒说几句话，可是话筒没有递给我。

但是，这话我还是要说，我只说给我一个人听。

我家和邻居们关系其实并不好，母亲和王大妈、胡大爷都吵过架，吵架的原因是我小时候不听话，我曾偷偷地将王大妈家的电给断了好几次，有一次让她家的小儿子给发现了，于是她和我妈吵了架。我在上初中时，将王大爷自行车的气门芯给拔掉好几次，他骂了我好几回。至于居委会李书记，我认识他，他根本不认识我。义工是做什么的我不知道，我也从没给人捐过款，因为我家本来就没有钱。

报纸上的内容我更觉得好笑。我高中没有读完。只读完了高二年级没有读高三，我当然没有做过班干部。初中语文老师说我的作文好，好什么好啊，我从没将一篇作文认真写完过，我觉得写作文最烦人了。至于那个自称陈大根的人，我仔细回忆，他是我就读的小学的老师，但当时根本没有代过我的课程啊。

可是，这些话我只能对自己说了。

不过说话的机会来了，那个年轻漂亮的记者又找到我家来了。她说："卜通先生，我知道这两天您很忙，但我们还是想请您谈谈，当时为什么您就冲进火海了呢？"

"我什么也没有想啊，想什么想啊，想的话，还怎么去救人啊……"我倒反问她了。她对着我摇了摇头，对答案不满意，但一会她又点了点头。她的眼角，似乎有泪。

我一直不明白，到底是谁将我是救人者最先说出去的。我了解我的母亲，就算她知道她的儿子救了人，但她也不会主动说出去。就在这时，邻居王大妈来串门了。她的嗓门提高了八度："卜通啊，前天要是我不来你家激将你母亲，你母亲还不会说出你救人的事呢，那一万元奖金不就拿不到了吗？"

我不想理会，王大妈知趣地走了。躺在床上的母亲说："前天，她来我们家，说西城区有辆摩托车上午被盗了，就问你上午这个时间段在做什么，这不是气人么？我就说，我儿子在火海里救人呢……"

我没有出声，只望着我家小小的餐桌。餐桌上，左边是装着一万元的红色大信封。大信封旁边，是我刚买回的菜，几根胡萝卜、几个土豆。

《金山》2017年第4期

评鉴与感悟

作品选择了第一人称叙述,拉近了与读者的距离,使大家更贴近"我"这个角色,产生身临其境的效果。

社会需要"榜样"来鼓舞大家,所以当一个人成为英雄,理所当然地就会从各个方面来美化他,描画出一个近乎完美的形象。卜通的采访一出,和他的自述一对比就可以发现,除了火海救人这一事是真实的,其他的表扬都不符合实际。其实英雄和我们一样,也是普通人,他们也会有种种弱点。但往往一个人被冠上"英雄"的桂冠之后,光环效应便把所有的缺点都掩盖了。其实每一个人,即使再普通,有一颗善良勇敢的心,也可以成为英雄。(吴春明)

一只莲花碗

/张弘

严富军是A市规划局局长，在官场中摸爬滚打半辈子，却从来没有犯过原则性的错误。他不像其他官员，他不喝酒、不抽烟、不常应酬，最主要的是，他从来不收礼。每逢过节，总有一些大小公司的老板通过多种方法多种渠道送上自己的"诚意"，但是，严富军没有收过一次，哪怕是意思意思一下。各大小报刊都报道过严富军的事迹，他俨然是一个大清官。

然而，这样一位人们心中的清官，却有一个富豪才能具备的爱好——收藏古玩。

他的家虽不大，却摆满了各种古玩，猛一看，你会以为走进了哪个大富豪的私人博物馆。但是，但凡懂点的人都能看出来，那些随意摆着的古玩都是地摊上买来的赝品。让人费解的是，严富军却对它们疼爱有加，他每天起床的第一件事就是擦拭他的那些"宝贝"。他还总对他的妻子说，这些"宝贝"是他的身家性命。

严富军像往常一样早早地来到古玩市场淘货。逛着逛着，他看上了一只仿真度很高的莲花碗。严富军也知道，莲花碗是不可能在这种地方出现的，真的那只现在正安静地躺在台北故宫博物院里。严富军一向不在乎东西的真假，于是，在一番讨价还价之后满意地抱着那只莲花碗回到家中。

近段时间，A市没发生什么大事，百姓们茶余饭后谈论最多的是名扬房地产公司。说起这个公司,那可是A市最大的房地产公司,它总能把钱投到最好的地皮上。前几年,名扬房地产在A市的最北边开发一个别墅群。当时,业内人士都认为名扬是在自寻死路,因为那里不通水电,不通公路,基础设施全无。但让大家意想不到的是,不久市政府竟然修了一条通往那片别墅群的公路,名扬的别墅群也立马升值,名扬因此大赚了一笔。

前段时间,名扬又在A市的东郊盖了一个小区,那里同样是交通不便。人们在猜想,市政府又要修公路了。

名扬的董事长杨明也喜欢收藏古玩,他家中的摆设都是在拍卖会上拍得的,不同于严富军家中的那些赝品,那些可都是不折不扣的真品。

一日,《A晚报》报道:据可靠消息,一只汝窑真品莲花碗流落在A市,望市民留意,如若获得,请联系A市文化局。当然,严富军也看到了这条消息,不过他没留意,就当作一条炒作新闻。然而,第二天,《A晚报》对此进行了跟踪报道,称一位古玩市场小贩前段时间将一只莲花碗卖给了一位中年男子,据描述,该男子貌似规划局局长严富军。这下,严富军可慌了,因为,那只莲花碗现在已经不在了。至于怎么没的,只有他自己心中清楚了。

媒体的力量果然强大,第二天,立马就有记者来到了严富军的办公室,对他进行了采访,当然少不了那个小贩。那个小贩一眼认出了严富军,称千真万确。

严富军这下傻眼了,一时不知如何是好,对记者的提问是一概不理。严富军越是闪烁其词,媒体就越是觉得事情有蹊跷、有噱头,更能吸引读者。一连几天,《A晚报》对莲花碗事件进行了大肆的报道。很快,有读者爆料,广利拍卖行前段时间曾经拍卖过一只仿真度很高的莲花碗,但是它的成交价却很高。经过大家的联想和猜测,自然想到,那只莲花碗就是报道中提到的那只。虽然拍卖行有义务对买家和卖家的身份进行保密,但是,在文化局的强力施压下,买家和卖家还是为大家所知了。买家是名扬的董事长杨明,卖家自然是严富军。

当文化局的领导随媒体找到杨明的时候,杨明也只好拿出那只莲花碗。让文化局领导失望的是,那只莲花碗根本不是真品。媒体也只好不了了之,而那个小贩也不知所踪。

这在人们眼中看似一场闹剧，在检察院眼中却不是。检察院立马成立了工作小组，对严富军进行了调查。果然，没多少时间，严富军的罪行就暴露了出来。

原来，严富军是通过在拍卖行拍卖廉价赝品的方式进行受贿的，当然，那些廉价赝品在杨明眼中却是一桩桩生意。杨明之所以能够在合适的地点投入合适的金钱，一切都是因为严富军在规划局的那一两句话。

东窗事发后，严富军被"双开"了，并受到法律的严惩，杨明也因为行贿被判了刑。

市规划局原副局长符再起自然坐到严富军的位置上，顺利地当上了规划局的局长。而杨明的名扬房地产公司被淮铭房地产公司收购了，老总是高一兆。最巧合的是符再起和高一兆都是铁杆古玩迷，他们俩在古玩市场摸爬滚打已多年，早是一对铁哥们。

事情过了数月，A市规划局经过反复讨论论证，把修一条直达东郊的公路作为重点项目来抓。当然，淮铭房地产公司自然是大赚了一笔。

高一兆在家中拿起那只莲花碗，笑得咧开了嘴，随即果断地将莲花碗摔到地上。一声脆响，莲花碗剩下的只是碎片。他嘴中念念有词："杨明啊杨明，就知道你舍不得这只莲花碗。"

莲花碗不复存在，但碎片静静地躺在地上，每一块碎片都映出了高一兆的嘴脸，但有点扭曲。

《红豆》2016年第12期

评鉴与感悟

"一只莲花碗"是全文的线索，作品紧紧围绕着这只莲花碗展开，一环扣一环，真切地上演了一回"螳螂捕蝉黄雀在后"的故事，阅读的过程中像化身为了一名侦探，一点点理清线索。

阅读下来会发现这样几个疑点。第一，严富军怎么会喜欢收集赝品，而且还对它们疼爱有加呢？第二，交通不便利的郊区政府怎么会耗费那么多财力物力修建马路呢？第三，小贩怎么会一眼认出严富军并且称千真万确，后来就不知所踪了呢？第四，莲花碗到底是不是真的？前三个问题的答案随着结局的到来浮出水面，严富军被抓是高、符两人设的一个局，从严买碗到报纸报道再到检察院调查都是他们在暗箱操作。所以莲花碗到底是不是真的呢？我更倾向于是真的，因为严不在乎是真是假就买回来了，而杨明是古董收藏家不会留一个赝品在手里，正是这样才会被发现莲花碗，牵扯出所有的罪行。高、符两个人用文物设了一个精妙的局，坐收渔翁之利，而高一兆毫不犹豫地摔掉了碗，从此他们的罪行也无处可寻了。

"一只莲花碗"映现出贪官扭曲的灵魂。（吴春明）

第五辑

这是一组可以当作寓言来读的小小说。从感性的生存出发,于坚硬的现实外壳的缝隙间,展露的是生命的意绪与情态。

沉　默

/阿成

年轻的时候（当然现在也不老），有个爱吃牛羊肉的朋友。我们俩关系处得挺好的。只是我没他有心眼儿。他挺鬼的，还好酸脸子。的确，有的人生下来就觉得自己应该是别人的领导。他就属于这一类人。总之，我在他面前有点仰之鼻息的样子。但是，坦率地说，我们是酒肉朋友——应当这样认识，人的一生不交几个酒肉朋友也是个遗憾，食性男女嘛。

我们经常一块儿去下小馆儿。您别皱眉头，年轻人不下小馆干什么呢？光去图书馆，光写诗写小说，那经济发展这一块怎么办？诗和小说能让中国人实现中国梦吗？再者说，小酒馆也是青年人畅谈人生理想、畅谈是非、展示个性的重要环境之一。

因为我这个朋友爱吃牛羊肉，这样子，我也只能跟着他去吃牛羊肉。我对牛羊肉的喜爱，全是他硬给培养起来的。顺便说一句，我还是挺欣赏他的，他能心安理得地靠批评与挖苦别人过寻常的日子。这本身就不寻常。我不行，议人议事的时候，偶尔说走了嘴，脸就红了。心理特脆弱。

我们常去的饭馆是赫赫有名的"北来顺"。那是一家清真的馆子。现在我很久没去了，不知道变化没变化。但当年的"北来顺"挺好的，餐客批评他们什么，不管对不对，都没事儿，不赶你走，也不骂你，也不跟你叫号，更不会拳脚相加，拽你的头发，打你的耳光。绝无此事！"顾客之家"嘛。不像现在的一些饭店或什么"厅"、什么"厦",到处都挂着"顾客是上帝"。可谁是谁的上帝哟?净瞎扯!而今,"上帝"这个词儿几乎成了奸商插在自己胸前的玫瑰花儿了。

我和我的这个爱吃牛羊肉的朋友,只要去"北来顺",就一准上二楼。二楼的餐客更多是年轻人。一楼则是大众小吃,就餐的多是一些中老年人和暗恨城里人的县城及乡下的兄弟。我还记得一楼那个年岁大的服务员唱菜唱得特幽默。比如他唱道:"羊汤一碗——"接着又唱,"大碗羊汤小碗装,多来干的,少来汤!"二楼就不唱这个。二楼的年轻人就是喝酒,什么大碗小碗的,你他妈的瞧不起谁呀你?

我们要的菜,都是按照我的那个爱吃牛羊肉朋友的口味点的。反正他点菜从不征求我的意见,特霸道,但是花钱从来都是我们平摊,还笑嘻嘻地讽刺我"小抠"。您看,他还这样说。

记得一次去"北来顺"吃饭,我们同桌就餐的还有另一对男女。他们的岁数都不小了,四十多岁吧(现在说,就是年轻人),二位穿着都很旧,彼此吃得也很拘谨,感觉有点紧张。可能是年龄大了些,这种下馆子的事他们感到有些不自在。我那个爱吃牛羊肉的朋友见了,极厌恶地皱起了眉头,故意叭叭摔筷子,嘴里还自言自语地骂着"不要脸"一类的话。我就暗示他不要这样做。他当然不听,而且脸都气白了,整个样子很狰狞。

我估计那一对男女是真吃不下去,走了——许多菜还没吃呢。

他们一走,我那位爱吃牛羊肉的朋友就对我说:"一看就知道他们不是什么好东西!"

我低头吃菜,没有言语。

为此他也有些感觉,而后就故意逼我喝啤酒。我实在不能喝了,他就猛地将一杯啤酒倒在我的头上——整个饭店里吃饭的人都哈哈大笑起来。他也开心地笑了起来。那年他二十岁不到。

我没说什么,掏出手帕擦了擦,然后继续吃菜,像什么事儿也没发生。我觉得我真的比他强大多了。

我的那个朋友气极了,说:"你瞅你那副吃相,真恶心。"

我平静地说:"是吗?"

他说:"是。小丑!我真想揍你。"

我"虚心"地询问他:"为什么呢?"

他听了一愣,然后猛地将筷子一摔,走了。

他觉得他受到了污辱。

时隔二十多年了,彼此见了面,我仍然像二十年前那样平静地看着他——实话实说,我在他的眼睛里读到了仇恨。

《百花园》2017年第4期

评鉴与感悟

作品在人物塑造方面尤为独到老练,通过对"他"的语言描写、神态描写、动作描写展现出人物性格,具有画面感。

"沉默"是本篇小小说的一处关键的转折,"我"的沉默让这位酒肉朋友觉得自己受到了侮辱,进而交恶。作品这位酒肉朋友的存在是具有现实意义的,把讽刺和挖苦别人当作乐趣,将自己的地位过于抬高,自尊心又极其脆弱,听不得一点反对意见。这种人最受不得的也是别人的沉默,对于"他"来说"我"的沉默实质上是对"他"的无视,正是这种无视触碰到了脆弱的自尊心。作品在情感上始终呈现一种"沉默"的讽刺,并没有直接讽刺这位酒肉朋友的语言,而是通过对其形象塑造,呈现出这个人物形象在日常生活中的荒唐可笑,比如狂妄自大、语言粗俗、性格狂躁同时又自我感觉良好,而"我"的态度凸显了对这位酒肉朋友的讽刺性,"我觉得我比他强大太多了"实际上透露出作家对这种典型人物的鄙视。"我"到底比这位朋友强大在哪呢?这是作品中值得思索的一点。与"他"相比,"我"几乎全程是用一种沉默的态度看待他的行为。"我"懂得沉默,"他"却只会大肆宣张,沉默的意义在于通过沉默来尊重他人,这也是作品的深层含义。(秦妍)

我们都爱短故事

/周洁茹

专一的小文

小文年纪很大了,还是没有女朋友。小文经常坐在那里发呆,看风景。我们都知道小文寂寞。

可是小文是那么好的一个男生,小文不玩不闹,唯一的兴趣就是看电视,而且小文的脾气也格外好。长得帅,身体也很健康,可是小文到现在还没有找到女朋友。

小文以前有个青梅竹马的女朋友,一起长大、一起玩的一个女朋友,可是小文的女朋友去年跑了。丝丝说:"我们给小文找别的女朋友,找了很多很多,小文一个都不喜欢。"小文以前的女朋友都生了宝宝了,小文还是没有找到女朋友。小文对那些女生看都不看一眼,对方再怎么漂亮,再怎么挑逗,小文就是不动心。

丝丝很伤心,丝丝说小文这一辈子都要打光棍了。我们安慰她说:"有什么关系呢?这说明小文专一嘛,这样的好男生哪里还找得到?"

小文在旁边听着,一句话都不说。小文转过身去慢慢地走开,背影还是那么寂寞。嗯,小文是一条狗,眼睛很大。

一个面碗

他画画,一直想去北京漂,到底没有去,辞了教职下海经商,买卖画框相框各种框,张口闭口都是钱。

他想着赚够了钱就回去画画,可是钱怎么赚都不够,画画的事情也就搁置了。

他在第一年暑假的时候去过北京,最穷的日子,为了等几个画展开幕,买了一盒碗装方便面和很多比碗面便宜的面块,每天他就用那只唯一的碗泡面吃。有一天同屋错扔了他的碗,他跟他的同屋吵了一架,因为他没有碗吃方便面了。

就是在这个时候,他起了做生意的心,他要挣很多钱,不再过天天泡方便面吃的日子。

他的生意大起来,天天好吃好喝,这一辈子都不用泡方便面了。他还是想去北京画画,他说:"北京真好,我一定要去。"他说完,喝了几杯好酒,就睡着了。

一个故事

她去南京看长江大桥,桥上迎面碰到了他,他们就在一起了。

他们住到乡下,家门口有一棵桃树、一座古代的石桥,还有一个大水库。

他们有时候去水库晒太阳,他会打水漂儿,打出飞得很远的水漂儿叫她笑,有时候他们相依着一起看夕阳。

她的朋友去看她,说真可惜啊。她曾经写作,结了婚,一个字都不写了。

她说有一种生活,只有一个故事,一个人来到这个世界,遇到爱,拥有爱,也付出爱,故事就结束了。

这个故事是真的。

我要活下去

她的父亲插队到新疆,和她的母亲结了婚,生了两个女儿一个儿子,她是最小的女儿。父亲把她托付给朋友,请求他们带她回城市。她就跟着养父养母离开了自己的家,那年她十岁。

学校放假，她就一个人坐上火车，去新疆看望自己的亲生父母。

初三的时候她的母亲去世了，父亲怕影响她中考就瞒着她，瞒了很久。后来她痛哭了三天三夜。

养父母也有了一双儿女，他们也尽到了义务。她高中毕业，他们也没有更多的义务了。

她去了一家工厂做工，第一个月的工资是一百八十元。她租了一个房间，搬了出去，又找了份夜工，在同学介绍的一家小饭馆洗碗。

有人爱上她，又因为她太穷抛弃了她。

她考进电台做节目主持人，深夜的谈心节目。她劝慰每一个失眠伤心的人，让他们有生活下去的信念。她长得很好，也没有利用过自己的美丽。她做完了节目，回到自己的小屋，冰凉的被窝。她对自己说："我要活下去。"

这个故事也是真的。

调音台的前面

她在一家电台做主持人，睡前节目。

每到夜深人静，她就坐在调音台的前面，伴着轻柔的音乐，以低沉的嗓音，讲一个让人听了就能去睡的小故事。

做得久了，她也开始怀疑，有没有人听她的节目？她会去想，他们更愿意守在电视机前，守到天亮。不会再有人听电台了，这个飞起来的时代。

她甚至会想整个城市都抛弃了她，只剩下她一个人，对着话筒自言自语。

电台的门卫室养了一只大狗，每天十一点以后，他们就会把狗放出来。于是她上节目的时候，总要先小心翼翼地观察它在不在，然后颤抖着进门去。有时候那只狗会像人一样直立起来，鼻子贴在门卫室的玻璃窗上盯着她看，狗的脸是很严肃的。

从大门口到直播间的这段路是她最害怕的，她时刻提防着它从暗处扑上来咬她一口。她惊恐地想象着，又不得不忍受。

有一天晚上，终于做完了节目，她做了一个决定，她不干了，她要辞职。

从直播间出来，四处沉寂。她一边担心着那条神秘出没的狗，一边快步往大门口走去。门卫是一群刚从部队里出来的年轻人，他们轮班看管大楼和在大楼里工作的人的生命安全。

快要到大门的时候,一个当班的年轻人走出了门卫室。"你的声音真好听,"他说,"我喜欢你的节目。"

她一愣,望着他又跑进门卫室去按电动门的按钮。

"我每天都要听的。"他又说。玻璃窗的后面,他的脸是笑的。

门开了,她出了大门。

回家的路上,没有修好的路段仍然飞扬着尘土,都让她流眼泪了。她只好重新做了决定,她决定留下。

《百花园》2017年第5期

评鉴与感悟

作品由五个片段组成,简洁单纯中蕴含深远的意味。

《专一的小文》带着幽默的嘲讽,"小文是那么好的一个男生",各方面优秀而且专情,读者正感叹时,却笔锋一转,小文原来是一条狗。新奇巧妙,出人意料,这么好的男生原来真的找不到了。

《一个面碗》讲述了一个北漂的故事,梦想与现实的矛盾在两百字间凸显得淋漓尽致,那个面碗成了他人生的转折点,是压垮梦想的最后一根稻草,也是屈服于现实的白旗。后来他的人生里梦想变成了念想,变成了入睡前的一句轻轻的念叨。

《一个故事》篇幅最短,却把一段温暖的爱情展现得刚刚好。相遇相知、相望相守是幸运又幸福的事,她拥有了爱,从此不再写作,一生只此一个故事足矣。

《我要活下去》与《一个故事》呼应,在结尾写了一句"这个故事也是真的",形成对比,同样是真实的生活,有的人生活里充满爱,而有的人只有活下去的信念和倔强。值得庆幸的是,这些挫折没有打垮她,她仍然善良勇敢。认真地过每一天,生活也许很沉重,可负重前行未必不是一种过法。

《调音台的前面》最令人动容。夜深人静时独自低吟,仿佛是被整座城市抛弃。坚守或者放弃,在崩溃的边缘挣扎,来自陌生人的温暖问候,简单却令人感动。(秦妍)

太阳坡

/陈毓

他一向是个克制的人。把目光放长远,再长远些,每每不如意时他总这样告诫自己。一步步走到眼前这个位置,于他已是祖坟上长出了大树。他是家族的骄傲,勤恳稳当地走下去,就算光耀祖宗了。这一切却在一夕间改变,就因为他一朝拍案,发了一次脾气,撒了一次野?因为一场大醉?只是一次偶然?他苦心经营了十几年的所谓平衡关系,不堪这拍案一击?

他真的太想要那个位置,去副扶正,他等了那么多年,等不过这一次。等的感觉如坐监牢,于是他说出"我走人!""走!"。他把"走"字喊得山响。他感到心中如火山岩浆冲出岩隙,让他惊惧又倍感畅快。

他再一次大醉,他大喊大叫,大不了回老家,和祖宗一样,我放羊去!

放羊去?他忽然发现"决断"中的迫不得已,世界不再是他的"小时候",他也不再是少不更事的孩童。眼前的现实是他已无处放羊了。十几年前就已退耕还林,小时候熟悉的漫山放养而今变成了圈养。要养羊,就得先建圈舍,要有饲料、人工,这是最基本的。小农经济勤勤恳恳也只能养家糊口,而养家糊口这个概念于他,是事业,是要能用"轰轰烈烈"来形容的"事业"。如果不能给那些令他拍案而起、拂袖而去的人证明,他活着还不如死去。

家园荒芜，野草长满院落，野草可以拔除，时间却在这里陷入空洞。三十六年前他诞生于此，他用了十八年挣脱离开这地方，一朝又回来了。叫太阳坡的山村还叫太阳坡，他站在这里，恍如梦境。过了太阳坡，就是月亮山。琢磨地名，他体会先辈的智慧，他们更懂和自然相处，更懂平衡。

时间嗒嗒向前，无论人的悲喜。转眼他在太阳坡养羊已经半年。

半年，羊群从最初的八只变成更大的一群。起初他特别喜欢数羊，数羊的时候他知道自己心急。到底是家人亲人，当家人看清现实的时候一夜间接受了这现实。他知道这是爱，全世界都抛弃他，家人还在。他们说，只要他觉得好，干啥都行。谁没养过羊？

随他进城十年的母亲跟过来给他做饭，老家不比城里，乡下的日子事必躬亲。一顿饭不做，那就没得吃，买都没地儿买去。

亲戚集资，羊群扩大。妹夫积极联系市场。

这一带人是习惯吃羊肉的，甚至羊羔肉。他奇怪整个北中国，也只有这一带人吃羊羔肉。从前他对这背后的残忍很是漠然。但这半年，他再也不吃羊羔肉了，他没法吃自己养的羊。

但羊就是供人食用的呀，几千年了，没人改变得了这现实。

当捉羊人抓羊的时候，羊群本能地后撤，直至被逼到一个角落。羊把头抵在一起，屁股朝向捉羊人，形成一个奇怪的圈圈。羊在躲避，躲避被宰杀的命运，却把一个更有利于对方的角度留给了捉羊人。

直到捉羊人抓住一只咩咩叫唤的羊，挤在一起的羊才散去。羊群慢慢散开，一只只羊又恢复那逆来顺受的样子，散开，寻吃的去了。

秋分至，草渐黄，现在只有这片被拴起的草地可以放养羊，羊群是轮流到这里吃草的，随机被选。他考虑选羊的方法，但他的方法是什么呢？就是每天最先走出羊圈的三十只，能去草坡吃草。

他现在拥有三千只羊，只有这片收割过苜蓿再长荒草的荒坡可以放养羊。大批的羊是靠饲料养的，他的成本必须计算。

羊大为美，羊长得大长不大，靠天，靠羊自己，也靠他这羊的主人。

有一天他突发奇想，幸好羊不知道长大是要被杀的，要不羊会想法子不长大，不长大就是羊羔。羊羔肉不是更值钱么？他听见自己心底的声音，吓了一跳。

羊圈建起的第一天就有人来联系买羊。

钞票时时飞来几张。但这是他忙碌以及存在的意义吗？

只要他在问意义，他就觉得自己距离释然尚远。

一个在机关里如螺丝钉一样的职员，和一个在遥远山野养羊的人，谁更自由？这样的问题浮上心间，他依然确定他还在那个狭窄的缝隙里。

又一天，他眼睛看着眼前的羊群，脑子里想的却是另一群羊的画面。

那群羊是他在贺兰山山口遇见的。那次他去贺兰山旅行，刚到山口，就见一群羊散漫穿过眼前的石子窄路，走到河谷里，羊从容地、像是有着某种秩序地走过那片开阔的河滩地。他用目光搜索放羊人，但四野寂静，只有阳光被风吹出影子。他目送那群气质非凡的羊，看群羊走到河谷喝水，再缓缓地从原路返回，跳上看似高不可攀的巉岩。羊群在那里停驻，回头眺望，羊群和那些被时间雕琢、被风塑形的石头一样沉默，却又有无限的高贵。羊的剪影在他眼里有无限神意。

后来他看到贺兰山的岩画，觉得画面上的羊和他遇见的羊难分彼此。他不由想，那些羊是从画上走出来，走到河滩，与山风为伍，在荒芜中寻找草皮子，寻找地衣苔藓啃食，寻找溪水饮；等它们消失在山岩间，是又回到画中去了吧。羊回去，变回山上一块画着羊的石头。

此刻他坐在明亮的秋阳里，听风吹出飒飒的声音，想，只有上帝能养出那一群羊，那样的羊群也只能长在上帝的园囿。

而他养的羊，注定拥有羊的命运，死在羊羔的时候，或者活得更长久一点死掉。

羊群在夕照中鼓涌，涌向暗夜。

《红豆》2017年第9期

评鉴与感悟

从职场退回来的人，其实很难走出那些狭小的格子间，作品的主人公就是这样一个人。谨小慎微，步步为营，却还是毁于一旦，一切都归为零。他做出"放羊去"的决定，可不管是人还是羊，都逃不出自己为自己画的牢笼。

把羊羔养大，换取钞票，忙忙碌碌的人生其实和机关中螺丝钉一样的职员没有差别，摆不脱谋生的包袱，就永远到不了释然的心境，贺兰山那群自由的羊成了心之所向。在官场上苦心经营的所谓平衡和关系不堪一击，老祖宗讲究的才是真正的平衡之道——和自然和谐相处，对待人生得失淡然从容。而人生起起落落，我们又何尝不像是一只羊呢？有的人选择在羊圈顺从命运，而有的人，正如贺兰山滩羊，骄傲惬意，自由欢快。从羊圈到贺兰山，从谋官到牧羊，是主人公人生态度和追求的转变，失意可以是另一种得意，走出自我才能挣脱命运的桎梏。（秦妍）

橄 榄

/于德北

  他和妻子开了一个小铺子，卖食品杂货。他们有一辆三轮车，后来换成了电动摩托。这说明他俩的日子过得不错。渐渐地人们看到，他那并不怎么漂亮的妻子偶尔也穿一身漂亮的皮衣，小狐狸领，风一吹，现出绒绒细细的小窝。

  铺子离家不远，没几步路，是一家大企业停车场的门房，停车场不用了，门房也就闲置起来。因他父母都是那家企业的老职工，和领导讲了家里的实际困难，就把门房租了下来，每年象征性地交点钱，逢年过节到领导家去看看，给老人和孩子买点东西，闹个浑和。

  "他家有什么困难？"单位有见着买卖兴隆上眼的，四处散布。

  长了，领导就在职工会上不咸不淡地说："他家有什么困难？他儿子是瞎子，他儿媳妇的脑壳是不锈钢的，你希望有这样的条件吗？有了，组织上一样照顾你！"大家噤了声，不再说什么。

  说儿子眼瞎，这一点不假，不过是瞎一只眼睛，取了出来，换上了玻璃的。

  儿媳妇原来是煤气公司的查表员，下户查表，遇上几个无赖喝醉了酒，无理取闹，用铁棍把头骨打碎了。儿媳妇在医院整整住了一年，险些成了植物人。那时，儿子也在医院住院，双方的父母常在一起唠嗑，互相探听病情，日子久了，把话唠到儿女身上，病者相怜，三说两谈地，一门亲事定下了。

亲戚朋友都说，有缘千来相会。

也许真是。他们就结了婚。他个子不高，唇上留了两撇胡子，牙齿白得透明，一笑十分迷人。

妻子很瘦，眼睛大得出奇，冬夏都喜欢戴一顶帽子，走路的时候爱抄手。大概抄手就不容易把握平衡，她走起路来有些左摇右摆的，远远看去，像只拖着长尾巴走路的喜鹊。

他爱看电视，可家里有买卖，不能躺在床上舒适，铺子里的三尺柜台，总得有人照应。有几次，他让老母亲去卖货，结果，五十当一百、两元变成十元的事屡有发生，多多少少有一点损失。于是他咬咬牙，下决心买了台新彩电，而把那旧的拿到铺子里，一天到晚地开着，声喧影晃，也不寂寞。他喜欢看体育比赛，喜欢看拳击，这也许和他身体不好有关。

他一看拳击赛就在嘴里不停地骂人。有一次他媳妇听他骂人，觉得可乐，就接了一句："你骂人家，人一拳不打死你！"说完忍不住笑了，扶在柜台上笑出了眼泪。

在他的记忆里，妻子很少和他开玩笑，尤其是这种过火的玩笑。他悄悄地看着她，半天一言不发。

由于是居民区（这也是大厂的停车场迁走的原因），离菜市场较远，所以像所有的新居民小区一样，这里渐渐地形成一个早市，四乡八镇的农民把些新鲜的菜蔬运到这里来卖，每天清晨都要热闹一阵子。

不平常的平常事都在平常的日子里。

久而久之，有一个卖"农大"牛奶的人占据了铺子前的这块空地。这个人长得也算奇怪，头发浓密，没有胡子，脸长如驴，一只眼睛满是花斑，灰白一片，令人难以正视。但他生性乐观，说笑就笑，说唱就唱，而且嗓门那么大，那么亮，像个大音箱似的。

那人若只卖牛奶也就罢了！他说。

卖"农大"牛奶的人不但卖牛奶，日子长了，也摆了一个不大不小的长桌子，上面放着面包、泡泡糖、棒棒冰等小食品，对小铺子犹有截留之势。这就惹出一顿口角，两个眼睛都不大好的人吵了起来，你一句我一句地，招来很多人看热闹。

一个吵："做人不要太过分。"

一个吵："欺负人是不行的。"

一个吵："不要照顾不知道照顾。"

一个吵："谁照顾谁还不好说呢。"

吵了一个早晨，也没吵出个结果，末了，一个去上学的孩子好奇地对父亲说："爸爸，爸爸，你看'玻璃花'大战'独眼龙'！"

他们吵得凶，但孩子的话还是听得真切。

人群发出哄笑，笑过之后就散了。吵架的两个，你看我一眼，我看你一眼，突然互相摆摆手，不再说什么。

——生活啊，都不容易。

《天池小小说》2017年第7期

评鉴与感悟

橄榄苦涩，但放在嘴里久了，也会生出清甜的滋味；生活困苦，但熬得时间长了，也能感受到几分清贫乐。作品主人公是一位残疾人，身体的残缺让他们无法像正常人一样生活，尽管他们已经努力表现得正常，乐观好客而自立自强。可当他们以为他们跟其他人无异的时候，孩子的话打破了他们对生活的幻想，"爸爸你看，'玻璃花'大战'独眼龙'！"连这么小的孩子都会以他们的身体缺陷去伤害他们，无论多么努力，这世界上的偏见也依然存在。

作品题目为《橄榄》，给人以苦尽甘来充满希望的意义，可在文末，小孩子的一句话却把这些希望打碎，充满矛盾又蕴意丰富，是对弱势群体的关心和同情，同时有呼吁读者友善对待弱势群体之意。（秦妍）

身边寓言（节选）

/满震

瓷罐的愧疚

母亲喜欢吃小腌菜，说想腌点小青菜呀萝卜缨子呀萝卜条呀什么的，问儿子家里有没有小坛小罐什么的找几个给她腌菜用。

儿子就旮旮旯旯翻箱倒柜地找，就找到一对瓷罐。白色的瓷罐圆鼓鼓的肚子上还绣着蓝色的花草。

他把瓷罐拿来给母亲。母亲不认识瓷罐肚子上的字，但她一看到这瓷罐就欢喜地说："呦，这罐子真漂亮！这罐子原来是做什么用的啊？哪块来的啊？是买的吗？"赶紧拿去清洗。

这瓷罐是哪块来的？是一个朋友送的。这瓷罐是做什么用的？是装牛脯的。朋友当然不是送他一对空瓷罐，送的是两罐牛脯。这两只空瓷罐就是吃完了牛脯遗弃的。

他的心里顿生一阵愧疚。

母亲是高龄老人，牙齿已不行了，稍硬的东西都吃不动了。牛脯鲜香透爽酥而不腻，很适合老人食用的。而做儿子的送来的却是两只装牛脯的空瓷罐。

他转身出门，进了副食品商店，提了两盒实瓷罐回来，说："妈啊，你看我又给你找了几个罐子来。"

栀子花在电梯里芬芳

她早上去菜场买菜顺便买了一把栀子花回来,走进电梯,又闻到了一股呛人的烟味。她一直讨厌烟味。

这电梯里明白警示"禁止吸烟",可有些人就是视而不见,非得在电梯里抽烟,真是素质低下!她一边在心里指责那个不自觉的烟鬼,一边从袋子里取出几朵栀子花来,前后左右扫视了一番,终于找到了一个放置的地方。顿时,栀子花的芳香冲淡了难闻的烟味。

中途,又有几个人进电梯。闻到了栀子花的清香,他们看着她说:"好香哦!是哪位放的花?真是个有情趣的人啊!"

她看他们笑笑,也不接话说她就是那个放花的人。

下午,她下楼,进了电梯,却发现花没了。她在心里说,真是林子不大却也什么鸟都有,几朵小花竟然也有人贪!

早上她去菜场买菜的时候顺便又买了一把栀子花回来,她打算再在电梯里放几朵。走进电梯,她惊喜地发现那个地方已经有人放了几朵栀子花,洁白的花瓣上还滚动着晶莹的露珠。她开心地笑了。

账可不能这么算

父亲多年前在一所乡村小学工作时的同事来,中午想留他们吃饭,老两口因为年事高在家弄饭累,决定去饭店,他们又不能喝酒,让我过去陪一陪。

饭桌上,这位父亲过去的部下汪老师深情地说:"老校长(我父亲)是我的恩人哦,当初要不是他鼎力帮忙,我哪有今天的好日子呦?"

我知道父亲是个乐于助人的人,但他帮过这位汪老师什么忙我没听他说过。

汪老师说:"那时候,我在我们村(那时候叫大队)小学当代课老师,我对自己要求不严犯了一个严重的错误,大队干部建议把我辞退。按当时的形势和政策,也应该把我辞退。老校长严肃地批评了我,并让我在全校教职员工会上做了深刻检查,但不想辞退我。他到公社文教助理那里求情,为我说了许多好话,才把我留了下来。"

父亲插话说:"我帮你说话,是因为你工作勤恳认真,教学水平教学成绩的确不错。我是惜才。"

汪老师接着说:"更重要的是,后来我由代课教师转为民办教师,后来又转为公办教师,端上了铁饭碗。尤其是近年教师工资成倍地涨,我这生活水平有如芝麻开花节节高。吃水不忘挖井人。想起当初要不是老校长鼎力相助,我能有这一切吗!"说着,激动地举杯、站起,"老校长,老领导,恩人,这第一杯酒我敬你!"

父亲说:"言重言重了。你能有今天靠的你自身的努力。"但听着他的感恩的话,还是很高兴甚至很兴奋。

餐毕,汪老师抢着要付账,说:"老校长应该给老部下一个表示敬意的机会。"

父亲生气地说:"肯定不行。你们大老远地专程来看我,我非常高兴,怎么能让你买单呢。"这一餐连烟连酒花去了父亲好几百块。

事后,父亲高兴地说:"我跟汪老师三十几年没见了。那天他专程来看我,还带了一百个草鸡蛋,还有两只草鸡。"

我开玩笑地说:"一百个鸡蛋两只鸡加起来值两百多块钱。你招待他们这一餐就花了好几百块。还这么高兴?"

父亲说:"账可不能这么算。那天我真高兴!几十年前我理所应当地帮了人家一个忙,几十年过去了,我自己都早已忘得一干二净了,人家居然还记在心里,还大老远地跑来看我,你说我能不高兴吗!"

关于买车

朋友、同事买了汽车,上班下班,出门办事,威风凛凛。

买不起车的老张不以为然地说:"汽车有什么好,对社会来说,多一辆车就多造成一份污染,我们应该提倡低碳生活。对个人来说,尤其是我们这些整天坐办公室的都缺少运动,骑骑自行车,跑跑路,就是很好的锻炼,有了车只会让我们的体质越来越差。再说了,现在汽车越来越多,到处堵车,有时候开车还没骑车快呢。还有,说得难听一点,这汽车毕竟是个危险的家伙,一旦出了事非死即伤,那就惨了。我这辈子是不想赶这个时髦了。"

过了两年，老张也买了辆车。

有不赞成者说："汽车有什么好，不环保，还让人变得懒惰；要是出了事，车毁人亡，真是太可怕了。"

老张立即反驳说："这你就不懂了。有了车给我们的生活带来诸多方便。就说这上班下班吧，你骑车走路，夏天吧，太阳晒得你热得要命；冬天吧，冷风吹得你冷得要命；要是遇上刮风下雨就更是受罪。坐在车里就不一样了，什么冷呀热呀风呀雨呀的都跟你没关系，那真叫惬意。再说，出门办个事，节假日出去玩，开车的感觉就是不一样。可以说，自从有了车，我的生活质量得到了大大的提高。"

估计他忘了他两年前说过的话。

《青春》2017年第5期

评鉴与感悟

"寓"是寄托的意思，寓言即把作者的思想寄寓在故事里，本文节选的四则寓言语言精辟、结构简单，极富表现力，通俗简单的故事揭示了哲理深刻的寓意，言简意赅，发人深省。

《瓷罐的愧疚》围绕着瓷罐展开情节，他为母亲找到可以腌菜的小瓷罐，才想起这两个小瓷罐原本是装牛脯的，而他却没有把牛脯留给母亲食用，只是送来两个空瓷罐。母亲给子女的爱从来都是毫无保留的，而子女却没有把对父母的关心放在首位，这是愧疚的原因，也是这则寓言带来的启示。

《栀子花在电梯里芬芳》讲述的是邻里间相处的智慧和影响，几朵清香的栀子花替代了呛人的烟味，收获了邻人的赞同。人生而为群居动物，学会相处与宽容，以德报怨，收获馨香。虽然素质水平不一，但良好的德行会相互影响，文明温馨的生活环境是共同创建的。

《账可不能这么算》讲述了上下级间惜才提拔、感恩怀德的故事。时隔几十年再相见，汪老师为父亲带来真挚的礼物，而父亲也大方地招待他们吃饭。在他们二人看来，三十年的恩情和三十年间年的情谊早就超乎金钱之外，所以才说"账可不能这么算"，真挚的情谊是金钱难以衡量的。

《关于买车》通过老张买车前后语言的对比，讽刺社会上很多老张这样的人，永远只站在自己的立场看待事情，其实大多事件都具有两面性，利弊从未变过，多变的只是人的虚荣心罢了。（秦妍）

注　脚

/胡炎

　　史益给自己的生活做了一个注脚：辛劳。

　　对于一个出租车司机来说，这个注脚是准确的。你可以把"披星戴月""夜以继日""单调乏味""疲惫不堪"之类的词汇尽数加到他头上，不会有一丝夸张。

　　所以，史益经常会在空载的时候，抽着烟，叹口气，发发感慨："人活着，真他娘不容易！"

　　最初，深夜收车时史益还是有些快感的。在老旧的工厂家属院里，泊车熄火，史益却不急于下车，而是打开顶灯，扭扭僵硬的脖子，揉揉酸胀的眼睛，从腰间的帆布小包里掏出一天的收入，微微发麻的拇指和食指便跳起了轻盈的舞蹈，大票小票在指间发出沙沙的声响。史益觉得，那声响具有十足的乐感，温婉动听，妙不可言。

　　然而时间是一块粗粝的纱布，很快就蘸着疲惫的酒精把那份快感磨蚀得干干净净。下车时，听着引擎盖下灼热的发动机焦躁的"咯吧"声，史益全身的关节似乎也"咯咯吧吧"地呻吟起来了。

　　躺在床上，史益像一片融入泥土的酥软的树叶，几乎连翻身的力气都没有了。闭着眼睛，他常常会想起小时候家乡磨道里的驴。那头驴被一块黑布蒙上了眼，一圈一圈地拉磨，一圈一圈地画圆。而他和一头驴又有多少区别呢？在这个终日弥漫着尘霾的小城，汽车的四个轮子就是他的脚，沿着无规则的曲线东跑西颠。路很短，却又迢迢无边，人生就像轮胎磨平的棱角，在生命的行程上流逝无痕。

这就是生活吗？有时候史益会问自己。这样自问的时候，史益常常会进入一种梦幻般的境界。在那里，他会和伙伴们悠然自得地品着廉价的茶水，手在棋盘上排兵布阵，每一次落子都仿佛一个决胜千里的将军插入敌营的利剑，运筹帷幄，一击致命；他还会背着手，在一片金黄色的海滩上逍遥地印下一串瘦长的大脚丫子，间或停下来沐着海风，眯眼远眺着浩渺的海面，听烟波中鸥鸟悠长的啼鸣；再不然，就坐在老家的山坡上放几只羊，左手拎着鞭杆，右手攥着本地生产的大曲酒，吆喝一声羊咕嘟一口酒，咕嘟一口酒再吆喝一声羊，那有多美！……然而，这只能是虚妄的想象，出租车上的史益，跑的是实实在在的路，驮的是实实在在的家。上来一个乘客，娘的绝症就有了盼头；跑了一段路，老婆的尿毒症就多了一管药；送走了一个日头，儿子的学费就多了一分保障。这不争气的熊孩子，偏偏考了个高收费的民办院校，时不时一个电话打过来："爸，卡里没钱了……"

命。史益想不出这样生活的理由，只能归结于宿命的安排。当你在生活的泥淖里挣扎无望的时候，"命运"是唯一的借口。

但是，在深秋的一个晚上，史益遇到了一个人。

那是一个白皙而娴静的女人，淡妆，穿一件米黄色的风衣，稍显随意的披肩长发上散发出淡淡的香水味。在一盏路灯的下边，她扬起了修长的手。

"去哪儿？"史益踩下了刹车。

女人并不急于回答，而是拉开车门坐在副驾上，眼睛看着前方："随便。"

史益感到困惑，这样的乘客，他第一次碰上。

"随便？"

"对，随便。"女人抽出一张百元面钞，轻轻地放在面前的操控台上。

史益犹豫了一下，挂挡，开车。他感到茫然，似乎几十年的人生在这一时刻突然失去了方向。这个神秘的女人究竟是个什么人？她到底要干什么?她的精神会不会有问题?一大堆疑问盘桓在史益的心中,他甚至感到了某种阴谋和危险。

"这么晚了,你这是……"史益试探地问。

女人浅浅地笑了:"我只是想兜兜风。"

"兜风?"

"对,兜风。"

女人告诉他,她是一家大公司的白领,除了睡觉,她每天都待在公司大楼里,像一架机器马不停蹄地高速运转。而这就是她的生活。

"真羡慕你的职业,每天都在兜风。"女人说。

史益自嘲地笑了,笑得有点苦涩。白领,一个炫目的词汇,此刻却和他如此接近。那一座座平素只可仰视的气派的写字楼,此刻似乎也与一辆出租车有了某种内在的关联。

"累的时候,我就把写字楼想象成一辆车。"女人说,"那是我的车,我开着它不停地兜风。每兜一圈,我离梦想就近了一步。那种感觉很美,就像现在。"

史益感到心被什么撞击了一下,生命中那些灰蒙蒙的日子被撞开了一条口子。路灯的光影在车窗外明明暗暗,穿过心头的裂隙投射进来。此时,他真的有了兜风的感觉。

汽车绕环城大道行使一圈,又回到女人上车的地方。还没来得及找钱,女人已经下了车,道一声"再见",飘然而去。

史益目送着女人的背影,心底忽然涌起一种热热的感觉。史益蓦地明白了,生活和人生是两个完全不同的概念。生活就是生活,而人生恰是给生活的一个注脚,就像他的名字,可以谐音为"失意",也可以谐音为"诗意"。而后者,才是一个美好的注脚。

从此,史益的脸上总带着微笑。每天出车时,他会爱抚地拍拍那辆不辞辛劳的出租车,说:"伙计,兜风去!"

《中国铁路文艺》2017年第7期

评鉴与感悟

所有平凡单调的日子，其实换个心态去看待，也能有翩翩起舞的精彩。主人公史益对生活的注脚从"辛劳"转化为"兜风"，亦是换了心态去看待人生，女乘客的出现成为他对待人生现状的转折点。如果没有想明白，其实一生也浑浑噩噩地过完了，憎恨自己的命运，羡慕别人的人生，含愤离世；想明白了，便像主人公结尾处一样，每天带着笑容出车，乘着自己的出租车"兜风"。

生活可能不太顺畅，但人生却取决于自己，当史益把自己的姓名注解为"诗意"时，人生已经随风起舞、诗意盎然了。生活对于女乘客和史益都同样乏味。坐在高楼之上，或是行驶在深夜的环城大道上，为生计奔波，本就是一种束缚，看待窗外的风景，吹拂城市的清风，生活琐碎都化作自由。（秦妍）

抬头看看天

/崔立

曾经在想，这片天真的可以是属于我吗？

我是一个生性纠结的人。

往往，我站在一个分岔路口，犹豫着，往左还是往右？往左吗？不对不对，还是往右吧；往右吗？不对不对，还是往左吧。

我的工作也是如此。

毕业后，父亲说，你去镇上的企业，好好上一个班吧。

去镇上吗？我犹豫。

父亲说的意思，很顺理成章。去镇上，他能搞定。父亲在镇上有一个职务。父亲的这个职务，可以轻松地帮我搞定一个轻松快乐的工作。不能说是一辈子，至少十年八年的安逸生活是没问题的。然后结婚生子，在这里安安稳稳地过上一辈子。

我想了一个月，还是拒绝了父亲的好意。

我说，爸，我还是想出去走走，看看外面的天空。

父亲凝神看了我好一会儿，嘴角动了动，说，好。

我来到了上海。这个传说中很有文化底蕴，极有震撼力的城市。我们好多同学好多朋友向往来到的地方。

我来到了一家化妆品公司。

公司的所在地，是在浦东金桥开发区。这是一个对我完全陌生的所在。

当我第一次游走在南京路步行街流连忘返，看着来来往往从我身边穿梭而过，而我也在他们身边穿梭而过时，我还以为，我会留在这个黄金地带。

我去的地方，离南京路有点远。

我按着公司的地址，去往那里。

3月的天，不是很热，但我还是走出了一身汗。站在化妆品公司长长的廊道里，我有些恍惚，未来，看来我是要在这里奋斗下去了。

我们的主管，一个头发微微有些谢顶的中年男人，脸有些严肃。

高主管看着我们这群刚入职的年轻人，语气是无比响亮和严厉的。高主管说，你们来了这里，就要好好做，做得好，升职加薪，做得不好，随时走人！

这让我吓了一跳。

我看到了对面一个陌生的女孩，眨巴眨巴眼，吐了吐舌头，挺调皮。我不由得朝她笑了笑。我也想吐舌头，这个陌生女孩先我一步吐了。这个陌生女孩看到了我的笑，也友好地朝我笑了笑。

后来，我们成为好朋友，也知道了陌生女孩叫李妍。

熟了之后，李妍说，你猜这老高，为什么头顶会谢吗？我说，为什么？李妍说，因为他太高了，高处不胜寒。

笑话有点冷。

我微微一笑，拍了拍李妍的肩。

李妍也笑了，捧着肚子。

李妍和我一样，也是从外地来上海寻找工作与梦想的。

李妍说，我们要一定留下来，在这个城市扎根。

我说，对，留下来！

我没问李妍为什么一定要留下来。我来这里，只是简单地想来看看这片大。

公司的活儿累，还不是一般的累。经常要加班，宣布加班的时间也很突兀。

5点下班，4点半来通知，今天晚上赶个工，把活儿抓紧做出来。

本来，我们像是憋着股劲，想干到5点正好可以放松了，可4点半这么一通知，好了，大家的这股劲全都泄了。

不是有句话说"一鼓作气再而衰三而竭"吗？

不过，李妍的气力，像是用不完的。

李妍还在卖力地干着。额头上微微沁出了汗，她依然毫不惜力地在努力着。

我低下头，小声说，李妍，你悠着点吧。

李妍笑了笑，说，没事没事。

不仅是那些特定的加班，有时候李妍还主动要求加班。

我说，李妍，你疯啦！你不累吗？

李妍说，没事没事。

李妍说得最多的字，就是没事没事。

李妍的加班时间，是整个部门最多的。

我在心疼李妍的同时，突然想起了什么。

我说，李妍，你很缺钱吗？

李妍的脸，稍稍黯然了一下。很快，她一脸放松的神情，说，没有没有。

李妍这是在骗我吧？之前，我就有感觉：李妍吃得很差，穿得也很平常。

我说，李妍李妍，你有什么困难一定和我说啊，我可以帮助你。

李妍说，好啊，谢谢你。

我是真诚的，李妍的表情也是真诚的。

李妍还没说出她的困难，她就出事了。

那天，我按时下班。李妍没有下班。李妍到很晚的时候才下的班。

是那个开卡车的肇事司机说的。光着头的司机满头大汗地说，路灯其实是很亮的，我的车速也并不快，不知道怎么了，好端端地在路边走着的一个人，突然像是软了一下，就朝路中央倒下来了……

说到最后，司机也是眼睛红红的。

李妍的弟弟来了。

我也是第一次看到李妍的弟弟，面黄肌瘦的脸，很像他的姐姐，像是一个模子刻出来的。李妍的弟弟在读大学,李妍的母亲瘫在床上,已经有几年了……

公司发起了一轮捐助活动,那个谢了顶的高主管捐了一千块钱。

我第一次发现,高主管那个谢了顶的头其实也蛮顺眼的。

我加了好多班,有些是必须加的,还有些是主动要求加的。我要赚好多钱,帮助李妍家。

父亲母亲从遥远的家乡来看我,被我的瘦相吓了一大跳,我反而笑了,说,你们没看到我精神很好吗?

父亲母亲着急地说,你很缺钱吗?

我说,没有没有。我像是学着李妍的口吻。

我也看到了上海的这片天,很大很大。

《小说月刊》2017年第7期

评鉴与感悟

作品紧贴现实,讲述了一位毕业生从迷茫到明确人生目标,从怀疑自身到坚信未来。离家求职的生活让她接触到社会万象,尤其是好朋友李妍的人生经历,使她坚定了在城市打拼的信念。

抬头看看天,其实我们看的是同一片天,而每个人是否能在这片天里创出自己的小空间,是取决于自身的。李妍家庭困难,她坚定不移地"要在这个城市扎根",而主人公有一个父母安排好的平凡的生活,却不甘心如此,想要"看看外面的天空"。她们的经历都是每年千千万万毕业大学生的真实写照。也许是为了开阔眼界,也许是为了更好地生活,怀揣热情,充满拼劲。相信天道酬勤,相信一定会有晴朗的未来……无论结果,这就是青春的美好。(秦妍)

世界末日的前夕

/王溱

风起，风停，叶子来不及起舞，花儿就凋落了。

门开，门关，邻家的"喜"字还没干透，孩子呱呱坠地了。

跑得真急呀！她深深吸一口新鲜的空气，继续侍弄院子里的花草。

咔嚓，她剪去桃树歪扭的枝蔓。桃花呀，即便你只灿烂一季，也不能不修边幅不是？

咕噜，她给水仙灌上满满的清水。水仙呀，春天只剩下尾巴，再不开花你就永远装蒜吧。

喵！一只猫从花盆后蹿了出来，打翻了一盆正酝酿花蕾的山茶花。她生气地捡起一块小石子扔过去，猫已不见踪影。

算你跑得快，她说。静了一会，她又喃喃道，跑得快又怎样呢，跑得过时间吗？世界末日就要来了，这么漂亮的院子，这么美好的世界，都不复存在了。

她早已没了刚知道这个消息时的惊慌与悲伤，安静得跟这个院子一样。独处时，她经常幻想世界末日来临的那一天会是怎样的情形。

或许她正与他坐在摇椅上，看小狗追着自己的尾巴转圈，龇牙咧嘴，气喘吁吁。一圈，两圈，三圈……好像没有尽头，又一下到了尽头。

或许她正与他并排躺在院子中央，被她亲手种的花环绕着，银色的月光披在他们脸上,他久久凝视着她的脸,就像读书时那样。一刹那,那画面就成了永恒。

总之不管怎么想象,都离不开他,离不开这个院子。尽管她和他住进这个院子,还不到两个月。

三个月前的某一天,晴,没有风,他进门时脸上却挂着风暴。她一看就明白了,他准是从哪里知道世界末日的事情了。

还有多久?他问。

也就三个月吧。她说。

他不语,任凭脸上的风暴变成雷雨交加。

我想辞了工作。他说。

辞了吧。她温顺地附和。

我们把房子卖了吧。他说。

卖了吧。她温顺地附和。

我们买个院子吧,就是我们一直憧憬那样的。他说。

买吧。她还是温顺地附和。

他们结婚时就约定好了,先努力挣钱,在城市里买房,生孩子,给孩子最好的教育。等将来老了,就找一个山清水秀的地方,盖一座小房子,在院子里种满各种各样的花,弄一块菜地,再养几只狗,几只鸡,过上世外桃源般的惬意生活。为了这个约定,他们没日没夜地忙,省吃俭用地过。

见他天天要到处去拉业务,她对他说,买辆车吧,挤公交太辛苦了。他摇摇头,养车多费钱呀,还得买保险,还得租车位。还是把钱留着,将来可以买大一点的院子。

见她拖着疲惫的身躯晚归,他对她说,不做饭了,我们出去吃吧。她不肯,又不是什么节日,干吗出去吃呀,把钱省下来,给咱将来的院子多添几盆你最爱的茶花。

然而省下的钱,并没有变成院子的面积,也没有变成名贵的花,它们都被送进了银行,变成一纸债单——他们如愿当上了房奴。

这样,他们的第一步目标就算完成了,可是第二步却迟迟完成不了。说不准是谁的原因,也许是他缺乏锻炼造成的,也许是她太过劳累的缘故,总之就是怀不上孩子。

现在看来，这倒是件好事，世界末日到来时也少个牵挂。他们把约定提前了，短短的三个月内，他们把三十年后要做的事，做了个遍，在小院子里等待世界末日的来临。

然而她的世界末日最终却没有来。医生说，她的癌细胞居然没再扩散，真是奇迹。

他的世界末日也没有来。她没事，他也就用不上偷偷藏着的那瓶安眠药了。

他们开了香槟庆祝，她与他并排躺在院子中央，被她亲手种的花环绕着，银色的月光披在他们脸上，他久久凝视着她的脸，就像读书时那样。

我们又得重新开始奋斗了。他说。

嗯，重新开始吧。她温顺地附和。

桃花正妖娆，水仙花也不装蒜了，没有花盆护着的山茶花顽强地爆了蕾……院子正是最美的时候。可是他们却没看见。

《作品》2016年第12期

评鉴与感悟

面朝大海、春暖花开是许多青年人的向往，就像主人公夫妇在憧憬的小院里，种满鲜花、养许多可爱的动物，坐在摇椅上等待时间走尽。为了这个憧憬，他们过得很辛苦，他们认定憧憬的小院子是属于老年的，而现在他们拥有的生活只能是奔波。

一场疾病拨乱了时钟，那些疲于奔命的生活突然失去了意义，在"世界末日"前一切都仿佛会瞬息消逝，于是他们贪婪地享受着这个世界的美好。辞去辛劳的工作，买下憧憬的小院，养喜欢的花儿，每一天都显得弥足珍贵，生命最后的日子是深深的留恋。

结尾却交代了"世界末日"并没有来临，女主人公的生命延长了，符合小小说出人意料的特点，然而"重新开始"又把读者拉向思考的深渊。当我们拥有了憧憬的一切，还要"奋斗"什么呢？余下日子多了，生活仿佛也不美了。（秦妍）

袅晴丝吹来闲庭晚

/吴卫华

在乡下，小温的祖宅屋瓦鳞鳞庭院深深，怎么看怎么像古时的贵族，如今被遗忘在民间。

在北京上过美术学院的小温，毕业后静静地隐居在乡下，无心繁华。避开尘世喧哗的小温，除了喜欢一切自然的东西，还喜欢唐诗宋词元明清戏曲，尤其喜欢汤显祖的《牡丹亭》，其词句典雅意境悠远，《游园惊梦》一折的开端，仅仅一句"袅晴丝吹来闲庭院，摇漾春如线"，就把少女怀春的情丝挑逗出来，晴空里袅袅飘动的游丝，被微风吹进了寂静的庭院，像缕似线在阳光下闪闪烁烁，如同春光摇漾。

晴丝——游丝、飞丝，即虫丝，虫类所吐的丝缕，常在空中飘游，在春天晴朗的日子最易看见。

有好事者，多方枚举例列，说这句中的"袅晴丝"指的是柳丝。他也许说得对，但小温更喜欢这儿的"袅晴丝"是指虫丝。

普里什文在《蜘蛛网》中是这样描写蛛丝的："那是一个晴朗的日子，阳光照亮了森林的阴暗角落。我沿着狭窄的林间小路朝前走去……风很轻柔……突然我发现，从小道的一边到另一边，从左向右，这儿那儿不停地飞过一些纤细的火箭。我像平时一样把注意力集中在火苗上，很快发现火苗的移动是由于从左向右吹来的风……于是我完全弄明白了飞箭现象是怎么回事：原来是风把蜘蛛网吹向阳光，闪烁的蛛丝因为阳光好似燃起的火，看起来就像是一支支箭在飞。"

小温不大喜欢考证，就像普里什文在《蜘蛛网》中说的："一个精神正常的人，即便没有专门的人教导，他也会在生活中经常体会到的。"小温对自己在生活中体会到的更有感情。

小温自幼生活在乡下，对虫丝什么的都熟视到无睹了。村庄是不设防的，人家可以和杂草地、小树林比邻。由于村庄的扩大，一些老坟茔就被包在了村子里，门口正对着一些年代久远的老祖宗的坟包，司空见惯，从没听谁抱怨禁忌冲犯的话，人鬼无扰。坟地禁忌踩踏，又因年代久远无人管理，一任荒草杂棵肆意生长，那些蛛网织布得哪儿都是，还分出层次。灌木丛高处缝隙大的，蜘蛛就把网联枝结秆织得疏落有致，像个大大的八卦图，看着也气派；中层的，难免人行畜钻地破坏，仓促补结出来的，怎么看都是东一榔头西一棒槌，胡乱张挂起来，全然失去了章法结构，越看越像个破落户；最低层的网，几乎是贴着地面的，白密密的一块，大不过人掌，就草根处苫起，因为它密结得像是帐篷而不是网了，小温疑心这样密结的网，是蜘蛛屏绝外界的保护层，蜘蛛往往藏身在下面，一有风吹草动网布晃荡，它就匆匆地跑出来看看，或者干脆更小心地团缩起来。蛛网多了，要是再被外界因素断成千千万万根，因风而起，遇阻而挂，又在晴朗的天空下，自然就烁烁闪银毫柔柔漾春光了。

村外有口枯井，上面覆盖着纵裂开的半拉古石碑，碑体灰白。据碑文记载，这是一块明朝万历年间重修法云寺时立下的石碑，上面的虫迹蛛丝，掩遮了下面的古朴碑文，想看清楚文字，得用手仔细拭去岁月不经意间蒙上的尘埃。

法云寺，就在小温家的西边，一路之隔，算是比邻而居。据记载，法云寺始建于唐朝，明代重修，日本侵略小温家乡那一带时，把法云寺里的一口大钟作为文物用汽车运走了。小温的爷爷说法云寺占地十亩，内里种满柏树，墙外种了一圈杨树。小温的家族清末时出了个武举人，在村外修有跑马场，二百多人不分家，开钱庄的、经营棺材铺的等等，家族生意很红火。上面说的结满蛛丝的老坟地，就是小温先祖的。

小温的爷爷活着时，都把精力用在修房盖屋上了，这儿盖几小间放粮食，那儿盖两间放杂物做厨房，过几年不合意了，就推倒重盖。房子越盖越大，盖着盖着就把老大一个院子弄成了个四合院。小温的爷爷不喜欢热闹，家里几乎没有人来串门，门户里一直显得很寂静。偏小温的爷爷又喜欢养些花儿，冷冷静静的院子里，往往开着好多艳丽的花儿，它们热热烈烈开得灼人眼目，旁人看见反会心生异样的感觉。小温的爷爷喜欢看《聊斋志异》，拜他所赐，小温上五年级时就已经通读了文言版的《聊斋志异》。

在这样有点诡异的院子里长大，最常看见的是蛇，它们出没在这儿那儿，有时在鸡窝里盘住一个鸡蛋准备吸食，有时在屋顶昂头吐信地跟喜鹊斗架，甚至在纸糊的吊顶上窣窣爬行，一不小心就露出一截蛇身来。知道它们不喜欢近人，小温只管睡她的，也不去招惹它们。

在这样有点诡异的院子里长大，小温好像习惯了寂静。春天时，一阵暖风吹来，像软软的羽毛撩过耳垂，更像阿赛呼出的让小温发痒的鼻息。随着飘来几根银亮亮或者金灿灿的虫丝，它们袅绕晃漾，不肯就去也不肯落下，上个春天的暖舒感觉，一下子全回到了小温身上，唤起了小温心里最敏感最柔软的感情。

那个名字叫阿赛的男孩子，是小温大学时的男朋友，因病去世。在这个春天想起阿赛，小温的脸上浮起恍惚的微笑。阴阳永隔，小温只想问一声：阿赛，你在那个世界还好吗？

《百花园》2017年第4期

评鉴与感悟

小温更像是一个看淡了岁月的老人，隐于尘事喧嚣，倾心于古韵自然。而事实上，与恋人的永别已经磨去她对繁华的向往，这种生死之痛令她回归本我，追寻生命之根。

作品语言平缓、语调清冷，像一支柔曼婉转的昆曲。老坟堂上蛛丝层叠闪烁，祖宅屋瓦鳞鳞花草鲜芳，常与蛇虫共处互不惊扰，无论是枯井还是古寺，都描绘着这个古老的村庄诡异而又祥和的面容。小温身处其中并不觉得害怕，在寂静中她享受这种诡异带来的温柔和情感，这正是经历过生离死别后的淡然，死亡已经不令人恐惧，只是留下无尽的回忆，在每日的相思中消磨时光。

小温的情感正如这一曲《牡丹亭》，有着少女怀春的喜悦和生死无常的哀鸣。春蚕到死是缠缠绵绵的思念，袅晴丝吹来的是阴阳两隔的眷恋。（秦妍）

磨木头的女人

/唐丽妮

一个瘦草般的女人,在山顶上打磨方条木头。黑阳帽,大口罩,一把电动打磨机在手里握得很紧。

这是岭南的丹霞峰峦,冬阳微暖,北坡的风呼呼地吹过南坡,坡上瘦松如波浪连绵起伏。

女人手中的电磨飞旋,细碎的木屑从她脸上飞过,随风飘在斜照的阳光里,就像尘埃悬浮半空。

早上,她喂饱鸡鸭,打发儿子上学,看看天,掌心手背交换着试试阳光,是暖的,便把半瘫的婆婆抱到门前微阳下晒着。那是一棵百年老榕树的东面,阳光会越来越暖和,老人手边有被子,困了,合眼就能睡。中午的时候,儿子放学回来,热好饭菜,会端给奶奶吃,然后,还会请求对门二婶娘帮忙把奶奶搬到里屋躺下。十岁的儿子,是她的半条命,连着她的心。半年了,一直做得妥妥的,从未让她失望。

女人揪心的,是屋里那个男人。

男人进城两年,上个月才回来。是被抬着回来的。他的两条水牛样的大粗腿,没了。头发乱成草堆,两只眼圈乌青,不见了神气。她的心,发疼,发酸,像拧成麻绳的腌白菜,酸酸的泪水滴落一地。

然而,他比以前更横。

今天,就在她上山做工前,他竟然把饭菜往她脸上泼,把碗往地上摔:
"就这两丁肉,我是讨饭佬?嫌弃我了是不是?是不是?"

打磨机狠狠地磨一处突出的疤眼,女人在心里嘀咕着:"让你横!让你横!缺了腿,你还横!还敢横!还好意思横!"

夏天,她曾去过城里,找他。

她说:"山里到处砍树,修路,修亭子,锯木刨木就在山上,后山就有。后山就要开发成县里重要的旅游景点了。没几个男人愿意在村里待着,你回去做,就是顶梁柱,挣的不见得比你这里少哩。"

他横她一眼:"去去,啰唆,你那巴掌大的地方,能摆几日工?能挣几个钱?头发长,见识短!"

那会儿,他在城市的道路下挖污水处理的大沟洞。不知哪得的迷彩服和高筒大水鞋,浑身黄泥浆,硬茬茬的头发上也沾了几处黄色。他撇下她,昂头,梗着脖子,跳到那大沟洞里去了。

后来听说他又换到了别的工地。

劝不动男人,可夹到嘴边的肉,能不吃吗?她只好自己上山,学手艺,做活。

这活并不难做,电动的机子,省力。清早,跟在背砖的马队后面,踩着露水,上山;傍晚,又随着马队,披着晚霞,下山。每日,站在红色的悬崖顶上,风来了风吹着,日出了日晒着,雨来了她就歇着。挺好的。

此刻,微阳薄薄地铺在身上,啸啸山风过耳,这个瘦弱的女人,细长腰身像芒草的叶子弯弯颤颤。身后,是一树黛青的悬崖老松松针;身旁,几堆光滑的方木头齐肩高。她手下这一根是半成品,一半光滑一半还毛糙。

女人的表情藏匿于大口罩后面。

电磨机到处,细屑纷飞,有淡淡的木香撒在风中。闻着口罩外这点香气,女人慢慢沉静下来。帽檐下,两只眼睛凝神于木头的棱角,猛地想起早上那一地碎碗片,他那双闲得无处安放的大手,那张扭成歪瓜的黑脸膛……

忽然,女人脸上泛上一层热,哝一句,"男人!男人!哼,也就这熊样!"

她心里就汪了一池子水。这水在柔柔地流,流到手上,流到电磨机上，流到方条木头上，也流到世间万物上。

女人在风中直起了腰。

脚边一条小小山道，道那边还有几个女人在磨木头，也有锯木头的。长长的小山道上，偶尔有人经过，修路的，种树的，零星游客。赶马的人则吁吁地吆喝他的马……

女人心上感觉到了暖意。

她想，今天应该早点回去，杀一只鸡，做顿好吃的，一家人都高兴高兴，这坎儿就算过了。对了，他腿没了，可一双手臂还粗壮得很呢，应该寻点好木料带回家，不能白瞎了他那木刻的手艺。

当年，她嫁给他，就是被他那精巧的手艺迷了心窍哩。

最后一根方条木头打磨好了，在晚照的霞光里，光滑水润，一如女人对明天的憧憬。

《广西文学》2017年第6期

评鉴与感悟

作品刻画了一位坚强的女性形象。

"瘦草般的女人""黑阳帽，大口罩"是对她形象的全部刻画，生活的压力已经让她无暇去追求外表的美丽。她不是生来就坚强，可是当不幸和痛苦来临时，唯有她的坚强可以支撑这个家继续走下去。半瘫的老人、上学的孩子和残疾的丈夫都要依靠着她手中的打磨机生存，泪下之后，还是要想办法经营生活。苦难之中，她独自哽咽，擦干眼泪后继续为家庭操劳，为这个家过得更好想办法。虽有不甘，但作为女人更多的是心软和慈悲，对家庭小心翼翼的付出，是她最伟大的功德。

坚强的女人是石缝里开出的花，带着超脱娇柔的美，在风雨中摇曳生姿。（秦妍）

奶汤蒲菜

/宋以柱

常大爷病了。

常大爷家住平泉胡同，小独院。左邻右里，一墙相隔，鸡犬相闻。

常大爷是独居。儿子儿媳在美国，要常大爷和老伴去哄孙子，并欢度晚年。常大爷一口拒绝了。常大爷的理由是，在大明湖边长大，也不会再离开了。常大娘叫李玉贤，随儿子儿媳去了美国。

常大爷疼爱孙子。不是不愿意去美国，他生的是儿子的气："他们是在那打工，又不是能自己做主。"常大爷独居至今，一晃已经五年多了吧，或者是六年了。

常大爷从织布厂退休后，还是住湖边的老房子。一早到晚地转大明湖，没人的时候就唱，唱河北梆子："从今后上金殿你莫下跪，你与寡人我并肩齐。"腔调有点让人热耳暖心，是《打金枝》。左邻右里知道他闷，不好说什么。倒是常大爷的二妹常二姑说："我大哥心里苦。"常二姑离得也不近，在大明湖的南边。隔一两周，常二姑就来看看这位个子高脾气倔的大哥，给常大哥做做饭，洗洗衣物。常大爷喜爱的饭菜不复杂，蒸花卷，小咸鱼，奶汤蒲菜。见不到蒲菜的季节，常大爷就常叹息。好在常二姑会做蒲菜，花样并不多，常见的是：干辣椒炝蒲菜，蒲菜鸡肉羹，奶汤蒲菜。不管啥手法做的蒲菜，常大爷不声不响地吃。唯独那个奶汤蒲菜，常大爷一喝，就长叹一声，那声音的意思是：还不如清水白煮呢。

常二姑自然明白，话里不让常大爷，不紧不慢地说："不如你家李玉贤做得好吧？"常大爷赶紧地拿扇子出门，去湖边唱那两句《打金枝》。

常二姑接到电话，才知大哥病了。常大爷只留了常二姑的电话。李玉贤倒是常常来电话，偷偷摸摸地，毕竟是长途，说不了几句，就得撂电话。常大爷生气，那边电话也不留。常二姑还没见到常大爷，就先给引到医生办公室。

"出院吧，胰腺上的病，在这和在家一样。"医生问明白常二姑和常大爷的关系，直接和常二姑说。

常二姑不同意，她说："家里就他一个人，倒在地上连个应声的都没有。"二姑含了眼泪说大哥替父母把我们几个养大，最后落个老来无人管。

二姑央求医生说："让我大哥在这儿住半个月，用点好药，别让他身子塌下来。半个月后我一准接走。"

这半月时间，二姑天天来，一日三餐，洗洗涮涮。常大爷脾气大，还常数落她："你瞧你做的蒲菜，汤不是汤，菜不是菜！"常二姑打小嘴不让人，常大爷病了也一样，那嘴像二月二爆豆子："你两个弟弟不在这边，你老婆孩子在美国，没闲人伺候你，你还跟我这使劲，嫌三嫌四的，没饿死你。"常二姑嘴上使劲，心善，饭菜有花样有软硬，衣物干净利索。日光好的时候，常大爷走去院子西南角唱那两句《打金枝》，常二姑就怎么也止不住泪珠子。

雨水已过，未到惊蛰。湖里还有冰碴。湖边的绿色已经可见了。湖里的蒲草冒新芽了。湖边的人多起来了。常二姑从家里经湖边去医院，走得一天比一天累。大哥从年轻时又为爸，又为妈，对两个弟弟一个妹妹，严厉到苛刻，打小，两个弟弟就和大哥做对头，到现在，在感情上还是和大哥有隔阂。两个弟弟，还有常二姑，却都没当工人，都大学毕业有了好工作。

倒是常大爷自己到结婚时，还光溜溜只有几间老房，大明湖周遭没见到那么寒酸的婚礼。

"真不如牲畜呢。"常二姑私下也骂二哥三哥。

常大爷出院了。他一再坚持，回大明湖边的老房。"回去舒坦几天。"

常大爷舒一口气。对妹妹常二姑说："妮子，我可吃够了你的蒲菜了。"哈哈哈大笑。声音不洪亮了，有点勉强。

常大爷瘦得不敢认了。四邻一看都明白。到了院门口，常大爷步子猛地快起来。常二姑在后面一笑。院子里站着儿子儿媳和一个小小子，一大堆箱子皮包。

"爸，那边收拾利索，耽误了几天。"儿子搓着手。常大爷没理，三两步跨进门去。桌子前站着的是李玉贤，满脸的泪。矮脚桌上，是一碗奶汤蒲菜，宛若白玉汤，飘着几块火腿。

"是这个味。"常大爷看着李玉贤。

"就是这个味。"

《山东工人报》2017年4月5日

评鉴与感悟

"老伴"是一个浪漫的词语，少年夫妻老来伴，总有些执子之手、与子偕老的意味在其中。常大爷在独居的那段日子里，心里最想念的是他的老伴李玉贤。

独居的他会一早到晚地转大明湖，唱那两句《打金枝》，什么菜也不挑剔，却唯独对老伴李玉贤的拿手好菜——奶汤蒲菜万分挑剔。其实常大爷与传统意义上的独居老人不同，传统意义上的独居老人往往会埋怨子女不孝、姊妹们没有情义，而常大爷是一个看得透的老人。他明白儿子长大了有自己打拼的天地，会有自己的家庭，会慢慢离开自己；他明白自己的弟弟们或许是因为年少时的隔阂，但更多是因为弟弟们也在为他们的生活和家庭付出、打拼才不来照顾他。所以他不埋怨子女，也不苛责弟弟。能让他思念并有些赌气的只有老伴李玉贤，常大爷真正想要的不是子女或者姊妹时常的照顾与陪伴，而是一种能够一直相伴的感觉，这种感觉寄托在奶汤蒲菜中，成为他思念老伴时心间的红豆。

当爱情在时光的打磨下成为生活的一种习惯，白发伴侣再不提那些浪漫的字眼，陪伴成了无声的告白。（秦妍）

第六辑

以语言之刃劈开现实的"坚冰",打开一个隐秘的人性空间,不回避、不忽视每一个个体生命的痛苦体验,对人性的关怀与悲悯令作品具有别样的隐喻意义。

衣裳在寻找

/徐慧芬

前些年我的一位居住在英国的亲戚回来，送给我一套裙装。她说是依照我的样貌特意为我量身定制的。深褐色的纯羊毛面料，质地有着黑咖啡般的沉着，面料的织法，却呈现自然的手工印迹。裙装的每个部分每个细节，都缝纫配置得恰到好处，让人找不出一丝粗心的感觉。式样呢，亲戚说，是那个国度经典的传统淑女装。

我穿上身后，几乎所有人都欣赏亲戚的眼光。在一次艺术界朋友的聚会上，一位德高望重的老画家细细打量了我一番，忽然发表高论，他对着满座说笑的朋友们说："这是一个讲究突变的时代，今日艺术界的热闹，以创新的名义也好，以变革的理由也罢，最终不能沉淀出经典的作品，都只是一堆令人眼花缭乱的泡沫而已。什么叫经典？你们看看这位女士的这套裙装，我们从老电影里看到过，那是百多年前的时装，但现在依然摩登，我想这样的衣服，即使一百年后也不会过时的……"从此，我对这套衣裙有点舍不得多穿，只是在比较重要的场合才穿上它来为我增色。

这几年，我人瘦了下来，面色由红润白皙变成苍黄晦暗，医生说我得了焦虑症。也许是吧，心情总是好不起来。弟弟的病，几乎花掉了几家人的积蓄，让医院狠狠赚了一把后，最终还是把他送往了火葬场；相识多年的好友，揣着从我手中借得的我娘家拆迁老屋后刚分得的份额款，奔向他国后从此销声匿迹音信全无；邻家大叔在公共场合为一位受欺负的老者说了句公正话，被人打断了四根肋骨找不到施害者，躺在床上，天天听得到他老妻的埋怨声……

我对身体安放的这个环境日益不安，忧心忡忡。我曾经是一个多么喜欢写作的人，现在捏起笔来已无精气神。所谓作家，如对于这个世界显得多余，写作还有什么意义！我越来越瘦，这样一件非常得体曾经让我骄傲的衣裳，现在套在我身上已过于肥大，像是全然不属于我。我躲在家里整日不想出门，亲人们劝我一定要走出去，一个写作者怎么可以当鸵鸟呢？恰此时，我接到一个笔会邀请。

我到会务组报到时，被告知已有人要求与我同室。这是一位比我小十来岁的女士，她虽来自小城，但温文尔雅，谈吐得体。她说我是她的前辈，她很喜欢我的作品，并举出一二分析起来。这让我惭愧，我告诉她，其实我这两年文思渐枯，实在不想用空洞的文字去糊弄读者以赚虚名。但她最后的一句话让我感动至今，她说我是为经典而写的。

会议两天，我们几乎形影不离，夜夜深谈过子时，谈文学，谈写作，谈读书……我的心境就在这短短的几天里起了变化，觉得人活着还是蛮有意思的。我突然想到，我的那套裙装对她来说一定非常合适。我告诉她，若不嫌弃，我有这样一件衣服想送给她，她很高兴，乐于接受。我不想邮寄，以免丢失。我们说好，明年开会，我会带来。

第二年，会期至，我精心包裹好这套衣裙，拖着行李箱来到会议地，会务组告知她已与一位杂志社的女主编同居一室。我见到她时，她正与人谈兴甚浓，我几乎插不上话。第二天早餐时碰到，我刚想告诉她衣服带来了，可抽空去我房间一试，可转眼间，她人不见了。即使是会议休息时段，她也像一只忙碌的蝴蝶，在人群中飞来飞去。一会儿端着相机给人照相或与人合影，一会儿与人交换名片互留手机号，一会儿又成为几位男士围绕打趣的焦点……

午饭后的两小时休息时间，我上楼去找她，她正挽着那位女主编的手下楼，去宾馆外那家时装店。晚餐间，邻桌的她，换了新装，更加夺人眼球。几位先生与她举杯拼酒，笑声喧闹声惊动了周围好几桌人。

我回到房间，躺了会儿，估计她也该回房了。我捧了我那套衣服去敲门,却被隔壁人告知,她和一群人去逛夜市了。

第二天早晨,她还睡着,我已乘上火车,返往故里。行李箱里仍放着那套准备送出去的衣服。我猛然觉得,这套衣服,光是这样沉闷的色泽对她也不合适了。我对她终究是失信了。

以后,听说她的名气越来越大,并已走出国门,经常出席各种会议。而我似乎越来越不愿出门,与她很难再见一面了。我时常想念她,想念初次见面时,她羞涩的笑容、诚恳的话语。

我依旧瘦,那套裙装依旧挂在我的衣橱里,一直没有身体充实它,仿佛失去了灵魂。它同我一样,焦虑,寂寞。那么有谁适合它呢?

《微型小说选刊》2017年第6期

评鉴与感悟

每一套衣裳都在寻找一位合适的主人。它们挂在衣柜里肩并肩、头靠头,叽叽喳喳,无休无止。无论是鲜亮或黯淡、华丽或朴素、新潮或古典,各自有各自的灵魂。一旦找到了主人,它们便焕发最美的光彩,风光过一个月、两个月、一年或两年,直到不再美丽不再鲜亮,被人收回柜里,安然而满足地沉眠。衣裳在寻找,寻找什么呢?正寻找着一个能令它们招摇风光的美丽灵魂。可是没有身体充实的衣裳仍有灵魂吗?失去心仪主人的衣裳仍有灵魂吗?人心善变,今夜的月光明日便隐没,今夕的花朵明朝即成枯槁。生活索然无味的人穿不出衣裳的风采,得不到展示的衣裳仍能保有灵魂吗?今天你喜爱的,明日便遭你厌弃,遭到抛弃的衣裳还能找到灵魂吗?可它们仍无言地等待着。明珠蒙尘固然可惜,但若是无法受到欣赏,蒙尘也罢;好物积灰固然可惜,但若是没有合适的心境,积灰也罢。只是所有的伤痛会被抚平,所有的阴雨终将消去,一切的等待都会归来,寂寞也许不会永远成寂寞。寂寥的衣裳在呼唤,魂兮归来。(风夜)

海布楞

/张港

啥是布楞？布楞就是大清时的军中号角，有牛角的，有黄铜的，还有一种大号海螺做的，叫海布楞。大北方放牧的达斡尔人，是从老兵安代那儿知道海布楞的。

梅里茨屯的安代说，他就是吹海布楞的布楞手。进西藏征进犯的廓尔喀，布楞手安代，脑门子暴青筋，腮帮子鼓出血，吹沸了达斡尔披甲的心血，吹颤了廓尔喀人的肝胆。正吹得欢实，一弹打来，射穿了海布楞。

安代回到嫩江草原，背一只带窟窿眼子的海布楞。安代说海布楞是军中神物，安代说海布楞是皇帝所赐。围观的人说："吹一个。"安代拿绸子条堵塞窟窿，站在高处一吹，只出一声，就罢手摇头："没半点儿军中豪气，没半点儿军中豪气。"

有人说了："海布楞吹出的声如老牛撒尿，什么军中豪气，什么皇帝赏赐，不像实话！"——草原尚无盗窃奸淫，谎话妄语是极大的人格缺失。

从此，安代不再说话，低头走路，只给人看五虎抓地的英雄步。有人看见，安代独个一人对大江哭泣，念叨军中豪气什么的。

安代有了儿子，喝江水吃牛肉的儿子安宝儿，风吹着长大。

那年，正是那年，柳蒿芽半绿高冈的时候，十五岁、狼眼睛、牛脖颈儿的安宝儿，不见了。怎么找也找不着了。安代一急，成了老安代。

过了三年，贩皮子的老西子来了。老西子一听安宝儿不见了，惊得踹翻了火架子。老西子说："坏了，可坏了！这孩子是去找大海了！"

"找大海？"

原来是，爱显摆见识的老西子，大吹到过大海，大吹见过大海螺。安宝儿曾问这问那，又给老西子灌了酒。老西子说："大海远在三千里外。"这不是错话。要命的是，这老西子随手一指，说了大海的方向——他指的是东方。

在嫩江草原，一千人没一个见过海的，可是，全知道大海是在南方，没听说过东方有海。

草青草黄，冰结冰消，只一晃儿，弯腰驼背的老安代，过八十岁了。这人整天背对朝阳，蹲沙冈上看嫩江翻浪。天天如是。嫩江成冰，他就走上江面，踩雪窠子游荡。

雁叫招云，湿风带雨。这一天，蹲柽柳丛后的老安代，见牧人安顿了马群，就从一拐一晃换成英雄步，走出来招手："抽口烟，歇歇。"

牧马人一见八十多岁的老安代，心里多出好几种味道。这人太老了，人人得敬着；这人讲话太絮烦，像酒后硬灌的白水。

老安代冲牧人一矬身子，笑笑说："知道吗？其实，往东走，也有大海。"这话，百里江岸男女老少全听厚了耳朵。大家全附和着，全微微笑着，心里全在说："安宝儿，是条汉子，可是他走错了方向。"

是啊，掐指算来，安宝儿也过五十了。跟他光屁股一起长大的，也是老人了。人人可怜着老安代，人人认为这就叫魔障。

老安代拿出已经摩挲得浑圆的海布楞，凑近牧人说："要是不中枪子，吹出的声音，那真是壮气。"说着，又凑近些，想让牧人看他的海布楞。牧人假装有马出群，打马跑了。

老安代抚摸着浑圆的海布楞，仰脸自己说："要是不中枪子，吹出的声音，那真是壮气。"

正絮烦着，老安代忽地大叫："啊——呀——"在草地上翻滚起来，跑起来，大叫："听到没有？听到没有？"

牧人见老安代五官都移了位置，只得勒马静听。牧人说："风声，贴地风。"

"不是,不是!"

牧人跳下马,侧耳又听,他惊讶了:"这春尾巴,怎的有了秋声?"

"再听。"

牧人伏地再听,大叫:"似有马队!"

老安代奔跑起来,朝那声音喊:"海布楞——海布楞——"

群马蹄腾,百鸟冲天,牧人冲老安代喊:"可不好了!有兵马杀来!"

老安代扯住缰绳说:"不是兵马,是海布楞。"

牧人将信将疑,二人朝声音跑去。渐近声渐小,后闻断气之声。二人奔到钻天杨下,只见一个长发遮肩盖脸、衣裤破烂的人,四肢僵直,倒在沙砾上。

那野人,忽地跳起,怪声嘶哑:"这,可是梅里茨屯?"

二人点头。

"可认得,安代老爷?"

"我……我……我就是!你是安宝儿?!"

那人捧出只大海螺,倒地叩头:"爷爷,爷爷!你吹,是我爹,给你的……"

《百花园》2017年第6期

评鉴与感悟

那究竟是远方的海。

大海螺里听见的是海,吹出的亦是海,小小一盏带着窟窿眼儿的海布楞,吹出了千军万马、汪洋浩汤。老安代活在草原上,安宝儿不甘留在草原上,安宝儿的孩儿回到草原上。一个从未见过的虚幻之海,一朵难以再吹响的海布楞,连系了三代人对远方最美好的向往。安代等成了老安代,安宝儿再也未归来,三千里外不知能否寻见的海,蹉跎了两代人的岁月、满腹愁肠;他们可悲又可怜,而又有哪里可悲的呢?心怀希望的人,永不需要任何可怜。

荣光皆尽逝去了,兵马皆尽远去了,留下的只有一个挨过枪子儿的海布楞，一个因执念而几近痴傻的老安代。安宝儿走了，昨日亦离去了，而明日却风尘仆仆地来了，挟着风声、马声、万鸟啼鸣，与一个野人似的孩儿。那孩儿不要体面、蓬头垢脸，衣裤破烂如野鬼。可他掀开衣襟，捧出那只大海螺——那究竟是远方！（风夜）

一支箭

/何君华

我家正北的墙面上挂着一支箭。这支箭看起来普普通通，却颇有些来历，那是很久之前的事了。

父亲永远也忘不了那一天。已接近黄昏，祖父道尔吉依然两手空空，没有猎物神箭手也无计可施。父亲沮丧地低着头，一天没有吃东西了。行至白音杭盖时一只灰色的野兔从眼前仓皇奔过，祖父举弓拉箭，兔子一箭毙命。祖父的箭法果然名不虚传。父亲毕力格兴冲冲地跑去捡猎物时，另一只手同时抓住了野兔。

"兔子是我们打到的！"那个身穿旧皮棉袄的小男孩说。

"不，明明是我们打到的！"我父亲毫不退让。

"我们的箭是由南向北射出去的，而你们却在东南面。很明显，这只兔子是我们射中的，你快把兔子给我！"那个男孩争辩道。

"你根本就是在说谎，我才不给你！"年幼的父亲和小男孩谁也不让谁。

就在两人相持不下的时候，小男孩的父亲赶到了。

"好啦，把兔子给他吧。"小男孩的父亲摸着小男孩的头说。

"不，兔子是我们打到的，我不给！"小男孩倔强地说。

"好啦，给他吧。我们再去打，我保证一定还能打到一只更肥的兔子。"小男孩的父亲拍着胸脯说。

听父亲这么一说，小男孩虽然心有不甘，但还是松了手，一步一回头地走了。

"你今天让我丢了脸。"晚上回到家时，祖父道尔吉很快发现了问题，他生气地说，"毕力格，这只兔子明明是人家射中的，你为什么要抢回来？"

我年幼的父亲争辩道："阿爸，这明明就是你射中的。"

"毕力格，我告诉你多少次了，做人要诚实。"我的祖父失望地说，"你不要再狡辩了。你来看看这个。"说着祖父把那支从兔子身上拔出的箭矢高高地举起来给我父亲看。

那是一支箭头上不带倒钩小刃的箭矢——显然不是我们家的箭。

父亲低下了头。

"上马吧，毕力格，我们去给人家道歉。"祖父说道。

"天这么晚了，阿爸，明天再去吧。"父亲乞求道。

"毕力格，上马！"祖父坚定地说。

"阿爸，你真的要把兔子还给他们吗？"父亲仍然心有不舍。

那是一个饥荒的年代，祖父一家已经很久没吃过肉了，就连大米渣子粥也很难喝饱。

"毕力格，我们家虽然穷，但是别人的东西我们不拿。不要再说了，快上马！"祖父语气坚定地说。

祖父领着我父亲连夜赶到了那户牧民家。

"我的孩子今天给我丢了脸，请你原谅。这只兔子是你射中的，我们把它还给你。"祖父恭敬地把野兔递给了那个小男孩的父亲。小男孩的父亲也是豪爽之人，"当时天色已晚，也实在不好分清到底是谁射中的，不如我们各分一半吧。"

"不，它就是你射中的。我从兔子身上拔出了属于你的箭。"祖父坚定地说。

"既然这样的话，那我也应该分一半给你——作为你们远道将它送回来的赠礼。野兔本来就是天神腾格里赠给我们蒙古人的礼物。伟大的成吉思汗曾经说，牧场不能一人独占，所有的牧民一起放牧牛羊才肥壮；美酒不能一人独酌，所有人一起畅饮才清香。我们理应分享它！"那位牧民爽快地说。

"感谢你的好意。"我祖父坚定地说,"如果你当真愿意有所馈赠的话,就请你将这支箭送给我吧。我将把它作为我们家族耻辱的象征来永世珍藏。"

这就是我家墙上那支箭的来历。我到白音胡硕牧业局上班那年,父亲去世了。他将那支箭传给了我,并向我讲述了上面这个故事。

我将这支箭仔细端详,它不像我们家族的箭矢一样有着洁白的箭羽和笔直的箭杆,它做工过于简单,甚至显得丑陋,但我确信我并不会丢弃它,我一定会像祖父说的那样,将它永世珍藏。

《草原》2017年第5期

评鉴与感悟

诚实是中华民族最为传统的美德之一,数千年来始终为人赞颂。富足年代里诚实值得赞美,却还不到可敬的地步。可一旦到了生死关头,人仍能保持纯洁心性吗?父亲的经历为我们做出有力的回答:能。

那是一个缺衣少食的艰苦时代,大渣子粥难以填饱肚腹,吃一次肉更是孩子的奢求。祖父外出打猎,眼见要无功而返,突然蹿出的野兔给了饥饿的父亲希望,让他不顾一切将之争取到手——尽管那并不是他们的猎物。那原是多么好的一样猎物啊,在这饥寒交加的冷夜里,没有什么比香热的兔肉更能给人抚慰。可是父亲的热情被祖父浇灭,祖父对他说:不。

人的性命诚然可贵,可生命中终究有无穷尽的即便丢掉性命也要坚持或守护的东西。自由是其一,诚实也是其一。没有自由,人类就无法守护;没有自制,人类就不成人类。正是这种危难关头的克制难能可贵,尽管身体忍受痛苦,心灵却得到净化与抚慰,灵魂也因此绽放出人性的光辉。

寒冷的夜已经化为记忆中的模糊影子,仍然锋锐的箭头却冷冷注视着人间。(风夜)

一枚翡翠戒指

/安谅

太太下班回家,在厨房里忙乎了一阵,没先把饭菜端上,倒是目光怪异地盯视着明人:"今天,谁来过了?"明人把视线从书本上收回,一脸茫然。

"这个戒指是谁的,放厨房的?"太太也不兜圈子,直接亮了底。

明人接过戒指。是一枚翡翠戒指,通体呈微透明,带点祖母绿,虽无纹饰,但显细腻莹润,艳丽璀璨。不过,一丝裂痕,隐在其中,若有若无,不易察觉。这是谁落下的?

这两天明人因为眼疾在家疗伤。今天倒是有一对朋友夫妇来登门看望过他。他蓦然想起,他们还带了两个金灿灿的哈密瓜。那位热情的少妇婷还拿了一个进了厨房,捣掇了一会儿,把切成块的果肉白嫩、浓香四溢的哈密瓜端了出来。每块果肉上还插着一根牙签,几张餐巾纸裙摆一般放在瓜碟边沿。明人当时不禁赞叹:好心细呀。

两片桃红飞上了少妇婷的脸颊。她的丈夫杰笑不露齿,微微点点。

不用说,那枚戒指应该是婷那时不慎拉下的。

他迅即以此回答了太太。太太也不吱声,又转身进入了厨房。

明人立即拨通了杰的手机。他第一句话就是:"你和太太上午过来,把戒指忘在厨房里了。"说得有点单刀直入,而且大着嗓门,也是为了让太太听见，说明自己说的完全不假。

对方的回答得却让他迷糊了："戒指，没听说呀。"

"是一枚翡翠戒指，你太太没说吗？"

"没说过呀！"那边回答得也挺干脆。

"那你赶快和你太太说一下，赶紧拿回去！"明人不想纠缠，更不想惹是生非，厨房里太太说不定正屏息静听着呢。

为表明自己磊落和实诚，明人当即又拨了司机的电话，说："你到我这儿来一下，把一位朋友杰的戒指拿上，你方便联系他，交给他。"他把杰的手机号也转发给了司机，才轻轻吁了一口气。这时，太太轻轻端上了香气扑鼻的饭菜。

大约一周之后的傍晚，太太忽然又问道："那枚戒指还给人家了吗？"明人不觉愣了愣："这，这，应该司机早给了吧。"太太也没再说什么，仿佛随便问了一句，明人心里倒是搁上了一块重重的铅。

第二天一早见到司机，明人当即问道："那枚戒指拿走了吗？"司机的回答让明人大吃一惊："没有呀，我打了几次电话，他都说知道了，知道了，暂时没空。"明人的脸不由得抽搐了一下。这小子忙什么忙，连太太的戒指都没时间取一下？

明人上了车就拨杰的电话，显示的是接通的信号，但好长时间没人接听。也许他还在睡懒觉吧！杰是做生意的，自己就是老板，属于数钱数到手发麻，睡觉睡到自然醒的那一族，他们是令人艳羡的一族。而婷是一位演员，名声不大但也在许多影视剧中常常露脸。这对年轻的夫妇对明人挺尊重的，明人在政府工作，他们有时也有一些小事相托。电话无法接通，硕大的沉重的铅，还压在心坎上。明人想到自己的通讯录里也有婷的号码，于是，就心急火燎地拨了过去。

婷倒是很快接了，一声："明哥，早呀！"甜甜的，听得悦耳。

明人说："你戒指丢在我家了，怎么杰老不来拿？"

"戒指？杰没跟我说呀。"

"什么，没跟你说，那枚翡翠戒指不是你的吗？"明人大感不解。

"翡翠戒指，是落你家了吗？是我的呀，可杰没说过呀。"婷的话，似乎也不容置疑。

"我早就和杰说过了，你们这么多天都不来拿。杰还在睡觉吗？让他接电话！"明人有点不爽，脾气上来了点。

"我没和他在一起呀，我在横店拍戏呢。"婷回答得也很直率。

明人气有点瘪了："那，那你们抓紧时间与我司机联系，尽快拿走呀。"

"好的，好的，嫂子没吃醋吧。嘻嘻。谢谢明哥，多保重。"婷挂了电话。明人未免带点懊丧的口吻，对司机说："过两天，你再打他电话催催。"司机点了点头。明人眼望窗外，不远处，有几只小鸟欢叫着飞掠而过。他似乎眼前一暗。

又是一周后，明人赴约，是一拨好友。快到时，他还打了电话询问召集者都有哪些人。他听到了杰的名字，脑海里立时又浮现出那枚翡翠戒指，连忙问司机，戒指拿走了吗？回答仍是否定的。司机的神情都有点气恼："我打过他几次电话了！"

"在车上吗？你给我，今天正巧可以碰上他。"明人说。

司机从车座底下摸索了一下，掏出用淡色眼镜擦布包裹着的戒指。明人把它小心地揣进了胸前的口袋里。

明人见到了杰，杰依然潇洒倜傥，英气逼人。

当着大家的面，明人问候了杰，还提及了婷，说你怎么没把她一块叫来，她的戒指还在我这儿呢！明人说着，准备拿那枚戒指，右手已触碰到了口袋上沿。

杰满脸春色地叫了一声明人："明哥好，好久不见。"但说到婷，还有那枚戒指，他眼光暗淡了一下，似乎有什么东西倏忽飞掠，脸带笑意，但显得牵强。这时，坐边上的一位朋友扯了扯明人的衣袖，在他耳边悄声说道："他和老婆早就分居了。"

"什么时候的事？上次来我家，似乎也挺好的呀。"明人纳闷，也轻声问了一句。

"都快一年多了。外人不知道，你也看不出呀！"朋友嗔怪。

明人无法回答。也许，他们是太会表演了。他在心里嘀咕，只要不是这枚戒指落在自家惹起的，与自己就毫无关联。这么一想，沉重的心忽又轻松起来。

活动结束，一出门，明人就给婷去了电话："哎，你在哪儿呢？明天我就让司机把戒指送还到你手上！"说这话时，翡翠戒指像火苗一般烙了他一下。那边婷却咯咯咯地大笑起来。

"明哥，那是假翡翠，不值钱的！还有你不要怪我哦，我是故意落在你家的，看看嫂子有多雅量，我好有机可趁呀。"接下去，是一串坏笑，银铃般地，撞在心头，却很刺痛。

明人挂了电话。他愣怔了半晌，从口袋里摸出了那枚戒指，仰首对着灯光，他凝眸细看。碧清绿翠中，他分明看见了一丝淡淡的裂痕……

《北京文学》2017年第2期

评鉴与感悟

人们采集翡翠原石时，顺着石块上花白的蟒纹解石，运气好时便能擦出极美的绿色小窗。用手电顺着窗口内照，水头明亮或黯淡，无一不是令人开心的。可无论是祖母绿还是帝王绿，多么剔透美丽的翡翠石，都抵不过任何一个出现在其中的小小裂缝——裂缝意味着破碎，意味着不完满，再小的裂缝也会蔓延成难以填补的沟壑，再美丽的翡翠也抵挡不住这伤痕般的遗憾。坚硬的宝石尚且如此，人心呢？

爱情里最忌讳互相猜疑。两个人在一起，各自付出感情，即便无法对等，却也保持着最完美的平衡。在这个天平上，恋人交付爱意、柴米油盐，互相扶持，走过余生。任何一点猜忌，都在为天平两端灌泥填沙，等到哪一日平衡打破，随之而来的便是隔阂、矛盾、争吵、痛苦，有缘人分道扬镳，实在是最让人遗憾的事。即便是重归于好，裂缝已然存在，伤痕已然存在，"纵使齐眉举案，到底意难平"。美丽如翡翠的爱情之中就此留下裂痕，全然的信任在此间悄然逝去，这裂痕也许变大，也许不会变，但它永远留在那里，只等待往柔软的心脏扎上一刀。翡翠有价，爱情无价，去相信亲爱的人吧，唯这份信任能为夜幕添彩，令爱情如宝石般，灼灼明亮。（风夜）

藏青色西服

/季明

工地离住处,有很长一段路程,老磨他们需要坐公交车回去。

傍晚,收工之后,累了一天,满身都是泥灰和臭汗,老磨他们一屁股瘫坐在地上,喝喝水抽抽烟。没有立马动身回去,一方面是喘息片刻,另一方面呢,老磨他们是在等大傻。

大傻,真名叫于大厦,喊来喊去,老磨他们就给他起了个绰号:于大傻。大傻跟老磨他们不一样,每次收了工,立即跑到水龙头前,脱掉工作服,将浑身上下仔细地冲洗干净,然后从带来的包里,取出一套西服,换上,再把脏工作服,裹上塑料袋,塞进那个包里。

那西服,是藏青色的,大傻来到这个城市打工,刚领到第一个月工资,就上街买了这套西服。有时候,老磨他们在旁边,冷眼看着大傻在那里瞎折腾,就觉得这大傻,真是个大傻,浪包,穷烧!

等大傻换洗完毕,老磨他们才站起来,一块儿往回走。这景象有些独特,一群脏了吧唧的民工队伍里,走着一位身穿干净而笔挺西服的人,很是不协调,同时,也让大傻显得很另类,很不合群。

回去的时候,正碰到下班晚高峰,公交车上异常拥挤,但只要老磨他们一上来,人群立马闪开条道,让他们过去,毕竟谁也不愿意让自己的衣服,与泥灰和汗水亲密接触。这个时候,车上绝对没有空座位,但老磨自有办法，他来到一个座位旁，站住，随着车的晃动，身体与坐着的乘客，始终保持着若即若离的距离。在泥灰和汗味的骚扰下，终于，那位皱着眉头、捂着鼻子的乘客，忍无可忍，狠狠瞪了老磨一眼，起身离开，老磨赶紧一屁股拍到座位上去。

这一招，老磨屡试不爽。有时，他刚坐下，身边的乘客也被熏跑了，老磨立马兴奋起来，大声招呼同伴，来来……这里有空位。

这时候，一身西服的大傻，则静静地融合在人群中，用不屑的目光看着老磨，他最讨厌的，就是老磨这个拙劣的表演。

对这套西服，大傻很爱惜，不穿的时候，就仔细地熨烫好，挂在自己的铺位上，因此，这套藏青色的西服，总是保持着笔挺而整洁的状态。

节假日不干活时，老磨他们喜欢逛逛街，穿着也很随意，有的干脆就穿着皱巴巴的工作服。大傻则不同，必须换上西服，才出门。这样一来，大傻就很醒目，在一行人中，很有些众星捧月的样子，似乎他是红花，老磨他们是绿叶，或者说，他是鹤，而老磨他们则是鸡群。

这令老磨他们非常不舒服，就与大傻拉开了距离。

一次，老磨斜着眼睛，说，大傻，穷烧个啥哩？瞧把你能的，穿上西服你还是农民工，变不成城里人！

大傻不服气，说，穿干净点不好吗？农民工就应该是脏兮兮、臭烘烘的形象吗？那是犯贱！

大傻又说，挤公交时，你看人家那厌烦的目光，我都替你脸红。

这话，噎得老磨直翻白眼，一愣一愣的。于是，老磨他们就决定，必须收拾一下大傻。

这天，收了工，冲洗完毕，大傻却发现那个装着西服的包不见了。大傻急了，遍地翻找，可横竖找不到。

老磨他们坐在地上，喝水抽烟，冷眼看着大傻忙活，偷偷地笑。

过了许久，满头大汗的大傻，仍然四处寻找那个包。

老磨喊，大傻，别找了，再不回天就黑啦。

又有人喊，大傻，你那西服，长翅膀飞啦。

大傻不听，光着膀子依然在工地上乱跑，执着地寻找。老磨他们说，真是个大傻熊！就撇下大傻，先走了。

当老磨他们得到消息,赶到医院时,大傻已躺在了手术台上。在寻找西服时,楼顶一截钢筋松动,倏地掉下来,从大傻的左肩膀插进去,从腰部穿透出来……

老磨他们怔怔地守在手术室外,彻底傻了。

过了很久,大傻才被推出来,仍处在昏迷之中。老磨哭了,冲上前去,喊,大傻,不穿那西服,你他娘的能死啊?!

第二天,老磨他们来到工地,从一堆水泥里,挖出那个装着西服的包。它,已经变成了个水泥疙瘩,半晌,他们都没说话。

许多天,老磨他们都像丢了魂儿,蔫着脸,闷头干活,那件藏青色的西服,总是在眼前晃动、晃动……

一个月后,大傻出院了,但需要回家继续休养。那天,老磨他们专程上街,精心挑选,给大傻买了套藏青色的西服,送了过去。

大傻走后,老磨他们每人也都买了套西服,藏青色的,像大傻一样,收工后,冲洗干净,换上西服,再去挤公交车。这时候,他们才发现,乘客们的目光,很平和,丝毫没有了厌恶、敌意和距离,能同这个城市的人们亲密地挤在一起,坐一程车,这感觉,真不赖!

于是,老磨就给大傻打电话,他说,于大厦,现在咋样?

老磨说,于大厦,养好了赶紧回来吧,我们等着你。

《小说月刊》2017年第1期

评鉴与感悟

人与人之间的尊重既平等又不平等,唯有自己尊重自己,才能要求他人尊重自己。人类的尊严是由自己亲手构筑的,一个人不要尊严,便无怪于别人要轻视他。文本重心的相互尊重与农民工,二者皆是社会热点话题,可是要知道每一份尊重都有它的理由,不尊重亦然。社会问题的背后,折射出的是人性不一、素质差异,更是一个人能否对自己负责的责任感的不同。

西方有时用 black sheep 来指代叛逆者,多是带贬义的意味,可叛逆又何尝不是一种另类的抗争呢？"大傻"便是这样一只傻傻的黑羊，是农民工之中格格不入的叛逆者，也因此遭到了工友的轻视甚至是戏弄。一个与漫天尘土泥灰做伴的农民工，要什么体面呢？在工友们看来，他的举动是那么装模作样，令人发笑，那干净整洁的藏青色西服看起来如此扎眼，时时刻刻嘲笑着他们的邋遢——他本也该那么邋遢。他们怀着最酸穷的恶意咒骂着这只黑羊，用最拙劣的手段去戏耍他。

鲜血最终冲刷了这酸臭的妒意，眼泪洗去了偏心另眼的滤镜，从灰土尘末中剥离出来的，却竟然是最金灿灿的宝贵尊严！藏青色西服既是悔恨的补偿，又是自尊自爱的象征，从此面对的眼神只有尊重与平宁。（风夜）

假 面

/非花非雾

素青用毛巾擦去镜上的水汽,仔细端详自己,叹口气。原来紧紧实实、纤纤一握的腰肢,现在松松的两把有余,摸到后腰,一大把软肉,和摸到前胸感觉一样了。素青又叹一口气:"岁月是把杀猪刀。"

"那谁是猪呢?"素青吃一惊,回头看到雪婵,瘦骨伶伶地站着,用毛巾擦着头发上的水。在这种集餐饮、洗浴一体的中档休闲中心洗澡,碰到熟人是常事。

"你这腰,跟妙龄少女似的。你怎么也胖不起来呢?"素青由衷地羡慕。

雪婵找到优势,矫情起来:"我也没法,我从来不减肥,也从来不化妆。"

素青笑了:"你应该倒饬一下,祛祛斑,打上粉底霜,化个淡妆。"

雪婵不以为然:"不都说男人喜欢不化妆的女人吗?"

"男人喜欢的是不化妆也漂亮的女人,不漂亮又不倒饬,不是讨人嫌吗?"

雪婵望着素青的脸,不服气:"如果妆化'过'了,像一张唱戏的假脸,也不好看。"

素青自信地说:"我习惯了化妆,如果不化妆,就出不了门,心情特沮丧,什么事也做不好,像男人犯了烟瘾一样。"

雪婵想说什么,张了张口,没有说出来。

她们同岁又同乡,都嫁给在新疆部队当兵的老公,随军。几年后都随着转业的老公安置了工作，在供销社做人人羡慕的售货员。后来，供销社转包给个人，雪婵承包了服装柜台，素青赶了个鲜，低价租下供销社的一间门面，开起第一家扎啤店。再后来，供销社改建成大酒店，雪婵组合进去，做管理员。素青的啤酒店红火过后，她又赶上另一项最热门的生意：销酒。

素青的丈夫是一名警官，做文字工作，高高帅帅戴副眼镜。当初相亲，他看到她在河边洗衣服，天热出汗，她撩起水来洗脸，清水出芙蓉，美如画中人。部队上的那场集体婚礼，她把所有新娘都比下去了，就连几里地外的"巴朗子"都赶来看河南美女。素青听了丈夫的话，就去看镜中的素颜。她痛苦地发现，一天天，那美丽的颜色在不知不觉中递减消散。于是，消散一分，她就用脂粉加倍补上。她的脸一年比一年白，唇一年比一年红，底妆渐渐像豫剧戏妆一样厚，真实的面孔隐藏在一张假面下，她只是想永远保持那段光彩，丈夫理解，所以从不制止她。

按说，素青和雪婵互相见证了对方的青春美好，又有相似的经历，应该非常亲密，可是，她们却总是小心地保持着适当的距离。

二人取了自助餐，面对面坐下，慢慢吃饭，互相问近况。

雪婵想说宾馆工资低，她一到五十就退休了，大女儿在北京买房需要钱，儿子正上大学，生活费也是一笔不小的开支，靠两个人的死工资，根本不行。她到北京给闺女伺候月子，完了就成了月嫂。照顾月子，可不是容易事，累、操心、责任大。但她一张口却夸起外孙女的乖巧伶俐，说自己在一家在公司做主管，操心，累。

素青想说当年卖酒是赚了不少钱，后来酒业整治，小酒厂刷总厂标签被抓，罚了一场后，她洗手不干，跟着一帮南方人开起服装厂，却被骗走资金赔得血本无归。她为了还欠账，卖了宅院，在郊外租下一处地皮，办起养猪场。她每天一早起来，总是先洗脸，化妆，打扮得唱豫剧似的从街上走过。中午下班时间，她又洗干净，化好妆，优雅地走过大街。

她却把到嘴边的话和着饭粒一起咽下去，伸出手，让雪婵看腕上戴着的翡翠手镯，讲着鉴赏常识，夸耀实力和见识。

吃完饭，雪婵低调地收拾齐东西，说："我先走一步。"

素青漱了口，又补了妆。她有些累了，渴望像雪婵那样过着优雅的白领生活，休闲时带带孙辈；但她必须买好猪饲料，送到养殖场。她就是这样的个性，自己惹下的亏空，无论吃多少苦，一定要自己补上。

雪婵正躲在大堂门后打电话："哎哎，少了一万二不行，这是北京月嫂的行情，我做得多，经验丰富，还专门上网学习，和国际接轨……"雪婵抬头看到素青，愣了愣："公司来电话请示工作，我真是一步也离不开，明天就回北京。"

素青笑了一下，走上来握住雪婵的手，使劲摇摇，一种温暖和默契就在两个人之间流通了。

来到街上，阳光照着两张脸，她们都看到对方眼角无处逃遁的细纹，静默了一会儿，同时说："其实，我……"她们又同时转了口："再次见时，好好聊聊！"

《西南商报》2016年11月9日

评鉴与感悟

你所见的微笑容颜，几多是假面？

行走于人间，总是冬天来得长，春天短暂难捉握。长日在冰雪中前行，被烈风剐痛脸庞，伤口横七竖八，渐渐地便学会往脸上贴这一层假面当作保护。日复一日，年复一年，春花般的姿容隐去了，丰柳般的身段隐去了，肆意畅快的笑如何笑忘却了，歇斯底里的哭如何哭忘却了。鬓角只剩下苍苍白发，脊梁被生活的重担压弯，唯有这一张假面，苍白地、俗烂地、谄媚地、悲哀地，用那光鲜的艳红色嘴唇，露出最不讨人喜欢的笑容来。

人心莫测，舍得让岁月割去如画的容颜和风流柳腰，舍得让岁月拿走最好的年华和雄心壮志，却死死抓住那一点可笑的虚荣不放，捧着那张僵硬的假面不愿松手。心间回响着共鸣，喉间涌动着同情，吐出口的却字字诛心，犹带一股虚假的媚俗气，仿佛这样就能掩饰涨满胸腔的苍白与无力。可是阳光那么灿烂，空气那么新鲜，人生来有追逐幸福的本能，面具下的腐朽气味自然也不愿意再闻——好在，一切还不晚。（风夜）

刀

/凤凰

男孩想他需要一把刀。男孩想只有刀才能解决问题。男孩摸摸自己的口袋，口袋里只有十块钱。虽然只有十块钱，但也足够买一把刀了。当然，他要买一把上好的刀，一把锋利的刀。

城里有家老于刀店，专卖各种刀具。男孩一放学就去老于刀店。远远地，男孩就看到了刀，他无比兴奋。这老于刀店的刀特别好使，是出了名的刀店，据说许多外地人都来买他的刀。

男孩走进老于刀店，菜刀、水果刀，大大小小，长长短短，各式各样，让人眼花缭乱。老板看到男孩走进来，就说，你买刀？男孩说，买刀！老板说，我这里的刀好着呢，你尽管挑！

男孩把店里的刀看了个遍，菜刀，太大，不方便携带；水果刀，都太小，有的还太短，也不合适。直到最后，男孩终于看上了一把刀，还是水果刀，但比一般的水果刀更长更大。

男孩特别兴奋，就是它了！它是一把匕首了！它一定能杀人了！男孩问，这把刀多少钱？老板看看刀，再看看男孩，你要买它？男孩说，是的。我要买这把刀。老板说，一百块钱！

男孩一愣，一百块？男孩有些不敢相信。老板说，没错，是一百块。这是好刀，值这个价！太贵了！太贵了！男孩只有十块钱，当然不够买这把刀。男孩只好放下刀，出了老于刀店。

男孩出了店还回头看看那把刀，他想，我一定要买到它！我一定要买到它！男孩径直回了家。男孩一回到家就向妈妈要钱，男孩说，妈妈，我要买学习资料。妈妈，我需要一百块钱！

妈妈说，你又要一百块钱？你前几天不是才要了一百块钱吗？你怎么老是说买学习资料？你买的学习资料呢？你拿出来给我看看！男孩说，妈妈，对不起，我上次是骗了你！我错了！

妈妈说，这次又想骗我！男孩说，这次是真的。妈妈，你就给我一百块钱吧！妈妈说，明天我陪你一起去买学习资料！男孩说，还是把钱给我，我自己去买吧！但妈妈就是不肯给钱。

第二天，妈妈要陪男孩去买学习资料，男孩说，妈妈，不用买了。我还是跟同学借吧！男孩当然不能让妈妈陪着去买刀。妈妈知道是买刀，会难过的。男孩想，等几天再问妈妈要钱。

男孩想着那把刀。男孩需要那把刀。男孩做梦都梦到那把刀。男孩想，我有了那把刀就威风了，就没有人敢再欺负我了。男孩向妈妈要到钱，是在半个月后。男孩终于有了一百块钱。

男孩兴冲冲往老于刀店走去。男孩一进店就看刀，然而那把心仪的刀却不见了。男孩问老板，刀呢？那把刀呢？老板说，哪把刀？男孩说，就是我看好的那把刀！半个月前我来过的！

老板说，我不知道你说的到底是哪把刀。每天来买刀的人都很多……男孩说，这么说是卖掉了？老板说，肯定是卖掉了！男孩很失望。菜刀，他不会买；一般的水果刀，他也不会买。

男孩出了老于刀店，决定去别的刀店看看。男孩向前走去。突然，男孩一愣，不对！老板看到我走去的时候，好像拿着一把刀进了后面。难道他把那把刀藏了起来？肯定是他藏了刀！

男孩决定回去看看。男孩悄悄地溜进了店，果然，那把刀又出现了。是它，是它，就是它！老板看到男孩进来一愣。男孩笑着说，果然是你把刀藏了起来。你为什么要把刀藏起来呢？

老板说，因为它很锋利。男孩说，这里的每把刀都不粗钝。老板说，因为它还很长。男孩说，这里的每把刀都不短。老板说，因为它还很厚实。男孩说，可这里的每把刀都不薄弱啊！

老板顿了顿说，因为它与众不同。它与众不同，你懂的。男孩说，我当然懂。我懂，所以才要买它呢。老板说，我不能把它卖给你。卖给你，就会害了你。别的孩子买，我也不会卖。

男孩想买这把刀，是想用它捅同学。男孩很瘦弱，因此有个同学总欺负他，那天，同学还打了他，他就想把买这把刀捅了同学。他还想，如果有了这把刀，以后就没人敢再欺负他了。

男孩说，这把刀肯定不值一百块。老板说，只值二十块。可是那天我必须说值一百块。我以为你买不到刀，过几天气就消了，可没想到你又来了，我只好把它藏起来。我不能卖给你！

男孩说，我的气是消了不少，可我还是想买下这把刀，我觉得我需要一把刀。老板说，刀对你可没有好处。强大的人，不需要刀。强大的人，本身就是一把刀。男孩说，好像是这样。

晚上，老板整理刀具的时候，竟然在一把菜刀下发现了二十块钱。老板拿起钱，想了想，笑了。从此，那把与众不同的水果刀就再也不见了。当然，男孩再也没有出现在老于刀店了。

《佛山文艺》2017年8期

评鉴与感悟

刀与男孩，男孩与刀，一个懦弱的需要武器的男孩，一把锋锐的令人向往的好刀。那起初是一把抓人眼球的锋利的厚重的长刀，变成了男孩与母亲战战兢兢讨价还价的一百元钱，变成了做梦亦能见到的半个月等待，变成了与众不同不可出售的货品，变成了二十元钱就能买到的寻常物什。男孩需要那把刀，心驰神往、迫不及待、梦寐以求；他要把它捅进欺凌者的肚腹，一气呵成、毫不留情、酣畅淋漓——可是，这样做是对的吗？

勇敢者用双手开拓未来，懦弱者却用同一双手握住刀柄。刀是杀伐之物，纵然坚硬锋利，可握刀的人心柔软，皮肤温暖，身体也有热度。

"强大的人不需要刀",不令刀锋染血,因为体温原已足够;强大的人有双手双足,有拳头和刀刃似的坚忍心性,他们身即为刀锋。好在刀不是刀,懦弱者也不永远懦弱,二十元买不来刀但能等价交换一份心灵觉醒,年轻的男孩也有羽翼丰满的那一天。他终将用刀锋般的眼直面风雪,劈开眼前石块般的困苦,重获新生。(风夜)

钧瓷梅瓶

/王吴军

柳随风在豫中地区的一个古镇上看到了一只钧瓷梅瓶，还附有一份鉴定书，证明是北宋时期的钧瓷珍品。

这是十年前的事情了。

那时，柳随风结婚两年，女儿刚刚出生。现在，柳随风的大女儿已经是一个小学高年级的小女生了。柳随风是因为单位里的一桩公事，出差到那个古镇的。那是一个平原地区的以种植庄稼为主的小镇，全镇弥漫着庄稼味儿。在这个古镇的一条小巷里，柳随风意外发现了一家古董商店，在这家古董商店不太整洁的橱窗里，他发现了这只淡红色的钧瓷梅瓶时，感到异常惊奇，心想，要是能亲手拿着抚摸、欣赏一下，那该是一件多美的事情呀！

进去一问这个钧瓷梅瓶的价钱，回答是五千元。

"五千元！"

对于每个月的工资只有几百元的柳随风来说，这价钱实在是太高了。

"要是五百元么，倒是还可以……"

"您别说玩笑话了。在现存的钧瓷这种瓷器中，它也算是非常古老的东西了，这可是我们家一代代传下来的传家宝啊！"

柳随风一眼便看出来了，这位四十多岁的古董商店的店主人脾气很是执拗，即使让他在这个钧瓷梅瓶的价钱上减少一分钱，他也是不会答应的。

说起来也许有点夸张吧。实际上，自从在那个古镇上见到那个钧瓷梅瓶到如今，十年的时间里，柳随风简直是像被那钧瓷梅瓶迷住了心窍一般。他曾经先后十次借口单位里有公事跑到那个古镇，站在一旁尽情欣赏这个钧瓷梅瓶。他越看，就越是想买，然而，对于工资非常微薄的他来说，那个钧瓷梅瓶真的像是生长在悬崖峭壁上的一朵美丽的鲜花，只能看着，却很难拿到手里。

最近一次去古镇，也就是柳随风第十次看到那只钧瓷梅瓶，是在去年的夏天。不管时间怎样流逝，那只钧瓷梅瓶依旧装饰在那个古镇的古董商店里那个不太干净的橱窗里面，只是十年前五千元的价钱如今竟然涨到了十万元。古董商店的店主说，这十年中间，这里遭到过一次非常剧烈的狂风暴雨的袭击，古董商店附近还发生了一次极其严重的火灾，即便在这样危险重重的时候，最先被抢救出来的总是这个钧瓷梅瓶。在狂风暴雨吹打得最激烈的时候，古董商店的店主说，他还专门把这个钧瓷梅瓶放在一座水泥防空洞里，他在那里守着它过了三天三夜呢！

从去年夏天到现在的整整一年中，柳随风在生活中一直节衣缩食，还在业余时间找了两份工作去做，连旁人都觉得他实在是辛苦而可怜。这是由于柳随风已经暗暗下定了决心，他说什么也要从本来就非常拮据的生活开支中挤出十万元钱来。

为了古镇上的这只钧瓷梅瓶，柳随风的妻子连最便宜的雪花膏都舍不得买一瓶。他的女儿竟然连学校组织的郊游也都不能去了。有时候，柳随风也想过，他这样做，大人和孩子真的很可怜。可是，柳随风自己也戒掉了烟酒，和同事之间的交际应酬之类的一切活动都给免掉了。为了能得到魂牵梦萦的钧瓷梅瓶，柳随风什么都愿意牺牲。

柳随风自己好不容易凑了八万元钱，又找亲戚朋友借了两万元。然后，柳随风风尘仆仆地来到了古镇，把十万元钱摆在那家古董商店的柜台上。

"要说起来，我也是前儿天才听说的，这个钧瓷梅瓶是假货呀。前儿天，我的父亲去世十五周年的那天，我的母亲告诉我，我的父亲在世时说过，那东西是假的。于是，我拿到了省城，请大学的专家进行了鉴定，这钧瓷梅瓶果真是假的啊！"

十年前满头黑亮的头发如今却是谢顶而一根头发不剩的古董商店的店主，仿佛有些过意不去似的，他跟柳随风说完这番话后，脸上泛起了一丝难言的苦笑。

柳随风一听说那钧瓷梅瓶是假的，顿时，他觉得钧瓷梅瓶黯然失色了。

但是，一想起来这十年之中自己对于钧瓷梅瓶的执着牵挂，这十年来为了钧瓷梅瓶而过的苦日子，柳随风还是想把钧瓷梅瓶弄到手。然而，古董商店的店主却执意不肯把钧瓷梅瓶卖给柳随风，尽管知道它其实不是真品，心中却似乎依然对它怀着一种莫名其妙、难以言说的偏爱。

柳随风苦苦地恳请古董商店的店主能把钧瓷梅瓶卖给它。结果，柳随风出五千元成交。这价钱，比真货要便宜，但是，却比赝品要贵。

当天晚上，柳随风和古董商店的店主把钧瓷梅瓶放在两个人的中间，坐在一起举杯对饮。

不知为什么，柳随风和古董商店的店主望着那个钧瓷梅瓶，两个人只是默默无言地举着酒杯，谁也不说一句话，直到窗前的月亮缓缓西斜。

《短篇小说》（原创版）2017年第1期

评鉴与感悟

钧瓷以窑变工艺闻名于世，更被誉为中国五大名瓷之首。钧瓷的梅红得艳烈，美得摄人魂魄，轻灵绿底浓墨重彩一笔烈红，霎时便蛊惑得人目眩神迷，不得不沉溺其中。这一点红梅，便是瓷的精魂。

他看过它一眼，他品赏过它几番。他将整颗心交付与它，从此情深不知几何，非剜肉刮骨不能剔除。这小小的一只钧瓷梅瓶一度成为他的梦幻，让他节衣缩食，只为攒够那三两个银钱。可是直到他终于得到将它握在手中的资格，才被告知——这完美的梦幻般的艺术品，让他魂牵梦绕十年的心头肉，竟然是个假货。

实在是猝不及防，最是平淡的口吻，如重锤般击打在观者心间。可梅瓶是假的，那一眼风光惊艳是真的，难以言说的偏爱是真的，吃的苦受的累是真的，十年的执着岁月亦是真的。即便眺望月色依然为之惘怅，但梅瓶已经不成梅瓶，是他的精血啊。

即使结局是假的，成功是假的，胜利与收获皆是虚无，但付出是真的，努力是真的，嬉笑怒骂也都是真情。怀抱这一份过程的满足，才是令人艰辛付出的真正动力吧。（风夜）

红花小碗

/王东梅

太阳很大,天也很蓝,可是坐在公园的长椅上,小北风从身上吹过的时候,米朵还是把自己抖得像树上挂着的一片干树叶。

五十年难得一遇的极寒天气里,大概也只有她,才会跑到大街上。

家里,应该不会这么冷吧?

家里的暖气很温暖,孩子们这会儿应该是光着脚坐在装了地暖的地板上做游戏。孩子们穿着像窗台上的花一样的单衣裳,盛开在房间的每一个角落。

可是,米朵宁愿瑟缩在公园里,也不想回家。因为家里有阿月。想起阿月,米朵的胸口就堵得慌。

虽然出门时匆忙之中,米朵也没忘了抓一件长款的羽绒大衣,可是这会儿,公园的长椅上像有一只冰做的手在米朵的身上游走着,直到把她的整个身子都摸成了坚硬的一坨。

米朵觉得再这样坐下去实在不是办法,应该继续实行自己的"出走计划"。

是的,出门的时候米朵就是这样喊给阿月的:我要离家出走。

米朵觉得这个家已经把她压得透不过气来了,她一分钟也不想待在这个家里,她要逃,逃到一个自由自在的地方去。那个地方不会有孩子要补习的功课，不会有一天到晚做不完的家务，不会有让人心烦的柴米油盐，当然，那儿更不会有阿月，这个把自己拖进"水深火热"的男人。米朵说，阿月，我恨你，我不想再多看你一眼。米朵还想说，是你，毁了我一辈子。可是最后，米朵还是把这句话咽了回去。

这个地方在哪呢？这是米朵坐在长椅上一直思考着的问题。

这个地方是在南国的小城吗？

一场沥沥的细雨，润湿了青石板的小路。撑一把油纸的雨伞，鞋跟清脆地回响在填满寂寞的小巷。

这个地方是在遥远的边城吗？

一叶轻舟宛若一尾灵巧的鱼，穿梭在桥与岸之间，一竿长篙，插入水底，船头便刺起纷飞的浪。

这个地方是在莽莽的荒原吗？

夕阳西下，漫天霞彩，马头琴的旋律随风飘荡。一马，双骑，纵横而去，在天尽头投下一道剪影。

这个地方是在高原的巅峰吗？

每一步靠近都是一次皈依，每一次叩拜都是一次净洁。许下虔诚的祝祷，在生命里燃一束圣洁的光芒。

……

这个地方应该是盛满了米朵无尽的向往。

米朵在手机里编辑了一条微信：离家，出走！然后点击了"发送"。

微信发出后不到半分钟的时间，丁香的回复来了：上哪儿啊，咱结伴而行！

接着是海英姐的：加1，就个伴儿呗！

米朵有些哭笑不得了，这不是在人家伤口上撒盐吗？老吕更可恶，连着发了三条消息：咱们一起走吧。米朵都想哭了，这些人就是自己最要好的朋友吗？

当你正在悲剧的苦情里挣扎的时候，别人却把它当成了一出喜剧。米朵想，人生最大的失败不过如此吧！

电话响了，是小姚打来的：走吧走吧，越远越好，千万别回来。电话里响起一阵长长的笑声。

米朵真的哭了。

那只红花的小碗,摔在地上的时候,米朵也哭了。

她不知道如何发泄心中的怨气,随手就抓起那只碗,狠狠一掷。很清脆的回响,接着,就是散落一地精亮的细碴。米朵记得,那只碗是一套餐具中的一只,白色的底釉上画着一朵红色的小花,阿月说,很漂亮。可是现在,这只碗碎了。

丁香,海英姐,老吕,小姚,他们也会有像自己一样悲催的生活吗?他们一定觉得,这又是一个幸福小女人的作妖。

米朵觉得很委屈。怎么就没人理解自己呢。

米朵发誓,一定要出走,立刻就走。

微信里,一条最新回复,是阿月:何时出发?行李备好,我、闺女、儿子已分别装箱,请抓紧取走。

米朵哭笑不得。那还是"离家出走"吗,那不成了全家旅游了吗?

阿月,这个讨厌的家伙!

太阳依旧很大,天也依旧很蓝,有点不真实的感觉。米朵想是习惯了雾霾天,突然之间有点不适应吗?

脸上像是有只小刀子在一下一下地划,耳朵也好像早就不是自己的了,看来天气预报这次没说瞎话,米朵觉得再在公园坐下去,她非得给冻死不可。

米朵突然记起,昨天答应了儿子吃可乐鸡翅。已经正午了,儿子和女儿一定早饿了。摸出手机,米朵又编发了一条微信:商场,走起!

米朵长长地叹了一口气:可惜了那只细瓷的红花小碗,去年,才买的。

回复消息一条一条地来了,米朵没去看。手指头已经僵硬得回不过弯了,她得赶紧躲进商场暖和暖和。

《短篇小说》(原创版)2016年第12期

评鉴与感悟

此篇以《红花小碗》为题,却未落俗套于玩借物寄情的把戏。那精致的红花小碗在冲突之中被打碎,可爱情没碎,从小女人米朵身上焕发出来的,正是这种不乏烦恼的幸福的光辉。

少女初成人妇,天真烂漫被生计磨去,从此后有了丈夫孩子,每日为柴米油盐头痛不已。疼爱她的那个男人婚后仿佛不如过去爱她,争吵与冲突频发,真叫人心酸!谁说看来幸福的人不能哭诉不幸?又有哪一段幸运是全然幸运?本文的主人公米朵正是因此而"离家出走",在旁人的艳羡之中忿忿而泣——那个拉她入烟火人间的男人阿月,可真是叫人讨厌。

纵使每个少女都是仙女,不下凡又怎知风光美丽?正是柴米油盐贵,方知空虚自怜轻,身畔笑语欢声闹,爱人与子女各执一手,才晓得自己是真正活着。外面的风景固然大好,天朗气清,值得一品;觉得寒冷时仍不免依恋家,家里有可爱的孩子,有爱人温暖的手掌,再冷的心也能暖和过来。心爱的红花小碗已碎,但爱与幸福仍圆圆满满——回家去吧,家里有爱你的人,正等你回去挑选一只更好看的碗!

(风夜)

灵香草女人

/唐丽妮

中午，赵小曼一个人，在城市的雾霾中游荡。

没胃口，连公司饭堂的门都没进，她却装得像刚吃饱的样子，跟随饭后鱼贯入电梯的同事，也进入电梯。

"赵姐，你脸好苍白！"人群中，忽响起一声惊叫。

赵小曼不禁一把捂了脸，冰冰的。没想到，晨起精心抹的腮红，竟熬不到半天光阴，就消失到茫茫霾霭去了。

心惊，肉跳。这一张比纸还白的瘦脸，骤然暴露在众目睽睽之下。

赵小曼很不自在，想避开。她习惯了一个人，习惯了被遗忘。

赵小曼常年独自待在办公大楼第十二层，顶楼。

顶楼，北边是公司的大会议室。南边，西大间，是电话机房改的杂物房；东大间，公司档案室——赵小曼的地盘：分四间，一间办公室三间档案库，一溜儿的门串成一串，军绿色的档案柜也是一溜溜一串串的，进去，就像进了迷宫。

迷宫，赵小曼是不怕的，只是长年累月一个人在这里，难免寂寞。

以前，常有同事来借档案、查资料，抽空说笑一阵，日子就过得快。近年，国有大工厂变成了大公司，样样现代化管理了，赵小曼的纸档案也转换为电子档案，查阅档案在网上进行，人见不着面了，只见用户ID。

每年三四月，是移交档案资料的时间，各部门的资料员就一个一个抱着上一年的资料进来了。这是档案室的热闹期、青春期，人来人往地，有点儿办证大厅的味道。赵小曼忙忙碌碌地清点、接收，脸上就常常氲上激动的小红晕，甚至，倒春寒的天气里鼻尖上也冒出几点细汗。

这股热潮一过去，一下子，就又沉寂了。大楼里，最接近天空的地方，跟天空一样，是寂静的。

此时，电梯狭小，人声唧唧，赵小曼鼻尖又要冒细汗了。她急忙从包里摸出一块糖塞进嘴里说："没事，没事！只是有点儿低血糖。"

电梯升一层停一阵，升一层停一阵，同事们三个出去了，两个出去了。

赵小曼一个人，上十二层，顶楼。

门一开，防虫药灵香草的香气就扑过来，像被关了一宿的孩童。

赵小曼早已喜欢上了这气味。香，古旧，仿佛钗裙沉静的古女子。二十年了，赵小曼就这么静静地坐在这里，浸满了灵香草的气息。她仿佛也已经变成了一株灵香草，防虫，百毒不侵。

赵小曼最喜欢档案里的手写字。在灵香草的氤氲气息里，不论美丑，在清一色的打印体中赫然出现，那些手写字都别有风味。

雾霾漫在窗外，人的动静偶尔从楼下传来。十二层，寂寂无声。顶楼的光阴，似乎总比下面的慢，慢到常常被遗忘、被抛弃。

赵小曼停下手上的活儿，发愣。听一听，西头杂物房，有老鼠吱儿吱儿叫唤，似是小两口吵架，又似是商量吃喝大事。大会议室开会了，扩音器放出的回响，穿过厚墙壁，嗡嗡地进入赵小曼的耳道，听不清说的是什么。

不知怎的，赵小曼忽然感觉到无限悲凉。她趴在十二楼的窗口，透过灰茫茫的霾，看自己生活的这个城市，看远近的银行大楼、邮政大楼、快捷酒店、联华超市，看路上车来车往。而当她低头，看自己的同事着西服抱文件夹在楼下来去匆匆，看下早班的着蓝黑工装服的工人拖着疲惫的脚步慢慢走出公司大门——他们，都比平时缩小了许多，仿佛还在不断变小——她内心就空荡荡的，竟然有一头扎下去的冲动。

但是，她可不能死，这么多年赵小曼是为儿子活着的。二十年前，她还没有工作，丈夫在车间的一次事故中死去了。公司问她有什么要求，她只说:"我要把他三岁的儿子养大。"于是,她就进了已故丈夫工作过的公司,走上十二楼,走进灵香草的气味里。如今儿子大了,似乎并不那么需要她,他从部队复员后,在另一个城市打拼,极少回家。

二十年,七千三百个日与夜,一个女子最好的年华,消逝于无形。心底的荒凉,正如一座高速发展的城市,雾霾如影随形。

赵小曼穿过一溜儿的门,绕过一溜儿的档案柜,走到库房的深处,抽出一盒旧档案,瞧瞧有没有虫蛀,有没有发霉变脆。

忽然,她一阵眩晕,倚着档案柜软软地滑下去。

不远处,是火车站,一列高速动车正轰隆隆驶出城外,像是这个城市不断向外延伸的长臂。楼下,十几个部门几十台计算机飞速运转,销售的网点延伸到了西半球。没有人知道,在顶楼,一个迷宫般的大房子里,一个瘦弱的女人枯萎在地上,像一株远离深山的灵香草。

也不知过了多久,赵小曼悠悠地又兀自醒转过来,感觉像是睡了一觉。

窗外,日已西斜,下班的潮流早已过去。

公司大门外,最后几个寥寥的背影在夕阳里,也缓缓消失了。赵小曼按按心口,定定神,依旧把档案摆整齐,把柜里一盒防虫药也拿出来,闻闻,打开,看看。

绿纸盒里,褐色的灵香草蜷缩,枯,瘦,脆了,淡了,仿佛随着香气的消散,这皮与骨也要化成灰了似的。

赵小曼全身汗毛唰地全立起来,一个寒战打出。

这晚上,赵小曼没能睡好。

第二个晚上,依然没能睡好。

第三个晚上,赵小曼终于睡着了,还做了梦。梦里,一粒种子在她心里冒了芽,优哉游哉,长成了一株鲜活的灵香草。

《百花园》2017年第6期

评鉴与感悟

那女人鲜活的生命在高楼大厦钢筋水泥中逐渐枯萎了。她呼吸着雾霾而并非山中的清新朝露,且哭且笑且寂寞,她的悲欢仅属于她自己,连忧郁气色也无从隐藏,碰见温暖也怕受伤。她的冬眠期远长过花期,忧愁地欢欣过两三月,从此说话只给自己听,草籽落地,荒凉便蔓延过整个心房。那鲜活的女人生命化成了绿盒子里一株干枯的灵香草,又瘦又脆,萦绕一缕幽幽的香。

赵小曼是这样一株灵香草般的女人,早年丧夫,领着年幼的儿子在城市的冰冷中漂泊。她的二十几年青春渐渐消散,犹残的一点余香也拒人于千里之外。光阴寂寂又漫长,她百毒不侵,这城市的热闹皆与她无关,陪伴她的仅尘封档案油墨香、三两朵枯瘦灵香草。这偌大城市中究竟有多少像她一样悲凉寂寥的女人,无人知晓。她看天空,看黄昏,人来人往的火车站被雾霾遮挡,全世界皆忙碌,只有她一个萎顿在地上。她的青春消散了,两眼昏花,灵香草里的香气榨尽,像她一样干瘦枯黄——但是无妨,仍有幽幽的鲜活种子在她纯净又荒凉的心底,吮吸血肉,灼灼生长。(风夜)

事故·故事

/李晓平

忘了在哪儿看过一个字谜：顺着念好听，倒着念要命。

谜底是：故事。当然也可以是"事故"。

今天我要讲的，是事故，当然也可以说是故事。

我是一名交警，在交通事故科当内勤。因为每天都接触大大小小的交通事故案件，所以无论对惨不忍睹的事故现场，还是对血肉模糊的事故受害者，感官上都显得有些麻木。

然而，那天我却震惊了，因为那起交通事故的死者是一个女孩，并且也刚刚十三岁……

事故发生的经过很简单：那个女孩儿去住在路边的亲戚家送奶瓶，亲戚家的门开着，她显得很着急，就隔着门对屋里人说："我把奶瓶挂在门上了！"

亲戚说："进屋坐一会儿吧！"

女孩儿说："我着急……"边说边往路上跑，可话还没有说完，只听呼的一声响，女孩儿就被路过的一辆车轧了。

事后，就有人说："这个女孩儿是着急去送死啊！"

事故发生后第二天，肇事者一方送来了五万元钱的抵押金，我收了。因为没有金柜，我就把钱存到了银行，好在银行离我们单位并不远，只一路之隔。

事故发生后的第四天,受害者家属来取钱了。听说是那个女孩儿的母亲,我的心里便一动,马上把同情的目光投向了她。案卷里写的母亲的职业是农民,但她的穿着一点都不像农民。我看了看她的手,她的手也不粗糙,看来也没有做农民的活计。但她的脸色却是黑黑的,——当然是黑黑的,谁家摊上了这事,脸色都会很阴郁的。

我想说几句同情的话,可话语迟钝的我一时又不知怎么开口,就说:"我们去银行取钱吧!"便锁了抽屉引她往外走。

"还要去银行?"她表现出很不耐烦的神情。我理解她的焦躁,——谁摊上这事都得焦躁。于是,便安慰地说:"银行很近的,就在路对面。"

接着,两个人便一起走出交警大队,一起过马路,一起向银行走去。穿越公路时,我怕她因为心情不好被车碰着,特意慢慢地引着她走,一边走,一边想该怎么向她表达我的同情。我想告诉她:"我女儿也十三岁!"我想安慰她:"我非常理解你的悲伤,因为我们都是母亲。"我想劝解说:"别太忧伤了,不是有那么一句话吗?活人想死人,等于傻子撵飞禽……"但转念想了想,觉得这些话说了都还不如不说。于是,一路上,我始终没有说出一句话。

很快就到了银行,当然,银行也不会因为对她的同情而缩短取款时间。那天人很多,我们足足等待了十五分钟,在等待的过程中,她一直都显得很焦躁。幸好钱终于还是取出来了,银行工作人员把钱交给我,我就直接把钱交给她,她便开始认真地数钱。这家银行的装修很好,不知为什么,窗子却留得很小,一缕阳光从那扇很小的窗子里射进来,正好射在了她查钱的侧影上。她的手抖抖的,她的神情很沮丧。我突然觉得她的侧影很像梵·高的一幅画,——当然,是那幅色调很阴郁的关于农民的画,每一笔都道出了那种难言的苦楚和凄凉。 ——五万元,多么轻,又多么重啊!那是用她那年仅十三岁的女儿的命换来的,可这有限的五万元真的能够代替她女儿的生命吗?——想到这些,我的心突然一酸,那种从母性的心泉里流出来的眼泪,一个劲地要往眼睛里涌。为了不勾起她的悲伤,我还是强行把眼泪忍住了。

终于查完了钱,她慢慢地抬起头来,用那双布满血丝的眼睛看了我一眼。我知道她心里一定有千言万语要和人倾吐，此时，无论作为一名交警，还是作为一位母亲，我都非常乐意成为她的倾听者，也非常愿意帮她分担忧伤。所以，我一直热切地望着她，准备用心倾听她说的每一句话。

她的嘴唇抖了抖，终于说道："你们警察真肥啊！这五万元的利息就够你们吃的了。"

我愣在那里了，我以为自己的耳朵出了毛病……

许多人都把质疑的目光投向了我，我的脸腾地一下烧了起来，一直烧到了脖根儿里。可我只是冲她干涩地笑笑，我想申辩，可我张了张嘴，什么话都没有说出来。

她把钱小心地装进兜里，轻蔑地看了我一眼，便有些忿忿地转身走出了银行。我默默地送她走出门去，一直望着她的身影向公路那边走去……

我的心像被什么东西裹住了似的，很难受，很难受。我终于明白我的心为什么要这么难受了。我马上走回银行，请求工作人员说："请你帮我算算利息好吗！"

银行工作人员笑了，对我说："不用算了，五万元存两天的利息，最多也不超过三角钱。"看来，她也听到了那位母亲的话。

我马上跑出去，我想叫回那位母亲，我想当着很多人的面把三角钱甚至三元钱甚至三十元钱交给她，我想用这些钱挽回我的面子，那对于我来说真的很重要，因为那是一名警察的尊严。

然而望穿了双眼，我却再没有看到她的身影。落入我眼中的，只有茫茫的车流，人流……

——唉，这就是那起事故，当然也可以说是那个故事。

两个字，仅仅因为位置不同，结果就截然不同。

两辆车，也仅仅因为走法不同，后果也截然相反。

那么，两颗心呢？

《天池小小说》2017年第1期

评鉴与感悟

人的生命有多贵重？想必大多数人都会这样回答：性命，无价！可在本文当中，一个十三岁女孩儿、一笔五万元的抵押金、一份不到三角钱的利息、触目惊心的一起事，故竟然引出了这样一个发人深省的故事。

善良的女交警出于对一个失女母亲的同情与体谅，用自己全部的善意去面对她。有限的金钱难以对等无价的生命，白发人送黑发人，是何等浓重的一种悲哀！可这善意、这热泪盈眶的共鸣，换回了什么呢？是猜疑，是贬低，是轻蔑的一眼，是三角钱也不值的侮辱。人性中竟有这一种恶，让人不惮于以最卑劣的恶意去揣测他人。面对这巨大恶意，辩驳也无力，保留尊严更不可能，让人不得不鞭答着心脏发问：人心怎么了？

这就是那起事故，也就是那个故事。两条道路可以交会行远，各自通往不同的方向；两辆车可以背道相驰，目的地迥异犹未可知。那么两颗心渐行渐远，结果如何？恐怕，那又是另一种的巨大悲哀了。（风夜）

第七辑

往事并未付红尘,它们化作我们生命中的记忆,如闪亮坚硬的石子建构起我们的世界、我们的情感、我们的生活。

姐　姐

/陈力娇

雪块落在头上，脖颈一阵沁凉。抬头看，他的眼睛瞬间一亮。

自从开拓团来，他一直都在山上砍柴，穿着单薄的衣服，冬夏都这一件，太冷时他就披着被子，但干活时，身上裹被子不方便，他就把被子放在他的柴担上。

而现在头顶树杈上的这件黄大衣，简直就是他的救星，他以后再也不会冻得发抖了。

刘番薯用扁担挑下这件大衣，上面的雪扑簌簌全下来了，企图把他埋起来。但刘番薯还是很高兴，他抖了抖，穿上它，挑起柴，去了姐姐家。

刘番薯三岁就没了母亲，是姐姐把他带大，他视姐姐为母亲，什么都听她的。现在他担着的干柴，本应该是给开拓团送去，但他还是想给姐姐留一点，以免她挺着怀孕的肚子，自己上山。

姐姐家和他家一样，土地和房屋都被开拓团占了，只好住地窨子。日本人说，他们是高等民族，所以得住房子。他们来时正赶上秋天，盖房子怕干不透，就强占了他们的住房。

刘番薯进屋时，姐姐正刷碗，看他来，给他做了一碗稀面汤。这是最后一点玉米面了，以后就得吃橡子面了。橡子面苦涩不说，吃了它还便不出便来，肛门没有不带血的时候。

刘番薯喝面汤时，脸上洋溢着喜色，他克制不住，就对姐姐说，我有衣服穿了。姐姐看他眉飞色舞，又看到放在凳子上半旧的黄大衣，立即警惕起来，那黄大衣毛领，两排铜扣，和小鬼子身上穿的一模一样。姐姐想到这，脸色瞬间大变了，她问，你在哪弄的？刘番薯说，山上捡的。姐姐说，怎么会有这等好事，准是日本兵丢在那儿的，你赶快把它送回去，不然会惹祸上身的。

刘番薯舍不得，喝完面汤，他拿起衣服，准备按姐姐说的做。走到门口，他对姐姐说，你把他改成被子不行吗，我们的被子都给开拓团了。

姐姐异常坚决，不语。

刘番薯从姐姐家走出来，还是不死心，路过市场时，他忽生一个主意，把它卖掉，换点钱，不是两全其美吗？

霍起在菜市场卖冻白菜，他蹲在路边，冻得发抖，头发和胡子都挂满了霜。刘番薯来到他面前，说，兄弟，我想买你这些冻白菜，可是我没有钱，我用这件大衣换怎么样？

冻白菜是永远卖不出去的，是从地里捡回来的，日本人不稀罕买，中国人买不起，能换得这么好的大衣御寒，是天大的便宜。霍起想都没想就成交了。

这一天是霍起和刘番薯最高兴的日子。

霍起穿着大衣，炫耀地在大罗密市场走了两个来回，他的兴奋劲还是有增无减。霍起高个子，仪表堂堂，但苦难的生活早把这些埋没了。他一生都没有穿过这么好的大衣。

霍起正走着，一只手从后面拽住了他的脖领，霍起回头一看，是日开拓团红部里的采购员，仗着自己是日本人，他平时买中国人的菜从来不给钱，他一住进大罗密，屯里再没人敢养鸡鸭鹅了。

小林上二扯住霍起，二话没说，掀开霍起的大衣领子，他在领子里面找到了他的名字。小林上二说，死了死了的有，敢偷我的大衣？霍起申辩，这是我买的。小林上二的小胡子都参煞起来了，买的？你买谁的？统统地说出来。

霍起明白，事关重大，不说也得说，他现在只寄希望，刘番薯也是买的。

刘番薯被带到红部时，人已经被狼狗收拾了一通。狼狗是在山上找到他的，刘番薯正砍柴，站在山腰上看一行人由狼狗带着，急急地寻来，就明白是怎么回事了。他企图逃跑，狼狗紧追不舍，还没跑上山顶，狼狗就掏透了他的腿肚子。

刘番薯被吊在开拓团的梁柁上，大汗淋淋，腿上的血，一滴滴往下流，狼狗张大嘴，不住地接着，忙得像个陀螺。皮鞭早已把刘番薯的衣服打烂了，皮肉青一块紫一块。小林上二骂道，你个马胡子，非送你到守备队不可。

一听到守备队，刘番薯知道自己人生的路走完了，去了那里的人，没有一个活着出来的，后悔当初没听姐姐的，而现在姐姐却一点都不知他要死了。

事情没像刘番薯想的那么糟糕，刘番薯被带到开拓团红部，姐姐已经知道了，孩子们是报信的鸿雁。

刘番薯正爹一声妈一声地号叫着，姐姐破门而入，她没像别的女人一样见面就哭，就求情，而是镇定地走到小林上二面前说，您歇歇，这点小事我来办，别累坏了身子。什么，小事？小林上二怒不可遏。刘番薯的姐姐又说，日满亲情嘛，要了他的命，凉了百姓的心。小林上二觉出这个女人不简单，就放下鞭子，喘着粗气，对刘番薯的姐姐说，好，给你面子，守备队的可以不去，但你得给我个满意的结果。刘番薯的姐姐问，你当真不反悔？小林上二点点头。

刘番薯的姐姐得到答复，对一旁站着的厨师说，剁掉他的一只手吧，是这只手犯了罪。

刘番薯是被姐姐背回家的，他昏迷在姐姐的背上，没有手的左臂上，捆扎着姐姐的头巾。那头巾被血浸透了，冷空气一冻，如一块紫色的石头。

《天池小小说》2017年第2期

评鉴与感悟

作品简洁明了，却句句诛心。姐姐的伟大在于养大了弟弟、在于面对大衣的诱惑毅然决然拒绝、在于在鬼子面前看到血肉模糊的弟弟之后的镇静、在于为了救弟弟表现出的才智和果敢……姐姐的一切反应和行为都让人为之赞叹！

同时作品从侧面也对人性做出了一些描述——侵略者的人性泯灭与霍起被威胁之后表现出的祈祷形成鲜明的对比，虽然霍起只是事件的中间过渡人，但是在那样一个人人求自保的年代，他在心底依然希望刘番薯是安全的，这是很可贵的。不起眼的一句话却依然散发着人性的美好光芒。（苏晓萍）

空 磨

/谢志强

1959年3月,牛国平当然察觉不到"三年自然灾害"即将来临,赵场长派他到养禽队当队长,他雄心勃勃地买来了一万只小鸡。顿时,养禽队像一棵栖满鸟儿的大树。只不过,不是鸟儿,而是小鸡。小鸡的叫,仿佛来自树上,高处传下来,声音似水位一样漫起来。

看着毛茸茸、黄灿灿的小鸡,牛国平就畅想,小鸡长大了生鸡蛋,鸡蛋再孵小鸡……这么多鸡生蛋、蛋孵鸡,整个农场的伙食就大为改善了。

牛国平住在鸡舍旁边搭的一个窝棚里,早早晚晚和小鸡一起。场部调拨了鸡饲料,他还发动职工种高粱和玉米,打碎了玉米拌鸡饲料,小鸡长得一天一个样。有时,他对着小鸡吹气,恨不得把小鸡迅速地吹大,像孙悟空拔根毛一吹那样。

赵场长来养禽队检查,说:你不是牛队长了,是鸡司令,比我管的队伍还大。

过了一年,牛国平发现,"三年自然灾害"就是1959年7月份开始的。明显的标志是粮食开始紧张——职工的口粮成了问题。小鸡的饲料很快断了来源。他紧急发动职工,撸稗子、挖野菜,掺在仅有的饲料里。过了不久,主要喂野菜了。

小鸡的生活转眼间从"天堂"跌入了"地狱"。小鸡的肚肠不适应,就拉稀，白白的稀屎。随后的几个月，他眼看着小鸡一天一天死去。早晨，鸡舍里总是躺着小鸡僵硬的尸体。他甚至联想到翻越祁连山冻死的战友。

不过，小鸡不是冻死。那几天，牛国平频繁跑场部，请兽医给鸡治病，索性给兽医腾出连部的办公室，常驻、蹲点。给小鸡吃了药，还是阻挡不住死亡——牛国平称为减员。

牛国平说：这像大扫荡，可是，看不见敌人，看见了，我非消灭它不可。

兽医说：不是病，饥饿不算病。

牛国平心疼，他说：我宁愿自己挨饿，也要救小鸡。

兽医说：据我所知，场部原来的饲料，已充当口粮了。

牛国平说：我找场长，人咋和鸡争饲料？

兽医说：场长也发愁，他首先要考虑人，你不要给场长添麻烦。

年底，牛国平总算保住了剩下的两千只鸡，已有小公鸡开始打鸣了。他自己瘦了一圈，脸却肿起来——浮肿。

1960年1月，场（后改为团）里召开畜牧大会。会议的主题是：总结1959年度畜牧工作，布置1960年度畜牧工作计划。牛国平参加了会议。

1月8日，会议议程是总结，会议开到下午8点半，场部小食堂的司务长来催促开晚饭，再不吃，饭菜就凉了。

主持会议的赵场长板着脸，说：总结还没总结好，吃什么饭？不吃。

战争年代，牛国平当过赵场长（那时是营长）的警卫员，他悄悄对邻座说：赵场长要收拾人了。

牛国平料不到赵场长点了他的名字。他起立。

赵场长说：牛国平，去年，你把鸡养得饥寒交迫，一万的队伍，在你的手里死了八千，你咋养的鸡？

牛国平本来就窝着一肚子火，像个炸药包的焾子，一点就燃。他冲着台上说：赵场长，巧妇难为无米之炊，场里断了配给的饲料，只能喂野菜、苜蓿，我恨不得把自己剁了喂鸡。入冬了，给鸡舍打了火墙，才没让鸡受冻。

赵场长说：石头罐当饲料？你还发明给鸡喂石子，那不是把鸡喂死了吗？

牛国平欲申辩。

赵场长黑下脸，说：散会，开饭！

牛国平草草扒了饭，也没注意吃下了什么。赵场长叫他到小会议室，说：你的牛脾气又犯了，你不顾影响，在大会上跟我顶牛？

牛国平不服，说：我急了，赵场长，我看着小鸡一天一天减少，我难受得不行，征求兽医的意见，往鸡食粮里放小石子，帮助消化。

赵场长说：乱弹琴，你这是病急乱投医，鸡肚子空了，还帮助消化？那不是推空磨吗？

牛国平说：大家都在推空磨。

晚间，继续总结。赵场长说：怪不得牛队长，是我在乌鲁木齐学习了三个月，不了解情况。

牛国平后悔，不该顶牛。散会后，政治处的刘主任叫他到小会议室。

刘主任严肃地说：牛国平同志，你作为党员干部，公然闹会场，现在我决定，你停职反省。

会议结束后，牛国平留下来，安排住在招待所一个房间，场里派了两个警卫站在门口。一连八天，他每天阅报、吃饭、睡觉。他还没有这么空闲过，他的耳畔，半夜时不时响起鸡叫。他习惯了在鸡叫声中入眠。养育队离场部有两公里，那么寂静，他反而睡不着。

第八天，曾是战友的组织科肖科长又来了，说：牛队长，这么多天，你也不写反省材料，还待着干啥？回去吧。

牛国平说：说关就关，说放就放，没这么容易，你说了不算。

肖科长笑了，说：牛队长，你吃亏就吃在这个脾气上，养了你八天，你倒摆起架子了！

牛国平说：要赵场长来亲自叫我走，反正我不当鸡司令了。

肖科长离开不多一会儿，赵场长来了，说：你还赖着不走呀？我这可不养闲人。

牛国平说：那个鸡司令我不干了，也干不了，我有天大的本事，也保证不了剩下的鸡不减少。

赵场长说：甩摊子？小牛，你还来劲了？1941年，日本鬼子"大扫荡"，我那个连，打得只剩三十多人，没两年，又恢复了，还是一个加强连，后扩成了营，你这个放羊娃，还屁颠屁颠跟着要参军呢。现在，你要离队,我不留。当年放牛把牛脾气也给染上了?

牛国平敬了个军礼,说:赵场长,我再不顶牛了。

赵场长笑着说:该顶还是要顶,但要分场合。

《湖南文学》2017年第6期

评鉴与感悟

"空磨"是对饥馑年代里人的艰难处境的象征。

养鸡本来是为了改善整个农场的伙食,却演变成了为养鸡而养,甚至说出了"人咋能和鸡争饲料"的话,让人不禁觉得好笑。从牛国平关于养鸡和场长的对话中可以看出,牛国平实在是犟。以牛国平为首的处在饥荒之中的所有人都在病急乱投医的时候,场长以自身经历——从大战损失惨重到后面队伍重建为例子,无疑是在传达一种不被眼前困难打倒的精神,这是一种几千年流传下来的中国人应有的气魄。任何大风大浪之后都有宁静的时刻,人们一定会熬过饥饿贫穷,社会一定会成为人们最想要的社会。虽然对场长的这个人物花的笔墨不多,但他却是思想的传送者。(苏晓萍)

麦黄杏

/赵长春

楝花开过,夏天就到了。可是楝花的花期真长,萌萌在心里头有些埋怨。因为,说过的,夏天一到,男人就回来的——可是,楝花还一直开着。

其实,楝花挺好看的,萌萌也在心里头承认。细碎的紫,杂着白;味儿也香,蜂儿蝶儿就嗡嗡嘤嘤地来,立夏前后都闹腾腾在绿叶里了。现在,依然故我地倔强在枝头,只是稀疏了许多。

萌萌如此计较楝花,是因为她不同于别的媳妇,或者说是不同于别的嫁到袁店河的女子。她不打麻将不喜好乱串门不爱传闲话,倒是有些不合时宜地看些书,依然保持着中学的习惯。她知道花信有二十四番,梅花始,楝花终,整个春天就过完了。再看花,就得等到下一个岁尾春头了。

所以,萌萌就一直到河边看花,各色的花。款款地出了村子,走过一道两行杨树围拢的土路,就到了河边,就闻到了楝花的香。天气真正地热起来了,麦子正在努力地灌浆,将熟未熟,就是"小满"的意思。

萌萌原来就叫"小满"。她是小满那天出生的,为此,母亲没少受奶奶埋怨,因为接着就是收麦就是"三夏"大忙了。那时候的"三夏"真是大忙,抢收抢打抢种,一家人都起早贪黑,可是母亲却在"坐月子",还得有人照顾。为这,母亲坚决给她起名叫"小满",有着纪念的意义。后来,长大了的小满读书了的小满才知道,"小满"是个很有诗意的节气:小满小满，麦粒要满。可是，男人不喜欢这个名字，说小满不如大满，在灯光下，说得小满十分有情绪，特别是在每个春节过罢准备去打工前的那些夜晚……男人给微闭着眼睛的小满起了个名字：萌萌。叫着叫着，小满就听得顺耳了，就答应了。男人就叫她萌萌了——"萌萌，我等夏天就回来，真的。回来收麦。"

确实，麦子就要成熟了，黄黄的穗头有着勾头的意思了，麦叶子也青中透出了黄色，麦熟一晌，像是就等一阵风或者半个下午的大太阳，麦子就熟了！男人也真该回来了。

地头有一棵杏树。一看到藏在叶子里的杏，萌萌嘴里就酸溜溜的。这是一棵麦黄杏，麦子熟的时候，杏也就熟了，黄澄澄的，乒乓球一样大小，很好吃。去年她吃过。正晌午头，男人回家先陪着机手吃饭了，她在地头整理收割机无法打理的麦子。渴得很，杏子黄黄地耀眼，她就捡起一块石头扔上去，砸下几个杏子，落地就裂开了，吃到嘴里甜大于酸。正高兴呢，身后有了脚步声，萌萌一转身，是队长。队长一笑，"小满……"就走到树边，脚一跺，杏子落下来一二十个，"吃吧，自家的。"

树确实是队长家的。队长家的地与萌萌家搭地头。队长搞过果园，上面给了好多补贴后，队长就又种成地了，只是地头留下几棵果树，有些应景的意思。萌萌就觉得很不好意思了。队长看出了她的羞涩和羞涩带来的娇美，一笑："怕啥？你这弟妹，脸皮还怪薄哩……以后有啥事儿，只管说啊，咱的地盘咱做主。"后来，好几次，队长很照顾，特别是在男人出门打工的时候，浇地，联系收割机，去镇上计划生育办公室孕验，等等。还有一次，萌萌要去城里，刚好就碰上了骑摩托车去城里的队长，就搭了队长的车。队长开得不紧不慢，很会说笑，一路上都可开心了。队长很快办了自己的事，陪她逛街，吃饭，也不让萌萌掏钱。可是回来的时候，喝了啤酒的队长对她说要防着男人："在外面打工的，不少成了临时夫妻，都是人，急啊！"不说话的时候就开得有些快，好几次急刹车，坐在后面的萌萌觉得与队长碰撞得太实在了，心里忽忽悠悠的，晚上很是想念了男人一番……

想到这里，萌萌脸一红，就觉得队长也在身边了。是大前天，来地里转的时候，队长也从他的地里起了身，像是正方便，但自然又大方地束着腰带，"哟，小满，来地里了。今年收麦提前说一下，收割机我给你联系……"队长说，别叫男人回来了，越是这个时候用工紧张，一天挣的钱抵上半月，"啥事都有……哥哩。"队长说着，跺下几棵杏来，用纸巾擦了，捧给萌萌。接与不接中，队长的手握了她的手，不轻也不重，看着她，"别委屈自己啊，照顾好自己……"晚上，萌萌给男人打电话，男人说，"要是能不回去就不回去了，在这里打一天工，抵上半月！"萌萌说不，"你得回来，夏天来了，你得回来！"

夏天来了，萌萌觉得夏天不好，树深庄稼高，容易藏着人。萌萌知道还有一些小媳妇的男人也出去打工了，她们好像跟别的男人好，包括队长。萌萌觉得队长的眼里有一股火，要把自己点着了，萌萌害怕。

还是春天好，一直有花可看，萌萌心里就不乱就不空。萌萌觉得昨晚的院墙外有谁的咳嗽声，她把门顶得更紧了；一早，院子里有一包杏，像是挑选过的，很光鲜。萌萌心里一跳一跳的。她赶忙把杏拿进屋子，她怕谁发现了这个秘密，她觉得这不是个好秘密。可是她一早又来地里转了，她想比较一下，是不是队长家的杏……

风是热的，阳光也刺眼，萌萌看见队长过来了，就拿出了手机，来不及拨号，就大声地说："你快回来吧！小满了，夏天了！麦子等着你收哩！你个死东西！"

萌萌一口气说完，又觉得最后一句很不好，忙"呸呸呸"地吐了几口，就往地里走去，怕踩着麦子，走得很小心。风来，有着楝花的香，淡淡的，还有着麦子快熟的香，真好闻。萌萌想，以后还叫男人叫自己小满。小满，小满，多好的名字啊！

《短篇小说》（原创版）2017年第4期

评鉴与感悟

春初开夏始落的楝花因为萌萌与自己男人的约定而有了一层等待与希望的味道。故事娓娓道来，没有大波大浪，却细致入微地描绘了一个单纯美好、对待情感有自己的坚守的新妇。

面对队长的示好，萌萌安静地在队长面前假装打电话说"你个死东西"，而后又紧张可爱的形象浮现在眼前。过满则溢了。作品描写萌萌在夜深人静的时候有过不切实际、可笑却谈不上可耻的臆想，好在最后的她还是坚守住了与丈夫真挚而简单的情。情窦初开之始，渴望爱情之时却与丈夫分隔两地，面对这样一个处处帮着自己的队长不可能不为所动，珍贵之处就在作品非常真实地写出来一个女子的心理变化。除了歌颂女子的贞守之外，小说让人思考当下现实社会问题：为了生存，有了越来越多的外出务工人员，家里留下的不是孤儿寡母就是年迈父母。"临时夫妻"出现，层出不穷的问题接踵而来，该如何避免？引人深思！（苏晓萍）

放蜂人

/王往

放蜂人跟着春天跑，他们的日子在地上也在空中：花朵和蜜蜂是他的情人和财富。

现在，他们来了。农用小卡车裹着春风驶过乡村土路，到达了一片果园和菜园交接地带，卸下百十个左右的蜂箱。放蜂人一家三口，男人、女人和孩子站在某个高处，环顾四周，对这个叫盐码的村庄极是满意。这个地点是他早就寻访察看过的蜜源，是花朵的世界，也是蜜蜂的天堂。瞧，村庄的南边是大片的果园，桃子，梨子，苹果，还夹杂着少量的杏子、李子。桃花正艳，梨花初绽，红的粉红，白的雪白。它们将与蜜蜂签下一个芬芳的契约，它们将一拍即合，取得双赢：你为我授粉，我为你供蜜。再看村庄的东边、西边和北边，完全陷入了油菜花的包围，其间夹杂着半紫半白的蚕豆花。它们纵横相连，排兵布阵，以压倒性的气势给放蜂人信心：你不会白来，你将在这里收获很多。除了这些，盐码村人家的屋前屋后还有很多槐树，一串一串的槐花悬挂着，组成了洁白的瀑布，香气扑鼻，好像对放蜂人说：我们一棵槐树抵上一大片油菜呢。

放蜂人被这里富足的蜜源迷醉了，他们被春风吹得粗糙的脸上露出舒展的笑容。他们开始忙碌了。搭好帐篷，摆好锅碗瓢盆，就此安营扎寨。

大好晴天是放蜂人永远的期盼。灿烂的春光里，他的蜂群倾巢出动，在方圆几公里内展开它们适宜而辛苦的工作。若要装满它们那小小的蜜囊，它们要采上千百朵花。放蜂人经常不断地从蜂巢中取走蜂蜜，造成蜂巢中的蜂蜜始终处于匮乏状态，这样，工蜂就会不停地出去采集花粉，酿制蜂蜜。和它们的命运一样，放蜂人辛苦得来的收入，也同样会被各种支出耗尽，同样年复一年地奔走在谋生的路上。世间万物的命运何其相似。如果人们明白这一点，是不是可以活得更从容？是不是能以"自然之子"的心态给万事万物以更多的爱？

放蜂人沉默着，人们没有听到他们发出什么感叹。人们只看到他们戴着防护纱罩，清理蜂巢，刮取蜂蜜，一日日地重复劳动。

但是盐码村的人和他们也是有接触的，那就是他们买卖蜂蜜时。一旦接触了，他们的话就多了。他们告诉你蜂蜜对人有什么好处，哪些蜂蜜才是最好的，他们会舀一勺新鲜的蜂蜜让你品尝。

小焕子去买蜂蜜那天，给她舀蜂蜜的是放蜂人的儿子，那个和她一般大小的十五六岁的少年。

少年问她，要不要尝一勺？

小焕子摇摇头，奶奶从不让她占别人一点儿便宜。

少年又问，买多少？

小焕子说，就买一罐头瓶吧。然后问少年，我奶奶老是咳嗽，人家说吃蜂蜜管用呢，到底管不管用？

少年说，管用，最好是把白萝卜煮了，再捞上来跟这个拌了，吃上两三天就好了。

小焕子说，这么神奇啊，那快给装上一瓶吧。

少年给她装一瓶，称也不称，向不远处的父母看了看，有些诡秘地说，我就收你十块钱吧，快拿走。

小焕子回去后，邻居说，这么一瓶子蜜才十块钱啊，我那天买得比这个少多了，还花了二十多块呢。

奶奶连吃了两天白萝卜拌蜂蜜，果然不咳嗽了，小焕子开心死了。她拔了一些青菜又拿了十几个鸡蛋给少年送去。她知道他们放蜂人吃得都简单。

少年说，我不要你的东西。

小焕子说，拿着吧，人家说你少收我蜂蜜钱了。

少年笑笑，轻声道，别说了，让我爸妈听见就不好了。你奶奶多大年纪了？

七十一了。

少年说，我奶奶七十九了，我们出发那天她也咳嗽了，不知道现在怎么样了。说完，目光投向了别处，好像他奶奶就在附近站着似的。

十多天后，放蜂人走了。小焕子站在他们原来搭帐篷的地方，有些难过，心里责怪那个少年不跟她打一声招呼就走了。就在她要离开时，发现地上有一只慢慢蠕动的小蜜蜂，她把它拿到手心看着，发现小蜜蜂的翅膀好像被什么粘住了。她将它捧回家，用针头轻轻地分开了它的翅膀。小蜜蜂爬了两下，突然飞了起来。

小焕子就笑了。

可是一眨眼小蜜蜂就不见了，小焕子想它会飞到哪里去呢？会不会飞向北方，追赶放蜂的那一家人呢？

想着想着，眼泪就掉下来了。

《小说林》2017年第2期

评鉴与感悟

作者以唯美的笔法勾画了一幅乡村的生活图景，把生活艰辛的一面和美好的一面无缝衔接，展现了现实的多样性。

为了生计，养蜂人携着妻儿风餐露宿。蜜蜂日积月累的蜜被人们掏空，人们日复一日用蜜换了的钱又被生存需要耗尽，世间万物皆如此，为了生存下去而不断重复着诸如此类的行为，努力奋斗谋生是为了有朝一日过上好的生活，但这样没日没夜地走在现实的路上却与终极目标相悖，到底我们该以怎样的姿态站立在各自的人生？正如作者所言，倘若所有人和动物明白这一生都是忙忙碌碌到静待死亡，那么是否会在面对这些担子的时候更从容一些呢？

文中还说到了两小无猜的少年情谊，能有一个可以交谈的朋友本就十分难得，少年特地便宜售给女孩蜂蜜、女孩给男孩送鸡蛋蔬菜，两个少年以自己的方式为彼此送去温暖，纯洁善良的友情是男孩旅途的一丝安慰，也是女孩孤独中的一线光亮。所以说，这一生所遇到的人，不论认识与否、不管是不是过客，总会留下值得纪念的记忆。
（苏晓萍）

华山派往事

/冷清秋

今天要讲的这个故事分两个部分。

第一部分也许你在电视剧或者一些武侠小说里已经读到过。所以，这里我会直接删减掉，不再叙述。没有关注电视剧和小说的也不要急，你只要每天在下午4点半钟，推开你家南面的那扇窗子，再探出些身子朝下看，你就会看到我要讲述的那个女孩子身着淡橘色的连衣裙，正从铺满夕阳的小巷下走过——要是作品用的是倒叙手法，那么要讲述的故事从这里也就才刚刚开始。

如果你在这个时候开始抱怨你家南面的墙上并没有什么窗户，或者窗户下面其实没有什么小巷子，那我除了同情，一时还真想不出别的什么招法。你知道，我不能在这个时候去给你墙上打个洞安上窗户，也不能拿出笔给你画出一条小巷子来。这和你妈妈或爸爸或妻子或老公或女儿或儿子同意不同意都没多大关系。因为我们都知道虽然很多事情其实不拘泥于形式，但同时又是真的逆转不得勉强不了，所以很多时候必须要学会接纳和逆来顺受。

所以我二叔从华山学得一身绝技回来，所做的第一件事就是开了一家小超市。

第二件事就是很快让超市那个既打扫卫生又理货的姑娘肚子迅速大了

起来（当然，那姑娘也跟着升级成为我二婶）。后来……嗨，如果不是我二婶子哭天喊地闹腾，谁也不会知道我二叔在华山竟然……你说，这都是个什么事啊！

　　遵照对父辈们的尊重和家丑不可外扬的原则，我不会直接将二叔的事情抖出来。但作为一个作者，必须对自己的文本负责。所以，这里我只透露下文章的结尾。如果你是行家，势必会顺着这些蛛丝马迹理出一条线来。

　　当然也许你丰满出来的故事和真实版本相差甚远，但是那又有什么关系呢。写小说嘛，真真假假的，就是需要天马行空不着边际——关键是读者在喝茶时愿意买账就好：

　　事情原本都好好的。可是有天，一个半大小子找到我们家来了。这半大小子有着一双叫女人看了喜欢叫男人看了嫉妒的眼睛。这双眼睛望着你的时候，你就像是跌进了清汪汪的泉水里。那样的明澈，清新，瞬间就洗去了藏匿的不洁与邪念。所以我二叔只是停顿了不到半秒钟，就认了。这样子看起来好像是个皆大欢喜的结局。唯一持反对意见的是我二婶。但没关系，聪明的二叔会利用一个晚上轻松搞定。

　　但世间事不如意十之八九。那之后，我二叔就像是遭到了诅咒，再也没真心快乐过。

　　每年的天气最热的时候，二叔就打好背包开始外出。直到来年春天，才会满脸疲惫从外地赶回来。有次二婶多了心眼，在二叔出门时，一直悄悄随着。但没想到二叔的华山派功夫，并没有被超市的烦琐磨掉，江湖人左拐右转，随着随着就丢了，二婶只好自己回来。二婶也想摔摔东西发发脾气，弄个真格的，闹腾个天翻地覆。但终归是没。

　　她只是咬咬牙，恨咄咄地做出一副凶样子。每当此时，母亲就会笑，说时间倒真是不饶人呢，看咱麦子都这么大了。

　　可不是，麦子妹妹亭亭玉立，像一朵白玉兰。

　　——没错，麦子就是我在开篇时提到的小巷子里的那个女孩，如果用的是倒叙手法，情节从这里才刚刚开始。如果是按照事情发展的原本顺序来叙述，作品到此就已结束。

　　当然要结束了，我是不会叙述后来发生的那些事情的。比如报纸上连篇累牍地刊登破获特大跨国贩婴案的新闻，比如里面提到办案人员打入敌人内部有的卧底长达近十年之久的惊心动魄之举……这些通通没有必要提到，因为这些都和二叔无关，二叔现在只是个简简单单的某个十字路口小超市的二老板，在贤良又恶狠狠的老婆的压制下，整日浑浑噩噩地既当掌柜又当长工，时不时还要被漂亮的女儿翻几下白眼。

《芒种》2017年第1期

评鉴与感悟

华山派往事？刀光剑影的江湖？快意恩仇的故事？

作品显然颠覆了我们所熟知的套路与逻辑，叙述者的兴趣不在于讲述一个故事，而在于"小说的冲动源起、创作过程、文体规范、寓意寄托"，"使叙述行为直接成为叙述内容，把自身当成对象"。

小说是虚构的，它以现实世界的一砖一瓦建造一个独立完整的世界，它以自己的秩序存在着，我们能够感受它，却不能经历它。二叔故事的秘密，只有深谙小说的机括，才能破解。

读这样的小小说，你做好准备了吗？（苏晓萍）

晨 读

/长白山

　　一座大山下，有三间茅草房。

　　东屋住着明子爷爷，西屋住着明子爷爷的两个孙子：成龙、成虎。

　　结束了一个美梦，明子爷爷醒了。

　　明子爷爷知道，已经是早晨4点。这不是钟表告诉明子爷爷的，而是明子爷爷的生物钟发挥了作用。

　　明子爷爷梦见成龙在黑板上写着什么，孩子们都在认真看；梦见成虎戴着眼镜在纸上画着什么，一个领导模样的人在旁边笑。

　　明子爷爷在梦里说，俩孙子都出息了。

　　明子爷爷勇敢地把头从被窝里伸出来，一股寒气像鬼一样拍打着明子爷爷的额头、脸和没有几根毛发的头皮，甚至花白的胡子上还结了冰碴儿。

　　明子爷爷虽然老胳膊老腿了，但还是挺麻利地穿上了厚厚的棉衣棉裤。

　　下了炕，明子爷爷就顺顺当当径直去了西屋。

　　明子爷爷对自己的房子太熟悉了，哪里是房门，哪里是锅台，哪里是炉子，他都了如指掌，摸黑都能准确找到，不差分毫。仿佛是白天一样。

　　其实，对于明子爷爷而言，白天和黑天没有什么两样，因为他双眼失明。

　　这是小鬼子报复的结果。

那年,他两个点射,就让两个小鬼子报废了。然后,一枚炮弹落到他跟前,他就昏过去了,醒来时,眼前一片漆黑,于是,漆黑就成了他的常态。

明子爷爷摸进了西屋,他先是把炉灰从炉子里取出来,然后,又在炉子里铺上豆秸,再在豆秸上铺上木样子。当他摸木样时,心抖了一下,想,样子不多了,得让队长帮助弄些木头来了。

明子爷爷小心地将豆秸点燃,炉子里的火被屋外的狂风吸得呼呼地响,顿时,屋子里就有了热意。

明子爷爷乐了,是乐在心里。

他想,再等一会儿,屋子热了,就叫成龙、成虎起来读书。

昨天,俩孙子读的《悯农》:锄禾日当午,汗滴禾下土。谁知盘中餐,粒粒皆辛苦。

明子爷爷在心里又温习了一遍,自己觉得自己已经不是一个只会开枪打鬼子的武人,而是一个腹有诗书的文化人了。

想到这儿,明子爷爷心里美美的。有孙子真好啊。

成龙、成虎并不是明子爷爷的亲孙子,而是他抱养的弃儿。

八年前,明子爷爷上山去砍柴,听到婴儿的哭声。循着声音走过去,他摸到了成龙,那时,成龙还不叫成龙,是因为成龙的身边卧着一条小蛇,于是,就叫成龙了。

七年前,他又捡回了小虎,因为一将小虎抱回屋,明子爷爷家的猫就舔他的脸,于是,明子爷爷就给他取了这个名字。

刚抱来成龙那会儿,有人就嘲笑他:把自己养活好得了,还养什么弃儿。

明子爷爷大怒,少放屁!

屋子里已是热浪滚滚,明子爷爷想,该让孙子起来了。

于是,他喊,成龙、成虎起来念书!

他想,两个孙子一定会像往天那样说,好!爷爷!

但现实却与他的想象完全相反。

明子爷爷想,这个岁数正是贪睡的年龄!但转念一想,不对,每天可不是这个样子啊!

成龙、成虎起来！

又是一阵可怕的沉默！

明子爷爷赶紧走到炕边，伸手一摸，被子紧紧贴着炕席：俩孙子干吗去了呢？

"咕咚""咕咚"，是木头撞击僵硬大地的声音。

紧接着，门"吱嘎"开了，一股冷风随之进了屋子。然后，就是稚嫩的声音：爷爷，我们该背诗了！

成龙、成虎，你们去弄烧柴了吗？

爷爷，今天，我们背骆宾王的《咏鹅》。来，我念一句，您跟着念一句：

"鹅，鹅，鹅"

"鹅，鹅，鹅！"

"曲项向天歌"

"曲项向天歌！"

……

沧桑和稚嫩的声音混合在一起，从茅草屋中传出，温暖着屋外寒冷的空气。

《小说林》2017年第2期

评鉴与感悟

作品中的老兵两鬓斑白留下了岁月的沧桑，战争残酷地夺走了他迎接黎明的权利，但是老兵对待生命火热的心从不曾衰老，老兵是为了国家而眼瞎的，原本他可以作为英雄而安享晚年，但是他没有，取而代之的是他在自己照顾自己都成了问题的时候抚养了两个捡回来的孩子。在那一刻老兵不仅仅是曾经奋战前线让人敬佩的糙汉子，他更是一个对生命怀有着大爱的慈祥爷爷。

再看他的两个孙子，寒冬里在其他孩子都赖在被窝的时候，两个知恩图报的小家伙已经出门拾柴为老兵分担生活了，这一幕是对旁人对于老兵收养孩子的不解最好的反驳。琅琅读书声伴着欢声笑语浸透冰冷的屋子，散发着人性的馨香，从里屋一直传到屋外，还会向更远的地方散去。

这样的温情在越来越机械化冷漠化的年代让人着迷。老兵和两个孩子那种超越血亲关系的亲情，不禁让我们深思。我们对一种情感越是容易感动就越说明这样的情感在身边是缺失的。我们向往，同时可以向着这种最淳朴的情感靠近。（苏晓萍）

鱼 鹰

/陈子赤

爸爸培养的鱼鹰，都是别人培养不出来的绝顶好鱼鹰。爸爸每五到六年培养一只，只是用来替接老鱼鹰的工作。那个年代，鱼鹰养多了会是"资本主义的尾巴"，爸爸养一只，还是托队长的关系。

爸爸只能深夜悄悄地带鱼鹰去捕鱼，白天还得出工抓工分。鱼鹰到底捕了多少鱼，给我们家赚了多少钱，我不知道。只晓得，它撑起了我们一家老小六口人的油盐钱和队长的"关系费"。

这年暑假的一天，爸爸得了感冒，不能出去。为了不让家里断油盐钱，爸爸要我接替两天。

爸爸咳了一阵，叮嘱：它可能欺生，要当心它。

我心说：我是班里的班长，那么多的同学都老老实实听我的，一只豢养的鱼鹰难道我还管不了？

我学着爸爸的做法，出发前给鱼鹰那么一点点玉米渣之类的东西，让它饱吃一顿。然后便将它一竹篙插到水里，算是最后的打发。

鱼鹰并不像爸爸所说的那样糟，依旧不知疲惫地扎下水底，将那斤把各种鱼乖乖地衔到竹排上，抖抖翅膀又老老实实跳进水里，继续作业。

几个小时候后，鱼鹰忽然冲出水面，惶恐地旋转。我见它迅疾地游到船舷边，不停地扑打着羽翼，扭动着脑袋，不知是出了什么事，赶忙用竹篙把它接上来。仔细一看，鱼鹰嘴里并没有衔一点东西，只见它两片嘴壳张开，里面直流着涎水，涎水里且有血丝，脖子的上端鼓成一个球状体，有茶杯那么大，微微地抽搐，它还发出一种鸭公嗓的声音。我蹲下身子，用手轻轻地捏着那球状体的部位，左检查右检查，原来脖子里卡了一只半斤左右的粗鲫鱼，弄得它吞又吞不下，吐又吐不出，活受罪。我急忙拿出那把剖鱼刀，把鱼鹰脖子上的那道圈卡割断，让它通关。这一招真灵，鱼鹰把嘴壳在船板上顶了两顶，晃了晃脖子，那只鲫鱼也就吞了下去。它顿时快活了，扇动着翅膀，梳理着羽毛，嘴里喋喋不休。

圈卡是爸爸亲手套的，他说不给它颈项上套个卡，捕下的鱼就会被它全部吞下肚去。

借着鱼鹰踱来踱去的机会，我清楚地看到鱼鹰脖子上的圈卡处，光净净红丝丝的，没有一根羽毛，似乎是患了癣症。此刻，我陡然对这个勤奋不已的"潜水兵"产生了怜悯，觉得爸爸的做法有些残忍。

我把鱼鹰抱在怀里，给它的患处撒了点消炎粉，又贴了一块一寸见方的胶布，想一定要为它治好伤，且打算今后再不给它套那圈卡了。

第二天晚上，鱼鹰吃了我给的那点可怜巴巴的饵料，便没有像往常那样，缠着我要求再给一点的意思，而是摇摆着身子舒展了一番，便一头扎进了水中。我随即荡起小桨，尾随跟去。

鱼鹰扎进水里后，半天没有出水面。我诧异，怎么回事？我荡起竹排，拿着火把四处寻找。当竹排靠近沙洲时，只见滩上有一尊财神菩萨样的东西，悠然地立在那儿，面朝河水，微松双翅地呆着。

这家伙原来在这！当我跳下竹排去捉时，它竟一下展开翅膀，飞到了沙滩上。我只好又将小竹排荡到沙滩上头，谁知它又飞到了原来的地方。这样飞来飞去周旋了许久，我精力殆尽了，怎么样也触不到它。束手无策的时候，只好去喊爸爸来。

没一寸用的家伙！爸爸气愤极了说，我刚离开就拐了场。

爸爸拖着半身不遂的身体来到沙滩，手里揣着一只饭碗敲着，又微眯双眼，向鱼鹰吹着和谐悦耳的口哨。

鱼鹰先是不听召唤，总是不远不近地和爸爸兜圈子。蹭磨了好一阵，爸爸倏地举起手中的瓷碗，把一块肉扔到地上，并且升高了口哨的音调。

鱼鹰驯服了，吞下那片肉后，就自觉地跪下那对赤红的耙头脚，贪婪地望着爸爸手里的粗瓷碗。爸爸就这样把它擒住了。

回到家里，爸爸重新给鱼鹰的脖子套上了圈卡，动情地望着它：伙计，不是我残忍……我的生活不得不靠你呀……

爸爸一生养了六只鱼鹰。鱼鹰老了以后，爸爸便让它们"退休"在家，和那些鸡鸭一起，每天喂一些小鱼小虾什么的，直到它老死，然后在后山的坡上，点一根香烛，烧点纸钱埋掉。

爸爸去世的时候，令我没想到——他一定要和那六只鱼鹰埋葬在一起。

《天池小小说》2017年第1期

评鉴与感悟

朴实平淡之中蕴含深刻的哲理，是这篇小小说的特点。

父亲迫不得已靠驯养鱼鹰过活，但并非像对待工具一样对待它们，鱼鹰更像是与父亲并肩作战的伙计。父亲去世时的叮嘱，不仅表示他早已把鱼鹰并入家人的行列，同时也是因生活所迫不得已利用鱼鹰的一种补过吧。父亲的无奈和对待鱼鹰的方式，是对生命的敬畏。

作者对于鱼鹰的同情莫名地让人对生命有了更深沉的感动。相比较于他们，那些残忍的杀戮者，那些为了自己的利益肆无忌惮地滥杀各种动物的人实在让人胆寒。当社会因为人们的喜好而与自然失去和谐，最后剩下的还有什么可值得期待的呢？（苏晓萍）

一棵椿树的存在方式

/非鱼

地坑院的日子很缓慢。

太阳从窑脑上开始，在院子里一寸一寸地挪，从东墙挪到西墙，才过去一天。

在这一天里，娘可以做很多事。跟着生产队的钟声下地出响，回家做饭，喂猪喂鸡，缠线纺花，洗洗涮涮，纳鞋底，补衣服袜子，还有，打大姐。

和哥的瘦弱文静不同，大姐实在是有点疯长。娘说：这女子也不知道随了谁。

大姐不光是长得高，长得皮实，最主要是性子野，在她的人生里，似乎就不知道怕。

小孩子都喜欢住姥姥家。奶奶舍不得哥，一直让哥在她的手里牵着，背上背着。大姐就不一样，爱自己跑去姥姥家，穿过两个苹果园，一个水库，半坡麦田，就到了姥姥的村庄。从没有人想起来接她回来，有时候她一住就是三个月半年，家里人似乎都忘记了还有这么一个孩子的存在。

每次从姥姥家回来，大姐似乎都比之前更高更野了，用娘的话说：地坑院里盛不下她了。她手里经常拎个棍子撵鸡逮狗，要么整天架在柿子树上，或者领一帮孩子打架、闯祸，为自己招来娘的巴掌、笤帚疙瘩、布尺、烧火棍……

老孙奶奶家有一棵石榴树，每年五月开花的时候，那些红色的花朵从院墙里探出来，惹得大姐蠢蠢欲动。

在她的带领下，一群孩子爬上墙头，去够那些花。够到手，也没什么用，看一看，扔了。老孙奶奶是豫东人，和豫西的口音差别很大，也许大姐他们就是喜欢听老孙奶奶骂人：鳖孙孩儿，看我不敲断你的腿。石榴长到核桃那么大，大姐的队伍就像一群守卫，天天在墙角转悠，看着老孙奶奶锁了大门，挎着篮子下地干活了，他们就立马上墙，骑在墙头，歪着身子去揪石榴，一直从白籽揪到石榴熟。当然，大姐也有不走运的时候，石榴枝闪一下，她就掉进老孙奶奶院里，但她愣是一声不吭，在院里待了一下午，直到老孙奶奶回来，才飞蹿出去。

和大姐截然相反，哥在奶奶和娘的精心呵护下，长成一个心思柔软、细密的男孩。废弃的场院里除了野猫野狗，还生长着各种树，槐树、榆树、苦楝树、皂角树、楸树，最多的是椿树，苦椿。椿树的种子随风飘荡，四处发芽生根，椿树苗和草一样铺排成一片。

哥大概去挖笨笨牛的，心血来潮，居然挖了一棵椿树回家，宝贝似的要种树。

娘忙得顾不上管他，父亲压根不屑一顾，但奶奶不同，孙子要种树，不能马虎。于是，那棵草一样的椿树从此命运发生了变化，被哥种在了渗坑边上。

也许是哥的玩伴实在太少，奶奶又不放心让他独自出去和其他小伙伴一起疯，哥就把那棵椿树当成了他的好朋友，不时地浇水、施肥。

一棵改变了命运的椿树，果然不负众望，长得和别的椿树大不一样，树干直溜通顺，春天的时候，一簇新叶在顶端花一样绽放。

大姐就在这时候从姥姥家回来了。原本不起眼的椿树此刻引起了她的兴趣，大约是把这簇嫩芽当成了香椿，大姐拉着指头粗的树干，想把那簇新叶掰下来，但她的力气实在太大，手还没有够到叶子，树干咔吧一声，折了。

大姐才不管那么多，折了就折了，她拿着那段树干，把上面的嫩叶掰得干干净净。尝了一口，不对，怎么这么苦，随手就扔了。

哥从学校回来，一眼就看到了大姐搞的破坏。他扔了书包，把大姐摁在地上一顿揍，边揍边把那些苦哈哈的叶子往大姐嘴里塞：馋嘴猫，你吃啊，吃啊。

大姐再野再胆大，但她不敢反抗哥，因为她知道后果。

看到哥哭着揍大姐，一家人心疼的不是大姐，而是哥。奶奶一边抱着哥说好话，一边骂大姐。娘回来，大姐的嘴里还充满了绿色的汁液，听到奶奶学话，娘又逮着大姐打了一顿。

这一次，大姐刚回来就被关在门外，一直等到父亲回来才放她进院。

那棵椿树在哥的哭声中被包上了塑料布，到第二年，又发出了新芽。大姐可能是长了记性，也可能是知道那不是香椿，从此饶了那棵椿树，没再折腾它。

树和哥、大姐、二姐、我一起长，长得枝繁叶茂，树干长出了崖头，只有我偶尔会爬上去看看。

大姐出嫁的头一年，木匠来做嫁妆，两口箱子，一对柜子，可大姐非要一个大立柜。哭，摔东西，不吃饭，但父亲依然不吐口。家里没硬料了，现成大立柜又买不起。

哥那会儿已经上大学了。他说：把椿树刨了。那棵椿树经历了大姐的打击后，大家都把它看成哥的心头肉，奶奶死的时候都没敢刨。

哥说：这几年，大姐太辛苦了。

不说辛苦则罢，一说辛苦，大姐的委屈随着眼泪就往下淌。在砖瓦厂拉砖，在家里挑水盖房，男娃女娃干的活她都干了，这也许就是她坚持要一个大立柜的原因，是她在这个家最后的权利。

树刨了，锯成板子晒干后，做了大立柜的硬撑。

送大姐出嫁那天，哥说：还好你嘴下留情，第二年你再吃就没有大立柜了。

大姐笑着笑着，又哭了。

《小说月刊》2017年第3期

评鉴与感悟

一棵树来描述了一段难能可贵的亲情，别出心裁。

从小就与众不同的"疯"得男孩一样的大姐一开始着实让人看不透，最后通过弟弟转述大姐为这个家没少受苦受累，家里完全把她当成男人用，与小时候的淘气形成反差，小时候的男孩气概也似乎暗示着大姐的命运。最后弟弟主动提出把宝贝了许多年的树做成柜子给大姐做嫁妆，不仅仅体现了姐弟情深，也是对大姐这些年的付出的一点补偿。

树最终成为了她的嫁妆，每一个人都希望她从此以后安然无恙不再为生活而风尘仆仆。（苏晓萍）

孤山上的老狼

/张红静

少年上学时要经过一段无人烟的山路。学堂很远，每天他都要早早起来，怀揣娘给他烙的杂面饼子上路。那时，自行车没有普及，学生上学都靠步行。

山黑魆魆的，不高，也不大，可是传说山上住着一匹老狼。老狼从来没有祸害过人和牲畜，少年不知道狼以什么为生。狼一定很老了，或许每天饮露水，吃野果吧。他每次走过这段路都像躲过一场生死劫。他总是担心狼会恢复狼性，忽然站在他的面前。

这天，走那段路时，他像以往一样提高了警惕，除了自己的脚步声和天上的星星，路上没有一个人。越是安静就越是害怕，村里小伙伴们都不去很远的镇子上读书，可他不同，无论路有多远，人有多孤单，他都要去上学。少年略一分神，忽觉得自己的肩膀上一左一右搭了两只毛茸茸的脚掌。少年吓得汗毛都要竖起来，他用眼角的余光看着，想象着狼的大舌头和獠牙，但是他不敢回头，因为他想起了做猎人的叔叔讲过的狼吃人的故事。

狼最喜欢一口咬断人的喉咙。狡猾的狼不去正面袭击人，总是尾随在人的身后，少年此时如果回头，喉咙正对着狼口。狼便咬断人的喉咙，将人拖走。

少年的心扑通扑通跳得厉害,但仍假装旁若无人地往前走。据说,人有几分怕狼,狼有几分怕人。狼的前爪就攀着他的肩头与他前行。少年这时想起怀里的饼子,他真舍不得这一个杂面饼子,但他还是果断地从怀里掏出来,饼子还温热,他使劲往身后扔去。

　　狼放下脚掌,快速向身后奔跑。少年紧走几步,上了大路。此时天已微明,他啊啊呼喊着奔跑起来,以缓解刚才的恐惧。那天晚上,少年饿着肚子回家,怕娘担心,他不敢跟母亲说起狼的事情,只是让母亲第二天做两个饼子。

　　母亲有些迟疑,这样灾荒的年月,家里的粮食越来越少,没办法,她掺上更多的菜,拌上杂面。娘心里想着孩子长身体了,是该加一些饭,可是粮食哪里来呢?她打算天亮后再找份活看看。

　　就这样,少年每天一早都要给狼一个饼。渐渐地,少年不再怕狼,他与狼之间仿佛有了一种默契,不去上学的日子,他会担心那匹狼挨饿。

　　少年的叔叔背来半袋子粮食。娘说,孩子饭量一下子长了,中午要吃两个大饼子。叔叔说,他这个大人,才吃一个饼子哩,那个饼子,是不是给哪个女孩子吃了?!叔叔悄悄问少年。听少年说了途中的经历,叔叔大惊,果然有这样的狼吗?他可不能让自己的侄儿冒那样大的危险。第二天一早,他穿好棉大衣,藏起来猎枪,独自走在那条路上。这一天,少年没有上学,狼定然在路口焦急地等待少年的出现。

　　叔叔来了,他走得沉稳和干练。忽然,他以猎人的敏锐感觉到了背后的生灵。他没有习惯性地转身举枪,而是等待那匹狼的脚掌攀上他的肩膀。少年讲述的经历他似信非信。果然,待身后的狼走到他背后,他感觉到两只毛茸茸的东西搭在肩上。

　　他依然没有拿枪,而是与少年一样拿出饼扔得很远。所不同的是,他扔到了前方大路的路口。狼饿极了,奔上前去。猎人此时举枪,正击中狼结实的后腿。

　　这是一匹高大的狼,它忽然站起来,疯狂地向山上跑去,一路流了殷红的鲜血。狼走了几步又折返回来,将地上的饼子捡起放到口袋里。

　　猎人吹了吹枪口,冷冷地说:"一点皮外伤!不好好做人,偏要披着狼皮干这点营生！我寡嫂母子二人不容易。兄弟，你就放过她娘俩吧！"

《涅水文学》2017年第2期

评鉴与感悟

小小说是讲究结尾的艺术的。欧·亨利式的结尾，令情节发生逆转，意料之外中令作品的主题得以呈现：原来老狼是有着狼心的人啊！

少年遇到"狼"惊心动魄的经历，暗示出这是一个生活困苦到让人不择手段填饱肚子的年代，在贫困中坚守人性的底线，却是最为可贵的。我们庆幸少年如同一道亮光，不仅温暖了"老狼"，同样也温暖了那个冰冷的年代。

接下来的上学路，小男孩一定能走得心安气稳吧！（苏晓萍）

第八辑

不轻视每一个生命所承受的苦痛,以及这些苦痛对人性的扭曲,展现一个个生命复杂而又痛楚的生命感觉。在这个过程中,以爱和内心的善意拯救于人性的泥淖中挣扎的心灵,给深渊中的人性以温暖与光明。这是文学的担当。

地衣之小国儿

/李瑾

我怕谁呀，啊，我怕谁呀！小国儿大腿拍得啪啪响，眼直勾勾地，你说说，我怕谁？大家哄地笑了。一般人都知道，小国儿灌上半斤老猫尿，就手舞足蹈，找不着北了。小国儿好酒，一天不喝，能把手指头嘬破了。老少爷们说，整个村后，一个人能把自己灌趴下的，除了小国儿这个驴屎蛋子，再也找不出第二个。

小国儿大名叫李彦雷，兄弟姐妹六个，他是老小，打小就被惯得没边儿。他爹外号赤脚大仙，行二，得了病，找个巫婆掐了掐，夫妻在一处，主妻早死。老婆脸一下子没了人色儿，把赤脚大仙赶出去，到死没见过。村里照顾他爹，池塘边有块林地，就让他去当奶头山把守了。二木匠家闺女跳过池塘，捞出来时肿了十八圈儿，大家提起池塘来，脸上总是阴晴不定。很小的时候，我就问，二老爷，你在这不怕啊？他就笑，每天早晨，小鬼儿沿着池塘跑步，我喊号子，一二一，一二一。我听了，一脸崇拜。

小国儿识字不行，摸起鸟蛋来，比摸自己的还趁手。他天天伙了一帮子小孩，在邻村拍腚门子跺脚，刺痒大姑娘小媳妇儿。大学暑假回家，我就问，小国儿，娘们儿啥味儿？他嘿嘿嘿地，软，软啊。旁边的人听了，口水直刺刺。

小国儿的样儿确实不错，打工时，济宁的很多识字班都喜欢。那年回家,他娘给领了一个女的,模样老老的,小国儿不同意,说,我有了。他娘扑通就跪下了,祖宗啊,你有鸡屎啊,咱家叮当响,你还不办事,想让赤脚大仙断根啊。小国儿说,大的我不要。他娘就说,女大一,抱金鸡,女大三,抱金砖,大了,疼人。再说,只要下种,能结果,你管大小老幼!这些话,我是不知道,那天,小国儿喝了半斤,想起济宁的高什么花来,鼻涕一把泪一把,往外倒苦水。

结了婚,小国儿三天不上床,自己在锅屋里烙饼子。他娘说,你作死啊?小国儿说,难看,不想睡。他娘说,关了灯,公母都一样,认命吧。小国儿一脸眼泪。到了晚上,堂屋和锅屋的灯都灭了,他娘才家走。

儿子落地了,小国儿发现不对头,倒不是媳妇儿搞了破鞋,而是她一天到晚念念有词,说神婴神婴之类的,小国儿头嗡嗡地,完了,媳妇儿入了教。小国儿一蹦三尺高,你这个死娘们,和我睡了一年多,才发现你是个妖魔鬼怪长虫精。小国儿连哭带叫,把菜园里的大棚都点了。老婆一看,现了原形,索性在家里做开了法事,饭前祷告,饭后祈祷,还弄些奇形怪状的条幅,啪啪地往墙上糊。

那年春节,两口子半夜又捉对儿厮打。我去拉架,他媳妇儿啥父、啥母、啥婴三位一体地,说了半天,说得我这个大博士,腰粗了好几尺。最后说,小小,你看俺手。我一瞅,全是口子。我一下子就明白了,穷思神,累思变,闺女大了就思春。我和小国儿说,得搞经济啊,只一根儿硬,不中啊。小国儿眨巴眨巴泪眼,不作声了。

这两年,村里兴起了鸭业,一下子全国闻名。小国儿去打工,他老婆就养猪,腰板儿直了不少,忙起来,就没工夫吵架了。过年喝酒时,我说,挺美啊。小国儿吱儿一盅儿,美个屁,死娘们儿,不磕头,不上坟,爹娘死了不哭,说去了天堂,还是人吗?我说,为啥?小国儿嗨嗨地揪着头发,人家不信这一套。强儿在旁边说,大哥,你不知道,他家三间屋,一人一半,这边贴春联,那边贴啥父。小国儿说,一家两制,互不干涉内政。那天,她把啥父贴我床头上,我嗷嗷地撕了,说,你再敢贴,我把你那边贴上福字。我夹起一块冷肉,咋?不在一块睡了?小国儿嚼了一颗花生米,人家是神,我可睡不起。

喝完酒,我去厨房看了看,收拾得很干净,就是大锅前,并排贴了一张啥父、一张灶王。我说，腊月二十三，咋供养？小国儿眼已经直了，谁厉害，供养谁！我是谁呀，啊，我是谁呀！

说这话时，他一脸济宁陶瓷样儿。

《上海文学》2017年第9期

评鉴与感悟

"我怕谁呀，啊，我怕谁呀！"喝醉了的小国儿天不怕，地也不怕！那没喝醉的时候呢？怕他"能调教小鬼"外号赤脚大仙的爹？怕他轻信巫婆算卦的妈？还是怕他的不磕头、不上坟、爹妈死了也不哭的基督教徒老婆？管他怕谁呢，反正喝多了的小国儿照样"厉害得很"！

这篇作品字里行间皆是笑料，语言风趣幽默，十分接地气儿！最难得的还是细节与语言描写恰到好处，刻画出的人物形象个个活灵活现，仿佛你和他们生活在一个地方，仿佛你和他们已经相识多年。

最令人印象深刻的还是小国儿处理夫妻之间宗教信仰不同的方法：一家两制，互不干涉内政！屋子里半边贴春联，半边贴神父；厨房灶台也是一边供灶王爷，一边供神父！你说荒谬不荒谬？可就是那么真实，就是那么笑中一思量，发现事情呀，没那么简单，不是一笑就能了过的……（李孟珈）

特睁的婚礼

/黄彦朝

特睁死了。

他的死讯，似乎没有给宁静的村庄激起一丝涟漪，倒使得宁静的村庄更加静谧，似乎所有的人都屏住呼吸祷告，或默然忘记还有这么一个不大不小的消息，倒是他身后奇异的婚礼，像一串神秘的符号，在人们的心坝上盘桓了一些时日。

在这样一个小小的山村里，一个人死了就死了，自然老死的，没什么大惊小怪。若是英年早逝的，最多赢得一些叹息和几滴同情的眼泪。特睁死的时候，虽然也不过四十多岁，但在众人眼中，他活到这个年纪，已经不算是英年早逝了。所以，他的死是一件平静的事，好像本该如此，也仿佛是众人等待已久的一个结局。

特睁是我们村里的瞎子，眼睛只能开出一条细细的缝隙，眼球在缝隙里只露出眼白，看人或视物，眼球不停地翻转。看他那神情，最多只有常人百分之一的视力。所以，村里的人都叫他"睁眼瞎子"。"特睁"是壮语的叫法，在小名的前面加一个"特"，是对男人的称呼。村里人习惯了叫他"特睁"，他的真名却给遗忘了。

特睁活着的时候，是村里人取乐的对象。他虽然是个"睁眼瞎"，但走路从来不用拐杖，他就凭借微弱的视力，乐颠颠地迈着云步走路。他的腰一直弯曲着，像一张弓。走路的时候，为了保持身体的平衡，两只手就很有节奏地前后摇摆。村里顽皮的小孩见他远远走过来的时候，就学着他的样子走路，其他小孩便哄然大笑。可是他并不在意，装作"视而不见"。村里人不论大小，都喜欢捉弄他。夏天经常见他光着膀子，只穿一条宽大的黑布裤子，用一条细细的麻绳做裤带。他乐颠颠地走在路上的时候，冷不丁就会有一只手突然往下拉扯他的裤子或摸他的蛋蛋。这时候，他就吼叫着，一只手急忙提住裤头，另一只手高高扬起做打人状。偷袭他的人就边跑边哄笑，引得旁人也跟着哈哈哈大笑起来。虽然他的表情露出愠色，但从不真的动手打人，最多是嘀咕着，低声骂几句，然后又乐颠颠地走远了。

在别人眼里，特睁是个十足的怪人。他虽是个瞎子，但却特别喜欢把脸仰向天空，像是看什么，也像是思索什么问题，有时候还把右手举过头顶轻轻舞动。这有点像电视里舞蹈演员的动作，古怪但又神秘，也引人发笑。经常听见有人这样讥笑他："癞蛤蟆想吃天鹅肉吧，瞎子望天，有天鹅飞过你也看不见，哈哈哈——"他还有一个古怪的习惯，就是喜欢闻东西。走路的时候，手里摘一片树叶或者一朵鲜花，时不时放到鼻子底下嗅一嗅，仰起头，嘴角微微上翘，做出陶醉状——像一位优雅的诗人。他除了闻树叶和鲜花，还闻纸币、烟纸，以及手里的任何东西。这古怪的动作也给村里人添加了不少笑柄，但他丝毫不在乎。

特睁在村里是个有点古怪又有点乐趣的人，但在他父母的眼里，却是个累赘。他从小就瞎了眼，所以一直靠父母养活。因为看不见东西，干不了什么活儿，整天只是东游西荡。经常听见他母亲骂他是个驴都不如的废物。他从不顶嘴，也不愠怒，表现出一副死猪不怕开水烫的神气。后来，他竟找到了活儿。原来生产队唯一的一台碾米机无人打理，废弃了，各家各户只好用人拉的石磨来磨米。有劳力多的人家，尚能应付，而人手少的人家，就犯难了。特睁就开始为缺少劳力的人家拉磨，用身上的力气换取一点工钱。每天都有人叫他去拉磨——他像一头驴一样，卖力地拉磨，他的收入也越来越可观。每次磨完米，主人都会当面称斤论两，支付工钱。拿到钱后，特睁喜欢用双手摩挲，放到眼前看看，再用鼻子闻闻，然后满足地离去，身后留下一串谁也听不懂的吟歌声。

特睁拉磨挣的钱从不自己花，除一部分交给父母亲，其余的都积攒起来——似乎数目很可观,他的父母亲不再唠叨他是个累赘了。但有一件事,却惹怒了家人,也成了村里人常常提起的笑柄。"爸爸,能不能为我说一门亲,讨个媳妇啊?而且也要像村里人一样办场婚礼……"不知是哪根筋作祟,"睁眼瞎"特睁竟不知天高地厚地提出要讨媳妇。这让他家里人以为他疯了。"你一个瞎子,驴都不如的睁眼瞎子,自己都养不活,还想讨媳妇?我们死了,说不定你还得靠喝西北风活命呢!"他父亲像在捍卫一条千古不变的真理一样,满面威严和决绝。"我、我、我可以拉磨挣钱养活自己的,也可以养媳妇的——""就凭那点苦力活也能养家?再说,一个瞎子讨媳妇,这不是闹笑话吗?"他父亲气急败坏,捡起脚边一根劈柴猛地砸向他的头,一下子就有温热的鲜血从他的发丝里滴落下来。

　　人们看见特睁一只手捂着受伤的头跑出房子时,便问他是怎么受伤的,他没有出声,只是远远地跑开。后来,有人问起那受伤的事儿,他就说是自己跌倒的。但从他郁郁寡欢的表情,人们可以猜到他不只是头部受伤,更痛的伤,也许是来自心脏的。

　　一个细雨纷飞、百草吐芽的清早,有人发现特睁的尸体浮在村口的荷塘边。他是不小心掉下去,还是自己跳水死的——谁也不知道。

　　特睁死的那天正是立春,整个寂静的村庄,回荡着布谷催耕的啼叫,远远传来农人吆喝牲口的声音。许多人在地里忙着活儿,只有几个人为他送丧——他就这样安静地消失在出丧的路上。

　　特睁死的第七天,却出乎众人意料地热闹了一场——那是特睁的婚礼。婚礼上,几乎所有村里的人都来参加,有帮忙做事的,也有来看热闹的。在锣鼓声、鞭炮声中,他的婚礼震撼着所有在场人的灵魂。偶尔听见几个妇人的嘀咕声:"这睁眼瞎死得值呢!""是啊,这么热闹的婚礼,他也该心满意足了。""有这样办事周全的父母,死也该瞑目了吧。"

　　听说特睁的父母亲给他讨的媳妇是三十年前落水死的一个小女孩,那时她大概是八九岁,现在算来也是四十出头了,从年纪上看,是多么般配的一对。两个布娃娃般的稻草人胸前,写着两个对村里人来说很陌生的名字:杨从天、潘仙草。在两个道公的帮助下,他们完成了隆重的婚礼。

《广西文学》2017年第6期

评鉴与感悟

一个看不见东西的睁眼瞎男人，被村里人用壮语叫作特睁。特睁的眼睛看不见，心却很透彻。

他不在乎别人的取笑，他寻找自己的快乐，他做他自己的美梦。他的梦是娶一门亲，办一次婚礼。他辛苦干活换来积蓄，他求父母给他说亲，换来的冷嘲热讽硬生生撕碎他的梦。瞎子就不能结婚吗？瞎子就不能有盼头吗？是特睁运气太背，错过了所有善解人意的灵魂，还是这世间偏见太多，善解人意的灵魂却寥寥无几呢？一个生命的离去，悄然无息，却使他未完成的梦引得人们连连赞叹。以命换梦到底值不值啊？我也说不清……

整篇作品的叙事结构设计得非常好。开头介绍特睁以及特睁美好的一面，内容真实气氛轻松。中间开始慢慢引出特睁的"梦"，然后到现实与期望的冲突，气氛自然而然地紧张。结局既在情理之中，又在意料之外，令人唏嘘不已。（李孟珈）

论王石头的重要性和非重要性

/非鱼

坐在我面前的是王石头。

"不死了?"

"没法死。"

我并不知道她到底叫什么,她没有说,我没有问。王石头这个名字,是我在心里给她取的。原因很简单,她坐下来的时候,土灰色的羽绒服随着身体的松懈,在沙发上摊成一堆,就像一疙瘩圆滚滚的石头。

被我叫作王石头的女人,用力擤了一把鼻涕,另一只手去兜里掏纸,没有。我赶紧递过去一张,她擦了擦手,又狠狠地揉了揉鼻子,把肉乎乎的鼻头揉得通红。

"死都没法死,我憋屈。"

我在一家自媒体公司工作,说起来是记者,其实就是接听电话,解答投诉,找点小道消息,甚至遇到像王石头这样的,做一个蹩脚的心灵按摩师。

谁的头顶都是一会儿蓝天,一会儿乌云的,我还一肚子憋屈呢。之前王石头不停地给我打电话,说活不成了,要跳楼,要上吊,要吃老鼠药。每次,我都苦口婆心地劝她,给她找出一万种活下去的理由,说得脑袋缺氧。但过一段时间,她又会打来电话,我一接,她就不由分说地哭起来:

"这回我是真真活不成了,你别劝我,我现在就吃安眠药。"

最后一次打来电话时,我刚被头儿训过。原因是我提出要调部门,我受够了每天的鸡毛蒜皮,我不是在媒体上班,更像一个居委会大妈。头儿说我一屋不扫何以扫天下,小事做不好,到哪儿都是一堆废材,说得我满腔怒火,又无处发泄。正好,王石头打来电话,说她不得不死。

"要死就赶紧。跳楼,上吊,卧轨,吃老鼠药,安眠药,点煤气,抹脖子,哪种方法都行。"我恶狠狠地说。

王石头大概没想到我会这么回答,她愣了一下,喉咙里发出不停叹气的声音。"报警找110,死不了伤了找120。"我不由分说挂了电话。

过了几天,头儿说有人找我。

在会客室,我见到了王石头。

她一开口说话,我就知道是她,一个多少次要死而没死的女人。

我说:"要死肯定有死的理由,为啥?"

王石头说:"日子过不下去了,哪条路都堵死了。"

所有的路都是由一条路引出来的。起头是她得了乳腺癌,还好发现得早,没有扩散,切了一个乳房就完了,连化疗都不用。可她所在的单位找了个借口,把她开除了,她就没工作了。丢了工作,她天天在家穿着睡衣,脸也不洗,愁眉苦脸,老公看了心烦,回家就发脾气。闺女让她检查作业,她心不在焉,总是弄错,闺女也嫌弃她。她更是心懒,屋子也不收拾,到后来,饭也做得七生八熟,老公开始跟她吵,摔东西,甚至动手打她。于是,她开始一次次地想一死了之,最后却变成了以死相逼,把老公逼到别人床上去了。

最后一次给我打电话的时候,是老公在外面几天不回家,一回来又打了她。她真想死的,割腕,就死在家里,要让家里变成一片血海,让老公一进门就害怕。念着我以前对她的好,一个素不相识的人对她不厌其烦的安慰,她想给我说一声谢谢。谁知我劈头盖脸一顿吼,反倒让她不知所措。

我的脸红了一下。"真抱歉,我那天心情不好。"我说。

她说:"也就是那天,我愣怔了好半天,这世上竟然没有一个人关心我的死活,我死了又有啥意思?"

"这是你不死的说法?"

"不是。是我闺女的辫子。"

那天上午,她一直坐在屋里想死不死,咋个死法,饭也没做。闺女跟她爸买了凉皮和烧饼,在客厅吃着,说下午要排练节目,老师让统一梳新疆辫子。她老公说不会,闺女饭也不吃了,抽抽嗒嗒地哭。听见闺女哭,她心烦,冲闺女吆喝:"别号了,我给你梳。"

想到马上要死了,也许这是给闺女最后一次梳辫子,她的心还是疼得不行。一根根辫子编得很认真,编到最后泪都滴到闺女头上了,但闺女没发现。

辫子编好了,闺女照照镜子,转了一圈,让满头的小辫子飞起来,开心地说:"妈,你手真巧,编得真好看。"说着搂着她脖子,在脸上亲了一口:"妈,我以后每天都要编这种辫子。"

呼啦一声,好不容易堆起来的石头块垒全倒了。她叹口气:"还真死不成了,死了谁给闺女编辫子?"

"就是,起码你编的辫子好看,你闺女离不了你。"

"可我还是憋屈啊。"

"谁不憋屈?要是憋屈都去死,那世界上人早都死绝了。"

"唉……也是啊。"

王石头临走的时候从包里掏出一个塑料袋,塞给我,脸憋通红,说:"这是我腌的泡菜,你尝尝。"

我接了,她临出门的时候,我问她:"还不知道,你叫什么?"

她说:"我叫祝红梅。"

我笑着说:"嗯,比王石头好听。"

她大瞪着眼:"王石头是谁?"

《海燕》2017年第5期

评鉴与感悟

一则社会新闻，一名记者的遭遇，一位女性的人生。

"我"很烦躁，王石头石头般坚硬的自杀念头和自我否非意识让我非常"烦躁"。于是"我"忍无可忍，无需再忍，对她劈头盖脸一通吼，事情却在此出现了转机——给女儿编头发的时候，王石头意外得到了女儿的称赞，这小小的称赞找回了王石头对自己能力的认可，也让王石头心上的石头全然卸下。确实，我们在连续遭受挫折之后，容易开始自我否定，这种时候谁劝都不好使，还是得让人重新认可自己。面朝大海，春暖花开。其实我们的生活本可以活得很轻松愉快，何必自己给自己背上大石头，以致无法抬头发现生活的美丽从而错过许多旅途的风景呢？作者使用了插叙的手法，却把故事讲得清楚明白。

小小说，却蕴含人生的大智慧：怎么看一个人到底重要或不重要呢？那人要觉得自己重要，他便重要；那人要觉得自己不重要，那他便不重要了。（李孟珈）

寂寞地活着

/晓晓

又是一阵寒得刺骨的晚风，夹杂着星星点点碎雨四处敲打，能听见四周围的竹枝竹叶沙沙乱响。冷不要紧，可不能淋了雨。

人们也都在外面呢，从不知道回家。或睡，或站，或坐，或靠，或趴，天天如此，也不知道变化一下。就连表情都是，咧着嘴笑，伸着头瞅，托着下巴思考，眯着眼打盹，竖着眉头瞪人，一人一个姿势，天塌了都那样。

这小小的山村，除了我们，还剩多少生活的气息？

这，得感谢一个人。

他叫志郎。

少时的志郎顽劣无比，不喜书本，无心向学，还偷鸡摸狗。长大了一些，他又欺行霸市，肩背上一天到晚扛一把武士刀，无人敢惹。在一帮无赖的怂恿之下，他硬生生砍断了一个游方僧人的双脚。笃信佛教的父母当着所有村人的面，老泪纵横地跪在志郎面前，父亲的手里攥着一把短刀，抵在自己的胸口上，说："今天你要不死，就是我们死。"

趾高气扬的志郎颜面扫地，一刀割断父母牵扯着的衣角，掉头而去，从此销声匿迹。

这一走，就是三十多年。

满脸沧桑的志郎是跛着一条腿回到山村的，没几个人认得出他。山还是那么挺拔俊秀，水还是那么清澈洁净，竹还是那么劲节摇曳，唯独父母过世，成为黄土一捧。

志郎跪在父母坟前，一跪就是三天三夜，不吃不喝，不动身形。志郎不走了，把墙倒梁塌的老屋照原样翻盖，住了下来。

不忘志郎旧事的老年乡邻，早已把志郎的过去传遍了新生代，没谁敢接近他，连说句话都不敢。志郎也从不主动找人说话，除了上山下田，耕作劳碌，一个人闷在屋里，哪儿也不去，谁也不理。

时间过去，有村人从志郎门前经过，听见里面有说话声。只有志郎一个人，哪来的说话声？大家伙闻听，都感到不可思议。有人趁志郎出门干活，偷偷溜去察看，这一看，吓得魂飞魄散。

志郎的父母又活了，好端端地坐在家里。跑出一段路又觉得不对劲，折回头细细一看，原来是两个布做的玩偶，真人一般大小，但像极了志郎的父母。事情一传开，村里炸了窝，说什么的都有。渐渐地，先是老人，然后是中青年，接着是小孩子，慢慢向志郎靠近，帮着做个什么事，找着话头唠几句，关系慢慢融洽起来。

有邻居找志郎帮忙。老人去世，思念不已，也想有个跟志郎父母一样的布偶放在家里。志郎答应了，一个月过去，一个活灵活现的布偶就出现在面前，让邻居热泪止不住地淌。

有了开始，就一发不可收拾。村子里只要有人去世，无论是寿终正寝还是因故夭折，就会找上门来。志郎有求必应，每一个都精心制作，栩栩如生，像活的一样。

志郎年纪大了，腰佝了，背驼了，头发白了，农活早就干不了了，手上却没停过。

外面的世界很精彩。走出村子的步伐不少，能够回来的寥寥无几。这里太偏僻、太闭塞了，要什么没什么，生活也没滋没味、没情没调。除了一些老年人还在坚守，差不多都搬了家，不再回来。

我发现，村子越来越安静了，布偶越来越多，人越来越少。不只是我的发现，一个背着相机采风的摄影师也发现了这个问题，这里咔嚓几下，那里咔嚓几下，一发到网上，火了。有好多好奇的人来游玩，抱着这个拍两张，搂着那个照几下。扯过来，拽过去，别看他们的表情一点没变化，心里却难受无比。这只有我能知道。

早先，还有思念的人对着说说话，现在，连认得的人都没了。有的干脆被丢弃在那儿，没人管，没人问。现在倒好，成了陌生人玩弄的对象。

我想哭，替自己哭，也替他们哭。可我哭不出眼泪来。我想死，可死不了，从诞生那刻起，志郎只打算让我们活着。

志郎死了，死的时候还在做布偶。所有的布偶都哭了，在心里默默地哭。

虽然我只是一只布偶，但我在活着，寂寞地活啊！

《小说月刊》2017年第6期

评鉴与感悟

志郎少时意气风发，因与父母赌气而离家，饱经沧桑而归，把对双亲的思念，化作布偶，与之相伴。

小小的村庄，布偶日增，活人渐少。布偶哭不了，布偶死不了，布偶是浓浓的乡愁，也是深深的牵挂。可布偶就是布偶，一动不能动，只能寂寞地过活。曾经有人给我说过一个比喻：亲人就像是头发，它会随着年岁越来越少，要趁有的时候多梳一梳，别等到头发都掉光了，再来感慨为何一头秀发乌黑亮丽的当初，忘了轻轻拿起梳子精心打理。没错，成长路上最痛彻心扉的莫过于子欲养而亲不待。布偶不死，布偶为何活着？在我看来，大概是因为布偶即思念，而我们对亲人的思念永远也无法泯灭。

此篇作品开头就描写村庄现状，为下文埋下伏笔，篇末才揭晓全文的叙述者是一个布偶，构思巧妙，令人惊叹。（李孟珈）

老人的村庄

/李忠元

"狮子山"台风肆虐,下了一晚上的倾盆大雨,到了第二天早晨,大雨终于有了停下来的意思了。

黄华黄老汉起了床,他推开房门,竟然发现自己的土坯房泡在白亮亮的水里,就像搭上了一艘飘摇的小船,让他触目惊心。

黄老汉这座老房子建得早,整整经历了三十多年的风风雨雨了,本来就千疮百孔,经雨一泡,倒掉的危机立时显现。

眼下迫切的任务是排掉积水,在墙根下打几个木桩做支撑,维系住整座房子,防止墙体被水浸泡后进一步坍塌。房子要是倒了,黄老汉就连个住的地方都没有了。

不是没钱建房,而是根本没有干活的劳力。黄老汉的儿女和村里其他年轻人一样,都离开家乡去城里打工了,就连逢年过节都难回家一趟。这下,村庄就属于老人了,黄老汉等一代白发苍苍的老者成了这个村庄的主宰者。说到底,整个村子只剩下一些老弱病残了,哪有一个能出力的啊?

没有劳力,也得找劳力。在这样迫切的困境里,黄老汉在全村里一家挨一家地找,总算在老人堆里找出两个体力壮一些的,就央求他们帮自己修葺一下房子。

没了年轻人,老年人的劳力显得弥足珍贵。他们有约在先,帮一个工，用工者的儿子回家时，就要主动上门帮着做一些重体力活，这是全村人定下的死规矩，谁也没权利更改。

黄老汉满口答应下来，他心里知道，因为这条不成文的规定，自己都给儿子答应出去三十多个换工了，可儿子根本没有回来一趟，这些换工还是一个个不切实际的符号。

黄老汉一想到这，就感到自责和惶恐，觉得自己实在对不住这些朴实的乡亲们。

不过，两个老人根本没有过多考虑那些陈欠，最终还是来了。他们和黄老汉共同努力，费了好一番周折，才将黄老汉的房子做了加固，垫上了护坡，免得再下雨，水再次泡到墙体，弄到不可收拾的地步。

收了工，黄老汉为两个累得不住大口喘息的老人预备下了饭菜，推杯换盏之后，才让他们心满意足地回家了。

不过，黄老汉可没算完，他拿出抽屉里的小本子，在上面郑重地记下第七个"正"字。黄老汉捧着手里的本子，看着第七个只剩最后一画没写全的"正"字，顿时觉得压力山大。这可是三十四画啊，整整三十四个工，儿子回来了，他一定敦促儿子还给人家，不能欠下人情，这东西压得人实在喘不过气来啊！

没想到，正当黄老汉为这事牵心挂肚的时候，儿子还真的从城里回来补办丢失的身份证了。

坐在酒桌上，黄老汉就把这件牵肠挂肚的事说了出来，还再三叮嘱儿子这回在家多住几天，好将欠人家的工统统还给人家，做到两不亏欠。

黄老汉急得像跳猴似的，可儿子却根本没放在心上，他嗞溜嗞溜地喝了两大杯白酒，就匆匆回房间睡觉去了。坐了十个小时的长途车，难免犯困，他也着实困倦了。

第二天一早，黄老汉心里有事，睡不着觉，就早早地起了床，走到儿子的房间，准备催促他去给乡亲们还工。没想到，儿子的房间竟空空如也。儿子说不上啥时候走了。黄老汉的心悬着，根本不相信儿子会这样一走了之，可找遍了家里的角角落落，连一个人影都没有，看来儿子还真是走了。

黄老汉失魂落魄似的，他觉得那个小本子上他用心记下的三十四画的

"正"字越长越大了,背负在他老弱的肩膀上,压得他有些喘不过气来了。

无独有偶,黄老汉的邻居王老汉的儿子出门,王老汉也欠下三十个工,可儿子竟在城里遭遇了车祸,下半身截肢,终身残疾。王老汉得悉儿子的病情,再看看同样记录换工的小本子,摇了摇头,竟然一伸腿,走了。

虽然欠下了饥荒,但王老汉死得其所,全村人反而对王家父子大为赞扬,主动说他们欠下的工不用还了。

看人家王老汉这么讲义气,黄老汉一时急火攻心,竟然也病了。

黄老汉躺在床上,可直到奄奄一息了,还是闭不上眼睛,嘴里始终重复着那个数字,三十四、三十四、三十四……

儿子回来了,黄老汉的老伴儿为了让黄老汉能心满意足地闭上眼睛,安息于九泉,就打发儿子一家挨一家地还工。

当儿子整整做完了第三十四个工的时候,儿子刚好听到了自己家的方向传来了悲凉的哭声……

《金山》2017年第8期

评鉴与感悟

中国城市化进程的加快,使越来越多的年轻人离开家乡,到城市打拼,留守老人和留守儿童成为一个日益受到全社会关注的问题。作品便在这样一个大背景下讲述了一个小故事。

主人公黄老汉是典型的中国农村汉子形象,实心眼,好面子,欠人家的一定要还。他欠下三十四个工,可是儿子迟迟不归,好不容易盼到儿子回来,说不了几句话儿子又悄悄离开了。邻居王老汉家的意外刺激了本就寝食难安的黄老汉,情节也被推向高潮。而黄老汉的结局令人唏嘘,他对信誉的重视,是我们应该学习的美德。除此之外,"老人的村庄"这种社会现象引人深思。

本篇作品,取材典型,描写详略得当,对黄老汉心理与细节描写十分自然紧凑,而黄老汉这个朴实的人物形象的成功塑造,令人印象深刻。(李孟珈)

精准到户

/戴希

接到通知后,村里很快向乡里上报了一份贫困户名单。

可发放贫困救济金之前,乡里却要直接上门,逐户查看。村里一紧。

"能否不劳烦乡里,让村里再复核复核?"村里请示。

"不行!"乡里答复。

村里慌了:"以前不是这样啊,怎么现在……"

"这是精准扶贫的硬性要求!"乡里回复。

"那……还能换一份贫困户名单上报吗?"村里试探。

乡里惊问:"为什么?"

"我们原以为,这笔钱会先由乡里拨到村里,再由村里逐户发放。所以……"

"钱不拨给村里,由乡里直接发放到户,有什么问题吗?"

"也没什么问题,只是——"村里嗫嚅道,"咱上报乡里的名单是虚的,他们不仅不贫困,还是村里的富裕户。"

"大胆!"乡里火了,"你们竟敢欺上瞒下,不讲政治!"

"可是——"村里支吾道,"我们也万般无奈啊!"

"万般无奈?"乡里追问,"此话怎讲?"

"因为嘛,村里一直没有集体收入。而现在,无论做什么村里都要花钱。可钱从哪来？就靠这些'贫困户'啊！"

"就靠这些'贫困户'能有钱？"

"对！这些'贫困户'的亲属，有的是能人，有的是老板，都资助过村里。没有他们的支持，村里的工作寸步难行！"

"那他们为什么要资助村里？"

"有官员本来就有扶贫任务，用的又一部分是公款，何乐而不为？至于老板嘛，想赚个好名声，然后再赚大钱，最后名利双收。"

"既然如此，那他们资助就资助呗！"

"不行啊！"村里解释，"如果咱不懂人情世故，不能知恩图报，以后还有谁会再帮村里？"

"难道就没有其他办法好使？"

"想破脑壳，还真没。只有这笔贫困救济金可用来送人情。送人情做啥？巩固关系，加深感情，争取后援。要不然……"

"太过分了！如此精准，哪里是扶贫？马上整改！"

"遵命！那明年……"

《羊城晚报》2017年5月15日

评鉴与感悟

中国的人情社会，一度让外国人摸不着头脑。今年国家推进脱贫攻坚政策，这篇小小说就是从扶贫的最前线入手，揭露了"精准扶贫"，问题出在太过"精准"上。

作品以乡里和村里的对话展开，言语轻松却反讽意味十足，特别是村里对他们不把救济金用于扶贫，而是把钱用作巴结富户的"顺水人情"这件事辩解得"头头是道，有理有据"，不禁让人哭笑不得。

希望有一天"精准到户"不再是一个带有讽刺意味的题目，而是百姓们津津乐道的口碑。（李孟珈）

朋 友

/臧北

"早上好!"

我推开窗,猫跳了进来。

这是只流浪猫,但是我从不叫它流浪猫,因为我不觉得给一个自由的生命加上限定词的做法有多少意义。既然我不知道它的名字,而它也没有告诉我的意思,那么我只要叫它猫就好了。

六年前,我刚搬到这个小区,在我书房窗外的空调风机顶上,猫就住在那儿。上帝用墨水把它涂得漆黑。它并不常住,每年只在我的窗外待一个月左右,那都是在春暖花开或者是秋高气爽时节。有时候,一般是礼拜天,我会推开窗,邀请猫进来坐一会儿,聊上一会儿天。它是只极其绅士的猫,它会趴在我的书桌上,有时候是蹲踞在我对面的方凳上,还有的时候——比如现在——是坐在我平时常用的靠背椅上,是真正的坐,就像我们人类一样,但它的腿太短,跷不成二郎腿。我们无话不谈,而且我也不觉得有任何障碍,当然我使用的是不太标准的现代汉语,偶尔也会用苏北方言,而它则用它一贯的呼噜噜呼噜噜或者呼噜呼噜,恕我耳拙,我听不出它的口音和籍贯来。

我一直在努力教会它弄明白自己是谁。作为朋友,我想我有这个责任。

我做了一块小黑板,用粉笔在上面写了一个大大的汉字——猫。

"你是谁？"我微笑着引导我的朋友，"请跟我念：猫——"

"喵——"

"猫——"

"喵——"

我承认，在引导我的朋友建立自我意识方面，六年来毫无进展。不过这并不影响我们教学相长的热情。每年它独自来到我的窗外，举起前肢优雅地敲敲窗，又敏捷地跳到我的书桌上，又轻轻一跃稳稳当当地落在它的专用座椅上——那平常是我的座席，气定神闲地捋一捋胡子，然后开始它的身份练习。

猫有些胖了。这六年来，每一次归来它都会有些新的变化，有时候是变得时髦，有时候是变得强壮，有时候是晒得更黑了，而最近两三年，则一年年沉稳起来。

我们微笑着相互打量，用目光拥抱。然后，我从书架后面拿出了我们的小黑板。

这是第几堂课？我不记得了。

"请跟我念：猫——"我说。

我的朋友在喉咙里面呼噜噜嘟哝了一句。我想它大概是还没有完全回忆起来我们以往所学习的。

"猫——"我说。

我的意思是，"喵——"

突然，一个浑厚的男中音吓了我一跳：

"猫。"

它似乎也吓了一跳，猛地耸身，毛发奓起，扭头从大开着的窗子跳了出去，像一道胆战心惊的黑色闪光消失在茂密的草地上。我知道，我的朋友从此再也不会出现了。

评鉴与感悟

叙述者的朋友，是一只被上帝用墨染出来的黑猫。

有趣的是叙述者似乎并不把这只猫当作流浪猫看，而是像对待朋友那样对待他。他们相互对话，一个说"不标准的现代汉语"，一个说"呼噜呼噜"。他们学习，一个教"猫"一个学"喵"，直到有一天黑猫突然开口说话了，一声低沉的"猫"，吓了叙述者一跳，也吓了黑猫一跳，他们的缘分，就这般不了了之了。

这小小的故事，有惊有喜。惊的是作者的思路很清奇，讲出来的故事有不一样的感觉，流畅舒适，同时结尾的转折十分有趣，让人忍不住惊叹；喜的是，作者自有一种驾驭文字的能力，字里行间藏着妙语，引人发笑，很有自己独特的叙事风格。（李孟珈）

卖 羊

/杨 著

1

　　这个时候，雪儿准被卖掉了，爷爷正往回家的路上赶吧？蔡小甜的眼泪再也忍不住，啪嗒啪嗒掉进了盛着饭和咸菜的搪瓷缸子里。

　　雪儿是一只羊，刚牵回家时还很小，浑身雪白，一对眼睛却黑得发亮，双眼皮的哩，忽闪忽闪地望着蔡小甜。"好可爱的小羊哦！"蔡小甜十岁了，第一次看见爷爷牵回一只小羊，自是欢喜莫名。她搂着小羊，将脸贴着它温暖的白袄子，说，"我叫你雪儿吧，好不好？"那小山羊抬起头来，颤颤地咩了两声，算是同意了。于是，蔡小甜就大声地不住口地喊："雪儿，雪儿！"一只小山羊，轻易没收了这个女孩素有的沉默和胆怯。

　　爷爷烧了一锅子烟，袅袅烟雾里，一张叠满了皱纹的笑脸，若隐若现。

　　蔡小甜两岁多的时候，妈妈就跟别人跑了。听爷爷说是家里太穷了，留不住人，爸爸则说她本就不是个好东西。不管他们怎样说，反正在蔡小甜的记忆里，"妈妈"这个词语就不曾留下过一丝痕迹。爸爸一直在外面打工，有时在广东，有时又去了西藏，用爷爷的话说就是："天南海北都跑遍了，就是挣不到钱。"

　　家中就祖孙俩，不，还有几只鸡，现在，又多了小山羊雪儿。

　　蔡小甜在村小上学，中午不回家，自己带了米在学校蒸。从家里到学校有七八里路，从前放学回家，有时候想想爸爸啥时回来，有时候肚子饿了，就想想爷爷晚上会做点儿啥吃的。现在这一脑门子想的，就全是那只小山羊啦。心头念着，脚下也得了力一般，连蹦带跳地，七八里的蜿蜒山路很快就被甩在身后了。

想必雪儿也是这样念着蔡小甜的。等那个小小的身影一出现，雪儿就会从草丛里抬起头，咩咩地叫唤几声。蔡小甜赶紧跑过去，蹲下身子，一会儿拎拎雪儿的长耳朵，一会儿又拍拍它的白袄子。雪儿也不闲着，每一次，都要拿脑袋去蹭蔡小甜，把满嘴的青草气息喷她一脸。

蔡家大沟的几面山坡除了繁盛的野草外，不出产别的，雪儿埋首于此，终日饱享细嫩鲜美的芳草大餐，半年时间就长成一头圆滚滚的肥羊。

天渐渐冷了，城里人又在寻思着吃烤羊肉、喝羊杂汤了。有一天，爷爷说："明天把羊儿牵去卖了。"他像是对自己说，又像是给蔡小甜说。

蔡小甜一听，泪珠子就跟同学们在作文里写的那样，断了线儿。蔡小甜拿袖子抹了一把眼睛后，就看着别处不作声。她知道，当初爷爷买回小羊就是等长大后卖钱的。雪儿不是城里孩子养的小乌龟、小白兔，它不是宠物，和圈里的猪、地坝头的鸡鸭一样，是乡下人家的油盐钱。

2

爷爷已在镇上的集市里守了一上午了，雪儿还站在他身边。

问的人倒是不少，本来嘛，瞧雪儿那身油光水亮的白皮袄子，多抢眼啊！刚牵到市场，就有人来问了。

"羊儿怎么卖的？"

"二十块一斤。"

"太贵了嘛！十六块，我买了。"

"莫说十六块，十八块我都不卖，我这个羊儿，值这个价钱。"

那人冷哼一声，拔脚便走。

一上午，这段对话仿佛被复制后按了播放键，在集市里响了若干遍。

十六块，莫把你吃嗝了。爷爷没好气地想。蔡幺婶屋头那只羊，膘腔腔的都卖十六块，雪儿二十块钱一斤，那是千值万值。

快散场了，怕是没人问了吧，怕是得回去了吧。雪儿想着蔡家大沟青草坡的方向，眼睛都发绿了。不想又过来一人，满脸的络腮胡子，雪儿下逐客令似的不耐烦地冲那个"络腮胡"叫了几声。

"络腮胡"把雪儿好一番打量，也还了个十六块的价，见不行后又添了一块。

爷爷有些心动："这样吧，我少一块，你再添一块，羊儿你就牵走。"

"络腮胡"眼睛一乜："你这个老头儿一点都不干脆，十七块还不卖就只有牵回去了咯。"走了两三步后又把那毛发茂密的脸膛子转过来，"到底卖不卖？"爷爷嘟囔了一句："我孙女当宝贝一样的，十八块我都还不想卖呢。"爷爷摇了摇头，大声回道，"不卖！"雪儿咩咩几声，像在咯咯地笑。

集市冷清下来，爷爷和雪儿的肚子却热闹起来，咕咕咕地叫得欢。"走，回家，脚板都坐麻了。"爷爷从石阶上站起来，拍了拍屁股。雪儿仰起头来，又是咩咩几声。

二十多里路，早就饿得清口水长流的雪儿，却一直昂着头，像打了胜仗的将军，把羊蹄子迈得格登格登直响。

3

放学了，蔡小甜磨磨蹭蹭地走在回家的路上。没有了等她回家的雪儿，屋旁的那面山坡不就是一片荒漠？

这时，耳边传来"咩咩"的叫声，急迫而喜悦。蔡小甜瞪大了眼睛，是雪儿在叫她呢！"雪儿！"她一边喊一边跑，头上两只歪歪扭扭的羊角小辫欢快地跳。

蔡小甜抚摸着雪儿的白皮袄子，喃喃地唤，雪儿也发出撒娇的颤音，半闭了眼睛，很满足，很安静。

夕阳给蔡小甜和雪儿镀上了一层柔和的光晕。爷爷坐在树桩子上，他没有文化，却发现那就是一幅好看的画。往日的这个时候，他已在淘米煮饭了，可今天还想再坐会儿，再看一看。

爷爷想，幸好，"络腮胡"没有再添上那一块钱。

"爷爷你真好！"蔡小甜抬起头来，扯开嗓门喊了一声，于是满山遍野都回响着："爷爷你真好！"

爷爷烧了一锅子烟，耸起肩膀，可劲儿抽上一口后吐了出来。蔡小甜和雪儿便在烟雾里嬉戏打闹。爷爷也想痛快地笑一回,可脸上的肌肉好像被什么东西拽住了,怎么也笑不出来。

《百花园》2017年第6期

评鉴与感悟

爷爷身上有人性复杂的表现:一边为了生计顾不上孙女难不难过,要把羊牵去卖了;一边又从心底里疼爱孙女,犹豫着这羊到底卖不卖。最后爷爷不得不"听天由命"咬定一口价不松口,把决定权交到最后一个客人手中。可以看出,作者在情节构思上花了很多心思,以一块钱价的差距,来衬托爷爷对孙女小甜浓浓的爱。

小说结局本来应该算是美好的,但是爷爷"怎么也笑不出来",也道出了这对爷孙面对的生活重压,这也把现实与愿望这一组充斥全文的矛盾推向了高潮。(李孟珈)

致命绝杀

/梁闲泉

劫掠

金的故乡在悬崖峭壁上。那山很高,快插入蓝天了,终日白云缭绕。

金出生后,只在家里生活了一个来月,就被人抱走了。

抱金的人必定是身手敏捷,不然何以攀上那么险峻的悬崖。金的眼睛被蒙着,一双有力的大手把金抱到一个气味完全陌生的地方。怎么说呢,暂且叫新家吧。

金后来才知道,这是在一个蒙古包里。

金那时太小,不知道怎么样才能逃走。再说,眼睛一直被蒙着,又被缚在柱子上,大人也难逃脱。

在金的记忆里,这家人对金还不错。金有固定的住处,一个双手力气很大的男人天天和它接触,给它牛肉吃,和它说话。话虽听不懂,但它能从男人的脸色和声调判断出个大概意思来。他还经常抱金出外散心。金渐渐认他做好朋友了。不,他应该是金严厉的父亲,老师,主人?对,还是叫主人吧,贴切些。

主人喂牛肉给金,但从来不喂饱。主人是让金保持饥饿感,以免丧失捕猎的本能。金表示理解,不理解又能怎样呢?金的眼神犀利而又顺从。金想忘掉幼时被劫的不快记忆。

金雕

对，我就是驯雕人喜欢的那种雕，体形大，力量大，双爪和眼神都很犀利。能为人类猎捕，兔子就不用说了，我能为主人猎捕狐狸甚至野狼。狼是值得尊敬的对手，一般情况下，要两只金雕合力才有把握战胜它。

训练了一整个白天，现在是晚上了，却睡不着。蒙古包里全是熟悉的气味和习惯的呼噜声。这里我用了习惯两个字，不习惯也不行啊。我一个月大，就被人类劫持到这里。那时的襁褓多么舒适呀，那时的夜多么宁静呀。爸爸妈妈的怀抱多么温暖啊。哎，不知他们现在怎样了。

如果我不被抱走，如果我仍然住在悬崖的巢里，如果……人生没有如果，只能面对现实。不过，我还是有一个奢望：等我为主人捕了好多好多猎物之后，主人能放我回到悬崖上去。主人比较体贴，兴许能够放行。

还是失眠，真想给父母写一封信，就说：放心吧爸爸妈妈，儿挺好的，这个主人对我还行。

说来可笑，一开始，我天天失眠，主人还放过金雕的录音来哄我睡觉呢，我一听就听出来不是真的。

明天得打猎了，保存体力要紧，睡了。

绝杀

大雪终于停了。金站在主人肩上，马蹄在坚硬的冰雪上嗒嗒地响。

他们到了一个地方，主人将金的眼罩取了，金振翅晴空。纵身而下，一片黑影竟把那些小东西吓呆了。

收获不错，五六只兔子。可主人的脸色不太好看。第二天一早，主人拿了狐狸皮、狼皮放在金的鼻子下让它闻。

今天收获大，除了五六只兔子，还捉了一只狐狸，火红的，个头不小。但主人的脸色还是不太好。回家，主人将一张狼皮使劲儿扔到金的身上。

金明白了。但它知道，自己对付一只狼是十分困难的，那就挑小一点的吧。金在高空巡视，一圈又一圈，终于发现了狼的行踪。

寻踪而去，金对狼心怀敬畏，但一想起主人就顾不得什么了。是呵，主人该有一项用新鲜的狼皮做的帽子了。金收束翅膀,箭一般射在一匹灰褐色的野狼颈上。狼大惊,没料到单只雕就敢和它决斗。刹那间,两个令人敬畏的物种展开了一场绝命搏杀。雪雾弥漫,血光寒影,一直杀到夕阳血红。

金被狼拼死拖出了很远。但它至死将双爪深嵌在狼的脖颈上。待主人循着雪上的血迹赶到时,金雕与狼双双气绝,四目圆睁。

《天池小小说》2016年第11期

评鉴与感悟

这是一只金雕的故事,也是一个悲情的故事。

作品构思巧妙,拟人化的手法,使金雕的内心呈现在读者面前。孤独、悲哀、伤感和本能、报恩、责任纠缠在一起,当主人野心满足之时,金雕也命丧狼口。

小说取名"致命绝杀",我想意在杀伤力最大的武器应该是人类的野心吧。凡事都有一个度,过犹不及。人类确实应该好好反思,在无尽的欲望面前,我们是不是已经跨过了警戒线,挑起了自然与人类的无声之战。(李孟珈)

声 明

本套《北岳年选系列丛书》,收录了本年度众多优秀文学作品及文化时评类文章。在编选过程中,我们及各选本主编已尽力与大多数作者取得了联系,但仍有部分作者因故未能取得联系。见此声明,烦请来电,以便奉送薄酬及样书。

联系人:王朝军

电　话:0351—5628691